U0117340

宋振庭文集

（上）

宋振庭／著

吉林人民出版社

图书在版编目（CIP）数据

宋振庭文集 / 宋振庭著. -- 长春 : 吉林人民出版社, 2023.12

ISBN 978-7-206-20748-8

Ⅰ. ①宋… Ⅱ. ①宋… Ⅲ. ①文艺—作品综合集—中国—当代 Ⅳ. ① I217.2

中国国家版本馆 CIP 数据核字（2023）第 229293 号

出 品 人：常　宏
选题策划：吴文阁
责任编辑：王　静　王　丹　李　爽
装帧设计：刘美丽

宋振庭文集

SONG ZHENTING WENJI

著　　者：宋振庭
出版发行：吉林人民出版社（长春市人民大街 7548 号　邮政编码：130022）
咨询电话：0431-85378026
印　　刷：吉林省吉广国际广告股份有限公司
开　　本：787mm × 1092mm　　1/16
印　　张：74.375　　字　　数：1200 千字
标准书号：ISBN 978-7-206-20748-8
版　　次：2023 年 12 月第 1 版　　印　　次：2023 年 12 月第 1 次印刷
定　　价：128.00 元

宋振庭

宋振庭（1921—1985），曾用名宋诗达，笔名星公。1921 年出生于吉林省延吉县（今延吉市）。1936 年在北京读书时参加救亡运动，加入民族解放先锋队。1937 年到延安，入抗大学习。1943 年到河北曲阳县参加抗日工作。1946—1950 年在延吉参加土改工作。1951 年后曾历任吉林省文化处处长、省委宣传部部长、吉林省委常委、中共中央党校教育长、中央党校顾问。他爱好哲学、文史、戏剧、书法、中国画、中医等，是中国作家协会会员、全国政协委员。曾出版《星公杂谈》（1962）、《宋振庭画集》（1983）、《宋振庭杂文集》（1989）等，主编《当代干部小百科》（1986）。

序 言

Preface

“见文可见人”的“真”

1982 年上半年，中共中央党校出版社出版了一本内部发行的小册子，名为《关于党的建设问题》，作者是宋振庭。他在《前言》中说：“我的文章也有一些同志喜爱，说了不少鼓励的话，但我自己，空肚子喝凉水，冷暖自知。说实话，很不满意。我自知它不够分量，还十分浅薄。又由于是在工作匆忙中写成，从思想到文字总是粗得很。但有没有一点可以自慰的东西呢？也有一点，若不然就根本不会写，更不想出书了。这一点很少的可以自慰的东西就是：我不抄书，不板起面孔训人，我怎么想就怎么说和怎么写。说我之所想，表我之爱憎，力争达到文如其人，见文可见人的地步。”

“文如其人，见文可见人”是宋振庭“可以自慰的东西”。说到底就是一个字：“真”。宋振庭做事“真”，说话“真”，“真”了一辈子。他的百余万字的文章，更“真”得可爱，“真”得可敬，“真”得深刻，“真”得深沉，“真”得入心，“真”得入情。

宋振庭的原名是宋诗达，还用过星公、史星生、林青等笔名。除去内部发行，宋振庭公开出版的专著类书籍，有1950年知识书店印行的《新哲学讲话》，1956年吉林人民出版社出版的《大眼眶子的“批评家”》《什么是辩证法》《怎样自修哲学》、辽宁人民出版社出版的《思想·生活·斗争》，1961年吉林人民出版社出版的《星公短论集》，1962年吉林人民出版社出版的《星公杂谈》，1978年中国青年出版社出版的《评“四人帮”的反动世界观》，1979年吉林人民出版社出版的《星公杂文集》，1980年天津人民出版社出版的《讴歌与挥斥》、江苏人民出版社出版的《论党性》，1989年山西人民出版社出版的《宋振庭杂文集》，2018年中国政法大学出版社出版的《宋振庭读书漫谈》，等等。此外，他还写作古体诗二百多首，参与创作吉剧《桃李梅》，出版《宋振庭画集》，并与他人合著《怎样做一个合格的共产党员》，主编一百多万字的《当代干部小百科》。如今，他所写的文章都被收录到了《宋振庭文集》里。

“吉剧有自己的剧目，但不多；……吉剧的唱腔有特色，还不够鲜明；……吉剧的表演有特点，还未形成体系……总之，吉剧这个新剧种，目前仍处在实验阶段。攻其所短，十分必要。”在杂文《攻其所短》中，宋振庭毫不避讳地评价他亲自带领大家创立的吉剧。

“按物质不灭原理，我死了……长远的还是无机物。我死了，一百七十来斤的东西，除了水蒸气等在空中外，这些东西都在，只不过是还原回老家了。用中国哲学的老话说，叫‘大归’了。我的孩子们如果高兴，把我变成肥料，上到一棵树上，那我无疑可以变成树的一部分，那么那棵树就可以叫作‘爸爸树’。”在《我怎样看待死》中，宋振庭以风趣幽默的口吻直击死亡。

“我们党的代表大会公开承认自己的党风还未根本好转，这句话说得多么重呵！自己做党员的良心能受得了么？再不从自己做起受得了么？党已作了自我批评，自己为什么不能作？”在《行动第一，自己先做一名合格的党员》中，宋振庭直言不讳。

有人评价他的杂文“针砭时弊、嬉笑怒骂、纵横挥洒、脍炙人口”。这是他在杂文中的“真”。

宋振庭喜欢李清照的词，曾经写过一篇《人真，情真，才有好词》的散文。他在文中对比李煜和李清照：“其差别并不在于一个是皇帝，一个是‘平民’；一个是男人，一个是女人；一个做亡国之君，一个做流亡的寡妇。我看差别还在于同样以考究凝练的笔词，清照更坦率，真诚，不端架子……以口语入词，清照比李后主也大大前进了。”因为宋振庭本人就是“坦率，真诚，不端架子”的，他在文章里，也同样赞美李清照的这一特点。除了诗词，宋振庭还研究中国美术史，在《关于傅抱石先生》一文中，他这样谈及：“在50至60年代之间，也出现过利用油画的办法，以重彩来表现山水。是不是历史上的大青绿？看来看去，以彩代笔，笔不胜墨，就是水彩画，是新的，重的水彩画，还不是国画。不管是大青绿、小青绿，大斧劈、小斧劈，大披麻、小披麻，如果一定要按照这些固定的皴法画下去，中国画是山穷水尽了。”在文字中，宋振庭直抒胸臆。这是他在散文、随笔中的“真”。

1979年，宋振庭画了一幅有关葡萄的画，他为此题“诗”：“学书不成兼学画，粗枝大叶满纸下。年近花甲充风雅，伏案搔首顾白发。”一副顽童之态。1984年深秋，老部下董速到北京看望宋振庭。此时，他的癌症复发了，骨瘦如柴，但回忆起吉林的往事，他仍然兴致勃勃，还特别邀请董速一起去西山看红叶。就是在这一年，宋振庭回顾自己的一生，豪迈地为自己做诗一首：“六十三年是与非，毁誉无凭多相违。唯物主义岂怕死，七尺冲天唱大归。”1985年2月，宋振庭在北京逝世，可谓“大唱”而“归”。这是他在诗歌中的“真”。

1983年，宋振庭在全国党校系统纪念马克思逝世一百周年大会上有一个讲话，他给这个讲话取了一个题目：马克思主义永世长青。讲话中，“真”字一以贯之。谈到法律问题，他说：“我们建国三十几年来各方面工作都有，唯独法律工作是个缺口，有宪法、婚姻法，但很多事情没有成文法……”谈到智力投资问题，他说：“我们对这个问题的重要性却迟迟不能认识。教育老是摆不到重要日程上，一到教育经费就卡掉了。后果如何呢？两亿文盲！小学程度的1亿—2亿人，干部文化绝大多数是初中以下。什么是生产力？归根结底，明白人当家是最大的生产力……”直扑问题，直面问题，是宋振庭的文风，也是他的风骨。这是他在讲话、讲课、作报告中的“真”。

众所周知，宋振庭对戏剧关注、关心、关爱，并为此写了不少理论文章。湖北省沙市京剧团赴京演出了现代戏《梅锁情》，他给予了极大的肯定，专门撰写了《京剧现代戏〈梅锁情〉给我的启示——试谈改革京剧的两种方法和两种结果》，热情地赞扬了该戏所取得的成就。正是从这出戏里，宋振庭觉得“问题不在于京剧有没有人看，问题还在于质量，有好戏自然有人看，能说的不如能做的，用事实来争取广大青年观众对京剧的首肯和从一般爱好到深深的爱好，是大有希望的”。但他也同时指出：“《梅锁情》是京剧会演现代戏的一出，我不认为它已尽善尽美了，比如在唱腔上大有精益求精的可能，剧本、舞台调适上还可以有很多挖掘的潜力，思想、语言还有很多可以以重锤定音的手法来加强，这个戏还可以百炼成钢……”字里行间，凝结着他的感情，倾注着他的希望。这是他在理论文章中的“真”。

从文章的体裁看，杂文最直接的指向是一个人的思想，宋振庭“不遮”；散文、随笔最直接指向的是一个人的格局，宋振庭“不掩”；诗歌最直接的指向是一个人的意韵，宋振庭“不装”；讲话、讲课、作报告最直接的指向是一个人的性情，宋振庭“不藏”；理论文章最直接的指向是一个人的学养，宋振庭“不饰”。

从文章的内容看，宋振庭兼具多重身份。他的众多文章涉及党的建设、党的理论，可以说是一位坚定的共产主义者，也是一名优秀的理论家；他的文章关注各种社会问题、社会现象，自觉地肩负起作为知识分子的责任，又是一个中国传统的士人；他讲中国传统文化，漫谈四书五经，为人们传道授业解惑，显然是一个传播优秀传统文化的老师；他论戏评艺，挥洒自如，是艺术领域的行家里手；他寄语青年，关爱青年，让他们把握今天、掌握未来，又如一位邻家大哥，或是慈祥的长者；他写螃蟹“黄花正好蟹正肥，稻粱金实堆复堆”，然后又写自己“虽你老病无酒量，也堪抖擞尽大杯”，俨然一位豪情万丈的诗人。

从文章的风格看，宋振庭的文章往往大处着眼，小处着墨，做到了大与小的对立统一；其文章又总是用平实的语言讲深刻的道理，既能让读者看明白，又能让人信服，做到了深与浅的对立统一；靠讲故事的方式感染人，寓思想于风趣幽默之中，而不是盛气凌人、剑拔弩张地教育人、训斥人，做到了理与趣的对立统一；从社会生活的各个点切入进来，涉及的经济、政治、文化的面却极大，做到了点与面的对立统一；从语言风格、行文特点看，文章中更多地体现的是“个体的我”，但从对问题的解决、未来的期望看，体现更多的则是“集体的我”，做到了社会与自我的对立统一。

若问宋振庭何以如此博学多才，笔端容世间万物，其势纵横捭阖，其情绚烂多姿，只有一个答案，他是一个苦学不倦、终身学习的人。很早的时候他就曾说过：“一个合格的干部不能做本职工作的外行，一年两年内当外行还可以，五年六年还是外行，作为党员，从党性来说是不允许的。”所以，在宋振庭的生活记载中，就是在不断地买书：哲学、史学、文学、音乐、戏曲、美术……喜欢就买，因为买书，家里一度一分钱存款都没有。

他嗜书如命，拿起书，就进到了书里面。有一段时间，他的一个邻居也姓宋，非常喜欢宋振庭刚刚 6 岁的二女儿。一天，宋振庭抱着一本《资治通鉴》埋头阅读。二女儿从外面回来，絮絮叨叨地对爸爸说：“宋伯伯要我给他当女儿，连姓都不用改，还叫原来的名字。要是你同意，宋伯伯今天就让我把行李搬过去，以后我就不回来了……”宋振庭说：“好，好，好……”二女儿抱了自己的小被子就往外走。结果被奶奶拦住，一问才知道怎么回事。宋振庭压根儿也没听清楚女儿说什么，但孩子不依不饶，说爸爸答应了的。没有办法，宋振庭只得同意孩子去邻居宋家玩儿了一天一夜。可以想见，没有如此学习的劲头儿，笔下怎能乾坤浩荡。

宋振庭当然也清楚自己身上的毛病，诸如心直口快，嘴无遮拦，得罪人了自己都不知道。对他自己的文章也自称为“革命文学”，难免会流露时代的印记。但他是心中有阳光的人，与他相处，大家都能感受到那份坦率和真诚。在给家乡的一所小学写的校歌中，他这样写道：“海兰江水清，烟霞集云岗，我们北山小学在全城先见朝阳……”很显然，最先见朝阳，不仅是他给学生们的期许，也是他自己的期望。

宋振庭平常有一句经常说的“口头禅”：“脚八丫子夹口香糖，美出鼻涕泡啦！”如今，离他1921年诞辰的年份，已经过去了100多年，离他1985年逝世的年份，也已经过去了近40年。时代发展，社会进步，中国正在发生着翻天覆地的变化，迎着她的伟大复兴大步向前。宋振庭用他的“真”所欢呼和梦想的，已经到来或者正在到来。如果宋振庭还活着，他一定会说：“脚八丫子夹口香糖，美出鼻涕泡啦！”

是为序。

鲍盛华

2023年8月

宋振庭文集
Song Zhenting Wenji

目 录

上·杂文（一）

应该热爱生活

有一句名言说："只是坐谈理论，它是灰色的；若从生活中去理解它，它就是常青的。"这真是一句很好的话。

它使我想起了一位苏联专家对我讲的话。今年夏天在火车上和一位搞建设工程的苏联专家坐在一起，一路通过翻译谈得很有趣。但是给我印象最深的是这样一段对话：

我问："你日常最喜爱的是什么？"

他说："一切好的东西我都喜爱。"

又问："比如说，科学中的各个方面，和文学艺术、历史等，你最喜欢的是什么？"

他说："我最喜欢的是生活，首先是生活，"说这句话的时候，他露出机智的微笑，对我眨了眨眼睛，并把两手一摊，然后很严肃地说，"你知道，不管我们做什么工作，第一我们是共产党人，第一个重要的东西是生活，是政治，这是应该首先喜爱的！"

这警策的格言式的语句，深深地启发和感染着我。

这个道理不能说不懂，但是在生活中，你越去体会，就越感到意味深远。每个革命工作者，最重要的实践就是：一方面钻研革命的理论，一方面从生活斗争中去领会它、感受它。不钻研革命理论，在生活斗争中，感受一定不深；不深入生活，学的理论也一定是教条式的，成为无用的东西。

如果说，只有革命的斗争，生活才是生动的、丰富的、可爱的，那么我们当前的生活就是最可爱、最丰富的。我们现在正进行着伟大的社会主义革命，这是我国开天辟地的最大的革命和改造，是我们前人从来没做过、甚至也想象不到的事业。

两年前，在学习时，我们会反复地讨论过一个理论命题："整个过渡时期也是阶级斗争最尖锐最复杂化的时期。这个历史时期，是各种各样的、各种形式的、各种方面的斗争，它的结果是通过斗争消灭阶级，建成社会主义社会。"

当时，许多同志对这个问题都发过言，也完全同意这个命题。但是，在两年以前，对于斗争"到底是怎么样个尖锐法？怎么样的复杂化？"还是说不太明白，并且了解得也很一般，很空洞。学生问老师，老师也只能从理论上证明，从过去的历史推断，从苏共党史的实例来说明。对于究竟怎样复杂、怎样尖锐，却很难回答得非常具体。但是，在社会主义建设和改造的两年以后，我们的生活就非常生动、丰富、全面地显示了上述理论的现实形态。当前的一切又雄辩地、有力地证实和发展了上述这个命题。社会是按照社会发展规律发展着的。

这两年来，我们身边的生活变化得多么大，多么快；事物的发展又多么使人兴奋，许多斗争又如何地让人惊心动魄。全面进行了肃清反革命分子的斗争，农业合作化运动和对于私人资本主义工商业的社会主义改造的蓬勃开展，特别是工业生产高潮的到来，这一切都标志着整个斗争更深入了一步。只要人们留心，随时随地都可以看出社会主义在前进，可以发现两种势力，敌我、新旧力量之间在如何地消长替代着，新的成分、新的比例、新的关系、新的人物、新的意识在迅速地成长和出现。这种变化不仅是表现在有形的事物上，也表现在无形的不可比拟的新力量新事物上；不仅是经济基础和所有制的巨大变动，也是整个上层建筑、意识形态的巨大变动；不仅是明显的阶级斗争，还有其他各种各样的斗争形式。现实生活充分地显示了斗争的尖锐和复杂化的各个方面。

单以肃清一切反革命分子的斗争来说吧，它最能表明现实生活中的尖锐和复杂性的一场重要斗争。这场斗争是必不可少的，是过渡时期的历史必然性所规定了的，它本身就是过渡时期的一个重要内容。由于我们的胜利，我们大步地向社会主义社会迈进，由于社会基础在根本上进行着大改造，因此，一切敌视我们的人，更加感到绝望和愤怒，他们仇恨现实，仇恨新社会，“几乎恨一切人”，他们绝望地进行反扑。假如不给这些敌人以打击，不肃清他们，就不能保证社会主义一往直前的胜利，就不能巩固人民内部的联盟，提高国家政权的威力。

那么，青年们，“投到尖锐的斗争生活中来吧！”

选自《思想· 生活· 斗争》，辽宁人民出版社，1956年版

就看你怎样对待工作

同样的人，在同样的条件下，做同样的工作，但是给群众服务的结果却差别很大，有时还正相反。

这种现象，在一些直接和群众接触、直接为群众服务的单位中间，表现得最明显。

同是旅客列车，同是列车上的工作人员，为什么有的列车上的工作做得那么周到妥帖，旅客赞扬不止，有的却做得马虎怠慢，旅客意见纷纷？

同是一样的卫生所，设备、干部条件都不相上下，为什么有的就办得很有声誉，周围几十里地远的人们都来看病，内部也组织得井井有条，那里的人工作、生活、学习都很有劲？但是为什么有的却办得杂乱无章，工作和生活无精打采，干部不安心，医疗没威信，还赔了本？

同是一样的文化馆，办得也很不一样：有的文化馆办得生龙活虎，很有生气，联系了上百成千的人，进行了各色各样的活动，人们喜欢它，称它为“生活的组织者”、“公共的家庭”。有的文化馆却三天开门两天闭馆，门庭冷落，一无生气，工作人员袖手坐着，摆上的几本书尘土落得多厚。

同是一样的黑板、一样的画报，有的就办得非常吸引人，很有战斗力，按其作用，按其影响，真可说是一个有威力的思想宣传的阵地；那里的画家，也真正能算是走了诗人马雅可夫斯基办“罗斯塔之窗”的战斗的道路。他们的画笔已经不是一支笔，而是一杆枪、一门炮。但是有的黑板报和画报却正相反，十天半月不换一次，群众叫它“有板无报”！

同是一样的卖货组，有的组就卖货多，流转费用低，超额完成计划。他们不但是一个经济小组，而且是一个能善于向群众作宣传的小组。但是有的小组就做不到，甚至相反。

这样的例子太多，举不胜举，大家只要看看参加青年社会主义建设积极分子大会的那些青年，再来比比自己，就会明白了。难道他们有什么特殊才能？有什么得天独厚、与众不同的地方吗？完全不是。

古书说：“人皆可尧舜。”这是儒家的信念，在从前的社会里这也是一句空话，是欺骗，是根本做不到的。因为那时，人们是处在尖锐的阶级对立之中，人不可能皆为尧、为舜，更不能“圣人满街跑”。但是现在，在我们的祖国里，具有一切条件，使“人人都可能成为英雄”、“当上模范”。王崇伦就是一个明证。

但是，同样的工作，为什么结果竟不相同？为什么同样一杆枪，可以放在那里锈了、烂掉，可以拿起来打敌人，也可以被最好的战士用来发挥出极大的威力？除了特殊的原因外，有一个根本的原因，一个普遍适用的道理，就是看人们的群众观点，人们对集体事业服务的态度和热情如何。群众观点强些，为人民服务的热情高些，为集体事业干劲足些，成绩就大些。最大、最高的就得到了最好的结果，得到了人民的赞扬。反之，就得出相反的结果。这个比赛，基本上是服务决心的比赛，除此之外，没有任何秘密。

选自《思想· 生活· 斗争》，辽宁人民出版社，1956 年版

历史列车拐弯的时候

开急行车子的人，特别要在拐弯的时候多加小心，不然的话，就可能出事故，甚至翻车。坐在急行车上的旅客，也得留神，如不小心，也可能在拐弯的时候被甩出去。在生活中我们也有过这种体验，这就叫作“小心拐弯”！在政治生活上，人们同样地应当在拐弯时提高警惕。政治生活中的拐弯就是革命的转折时期，就是发生重大的政治事件，大家面临严重考验的时候。在建设共产主义的伟大事业中，我们好像乘坐在一个长途的直通列车上面，从始发点到终点，要经过极长的途程，既要爬山，也要涉水；既要急开，也要徐行；既可能遇到急风暴雨，也可能遇到狂风大雪。只有最坚定的人，才能有始有终地做这个直通列车的旅客；只有下定决心，一心奔向终点站的人，才能达到伟大的终点。那些临时搭车，行程目标不远的旅客，他们是会沿站下车的。他们禁不住这长途的颠簸，每当车子拐弯的时候，坐得不稳的旅客，常常会从车上颠下去，摔在路上，直到粉身碎骨！

时光和历史对从事政治生活的每个人真是严峻和无情！历史从不饶恕任何一个伪装分子，历史从不放过任何一个机会主义者，历史也绝不会埋没一切有真实生命的东西。对于那些不稳当地坐在列车上的客人，对于那些抱着各种企图和别有用心的分子，对于那些禁不住长途颠簸以致中途变卦的人，历史的列车每当拐弯的时候，总是绝不例外地要甩掉一些，而只把那些真正是“不达目的不止”的人留在车上。只要人们注意考察一下世界史、我国近百年史和中国共产党伟大的34年来的历史，都会看到，这真是屡试不爽、绝无例外的铁律了。

从新民主主义革命到社会主义革命，从社会主义革命的新时期到消灭阶级建成伟大的社会主义社会，都是这个急行列车的转折点。在这转变的关头，人们要清醒地看到：列车已进入新的里程，继续向前走就要遇到更新鲜更复杂的事物，各种工作都在不断地增大和更新着内容，阶级斗争不是缩小而是更加尖锐和复杂起来，陈旧保守的事物要被批判，新生的、富有无限生命力的东西也必然要涌现出来。对于这一切，必须卓有预见，并且懂得自己应当怎样行动。只有这样，才能坐稳，不致临时手脚慌乱，掉下车去；也才能和一切别有用心的人划清界限，不致被他们糊里糊涂地拐下车去。

把那些别有目的的人颠下车吧！让那些不稳当的旅客沿站下去吧！伟大的共产主义的列车是要乘风破雪长驱直进的，那些坐在车上不怕任何颠簸磨难的坚定的人们，也一定会达到他们光辉的终点。

选自《思想·生活·斗争》，辽宁人民出版社，1956年版

失去了“商标”的唯心论

郭沫若诚恳地对文化工作者说：“我感觉着我们许多上了年纪的人，脑子实在有问题。我们的大脑皮质，就像一个世界旅行家的手提箧一样，全都巴满了各个码头上的旅馆商标。这样的人，那真可以说是一塌糊涂，很少有接受新鲜事物的余地了。所以尽管学习马克思列宁主义已经有五年的历史，但总是学不到家。”

在当前批判资产阶级唯心论的思想斗争中，为了督促那些上了年纪的人更好地学习马克思列宁主义，批判和克服唯心主义观点，郭沫若这种自责自勉的精神是很必要的。

但是，那些年纪不大，看书不多，未专门研究过什么学术的人是不是就没有唯心论了呢？批判和驱除唯心论是不是只有上了年纪的人才有必要呢？事实上，我们很多年轻的工作人员同样也有唯心论，甚至在有的人思想中还占主要支配地位，而他们还不自觉。

也许有人会不平地说：“我们既没念唯心论的书，又没研究过学问，既没听说过胡适，又不知胡适是何许人也，怎么也能有唯心论呢？如果有，请问你，我们是哪种牌子的唯心论呢？”

要知道，人们不必一定认识胡适才有唯心论；只要你不曾认真地学习与掌握马克思列宁主义的世界观，不曾老老实实地割掉自己的非无产阶级思想的尾巴，资产阶级思想和资产阶级生活方式就会影响你，虽然它不系统，也没有商标，更不一定是“名牌”货。

什么是日常生活中的唯心主义的表现呢？为了回答这个问题，我们不妨反问一下：

不注意调查研究，先安框子，后填材料；不从实际出发，单凭想象，凭“我认为”办事，这叫作什么？

夸大个人作用，夸大局部功劳；成绩归自己，缺点给别人；把少数人说成神仙，把多数人看作群氓，这又是什么？

作家不深入生活，做文章不讲求原材料，讲演不看对象，说话别人听不懂（又不是口音难懂），这又是什么？

急躁冒进，做大计划，只愿轰轰烈烈，各样工作都想“毕其功于一役”，因此常常打乱工作秩序和进程，这又是什么？

批评缺点和指责错误时，不调查分析，不看本质；以自己的想象代替当时当地的具体情况；只愿说得有理，不顾它是否和真实情况相符，这又是什么？

为着完成任务，不择手段；只顾向下要数字，不管下边办得来，办不来。这又是因为什么？

以上各种现象，在生活、工作、学习中常常可以看见，这就是主观主义、唯心论的表现。

当然，在我们的革命机关的工作人员中，这种主观主义的唯心论的表现，并不是系统的，也没有理论体系。但是要知道，它对工作的危害并不会因此减少，如果允许它发展成一套自圆其说的胡诌乱道，那就更加严重了。不能认为我们的唯心论轻些、少些，就不值得注意。要知道，就是毫未沾染过唯心论的人，也不能认为反对唯心论的斗争与己无关。因为这是一场思想领域内的阶级斗争，你不反对它，它就会向你进攻。所有马克思主义者都应当参加这场斗争，这场斗争会帮助我们学会更好地掌握和运用马克思主义唯物主义的武器，锻炼和资产阶级唯心论作战的能力。这样，我们才能逐步地把传染到革命队伍内部来的一切唯心论驱除出去。

选自《思想· 生活· 斗争》，辽宁人民出版社，1956 年版

论错觉

人所以骄傲起来，人所以犯了错误，主要是发生了错觉，错觉指挥着人走到毁灭的路上去。

反动阶级在其死亡期间，神志就不清楚了，很容易发生错觉。拿破仑、希特勒就是这样。他们会征服欧洲，爬上大山，大呼“我比阿尔卑斯山还高”，但是，后来却晕头晕脑地冲向东方，在莫斯科，在斯大林格勒，开始了死亡的末日。这是一切注定了要死亡的阶级的必然下场。许多庸俗的资产阶级的历史学家荒谬地说：拿破仑、希特勒之所以毁灭，是因为他们“一时不慎”，其实，正因为他们注定了要死亡，不能不发晕，不能不发生错觉。历史发展的规律比他们征服世界的野心更有力量得多！

现在，美帝国主义者及其一群吃人的野蛮人的错觉，一个连着一个地发生，不断地欺骗着他们自己。他们每天都幻想着去做地球的主人，但是任何头脑清醒的人都能看出，这是其人将死，必然发生的疯狂。

这样，敌人犯了错误，而且也不能不犯错误，不能不发生错觉。但是有些革命干部、共产党员，由于资产阶级思想的影响，也常常会发生错觉，如果不提高警惕，不努力克服，也可能犯错误，把事情办坏。

比如，有一技之长，一得之见，资格老，文化高，有技术，长得好看，年纪轻……都可能使人发生错觉。至于鼓掌，献花，被选进主席团，请演讲，照相，拍电影，登报表扬，传令嘉奖……更可能叫人晕迷沉醉，使错觉一个个地发生，甚至以为这一切光荣都是属于自己的，人变了质，骄傲代替了谦虚，错误也就紧紧地迎着他了。

马克思在《资本论》中会揭发资本主义的生产关系躲在商品、货币后面的拜物教，让人看不清背后的人与人的关系，只看见金钱和资本的作用，人们拜倒在自己劳动所创造的东西和关系之前，这就是对错觉的最好的说明。现在许多同志之所以发生错觉，也往往是被一件表面的现象，一时的荣誉冲晕了头脑，拜倒在表面的现象前边。

有些人正由于自己参加了“大规模经济建设”，就骄傲起来了。有些人自以为有一技之长，就“唯我独尊，舍我其谁”了。有些人工作稍有成就，就喜形于色，到处展示。这些都是夸大了个人作用而发生的错觉。

如果“我是特殊，舍我其谁”能够成立，这种盲目的特殊感可以存在的话，那么整个社会就不能存在，极严密的社会分工就要解体了！比如说：交通警察可以骄傲地说：“本城市不管谁都得由我管，我让谁停住，谁就得停住。”司法人员可以说：“我鸟上谁就抓谁。”人事部门写委任书的同志说：“我命令谁当什么干部就当什么！”如果大家都这样，社会就要大乱。要知道每个人都是社会的严密的钟表中的一环，怎能个人自以为特殊，发生错觉，骄傲起来呢？显然，错觉之所以存在，是因为人们有个人主义的意识，而且人们还不觉地喜欢它。

显然，这种错觉如果存在，就会把人引到唯心论的泥坑，引导人去犯大错误、走到败坏事业的泥坑中去。

一切革命工作人员、共产党员应当正确地估计自己、有“自知之明”的谦虚的德性，这样才能不为错觉所误。而客观冷静地看待事情，知彼知己，不自误误人，实事求是是不发生错觉（即或发生了也能立即战胜它）的根本保证。

选自《思想· 生活· 斗争》，辽宁人民出版社，1956 年版

从哪里出发

在实际工作中，负领导责任的人，最重要的是决定政策，制定方针。方针政策明确了以后，问题就解决了一大半，剩下的问题就是如何去贯彻执行了。

但是，怎样决定方针政策呢？从哪里出发来决定呢？什么是决定方针政策时的第一性的根据呢？这倒是一个极重要的问题。

常见的，事实上也极有可能的，人们可以从几种完全不同的角度出发，从几种不同的着眼点开始来决定方针、政策。一般多从以下五种出发点来看问题：

第一种，从这一事物的原则、概念出发，从原则、概念中引申出结论来；

第二种，从和这一事物的同类的事例的对比中，从实例的比较中得出结论；

第三种，从某一经典，某一权威人士的成语格言中找出结论；

第四种，从自己的或一部分人过去的经验或愿望出发，从这些主观愿望或“想当然”来决定方针政策；

第五种，从一些统计数字，某些暂时性的现象，或一些枝节问题出发，直接得出结论。

可见，同是做工作，同是决定问题，同是用思想，就有这样的不同。有人把这一点，或这一方面当作最重要的，第一性的出发点；有人相反把另一些东西当作最重要的。

离开一定的时间、地点、条件，是永远也不会得出一个正确的结论的，比如，仅就放在桌子上的一个茶杯，就可能有无穷的看法和说法，列宁就曾说过：

“不可争辩的，玻璃杯是一个玻璃圆筒，也是一个饮器。可是，一个玻璃杯不仅具有这两种属性或素质或方面，而且具有无数的其他的属性、素质、方面，与其余的整个世界的相互关系和‘媒介’。玻璃杯是一个可以成为投掷工具的沉重对象，玻璃杯也可以用来做压纸的东西，可以用来做装放被捉到的蝴蝶的器具，玻璃杯可以作为有艺术的雕刻和图画的对象而有价值，这与杯子是否适宜于喝东西，是否由玻璃制成，它的形式是圆筒、抑或不完全是圆筒等等，都完全没有关系。

“其次，如果现在我把玻璃杯作为饮器使用，那么对于它的形式是否完全为圆筒，是否真正地由玻璃制成——这一类的知识，在我是绝对不重要的，相反，重要的却是底面没有孔隙，在使用这玻璃杯时，不会损伤我的嘴唇等等。”

可见，如果抽象地从不同方面出发，只要你有工夫，有耐性，可以给玻璃杯下几十个、一百个定义。但是对于我们来说，其中只有一个是主要的，直接的，就是：“它是饮器”。这就是说，不能离开一定的环境和条件来说话。必须从具体的对象，在具体的环境中的具体特点出发。

从表面上看，上面说的那几种出发点好像也有些道理，但是，原则、概念、成语、格言、实例、愿望、统计……为什么不是重要的东西呢？要知道，问题不在这里，不在于它们重要不重要，问题在于应该不应该当作第一性的出发点，还是应该把它看作帮助我们解决和观察第一性出发点时的参考的东西或有力的工具。如果放开第一性的东西不顾，错误地把它们当作出发点，它们就不但无益，而且往往有害！在这里，问题是非常细致的，“差之毫厘，失之千里”，或者如俗话说的“棋走一步错，满盘皆是输”。

什么是第一性的、正确的出发点？这就是具体的时间，当时、当地的具体情况。只有实际情况，具体的特性才是最有力的，谁也代替不了的东西，有最大的权威性的东西。所以列宁说：“具体地分析具体的情况，是马克思主义的活的灵魂。没有抽象的真理，真理总是具体的。”毛泽东同志用我国最鲜明有力的成语说明了这个思想，就是“从实际出发”，“实事求是”。

这也是唯物论的第一个原则（即区别什么是第一性的，什么是第二性的），比如说：做工作调查分析情况是第一性的，决定方针政策是第二性的；但是在调查中，充分地占有材料，取得能说明问题的材料是第一性的，怎样去说明和解释是第二性的；在作战当中，敌我双方的实力处境的情况是第一性的，作战方案、指挥员的决心是第二性的；当作家写文章，实际生活的感受是第一性的，艺术地加工是第二性的；教学时，对象的水平和需要及接受的能力是第一性的，教学方案、教学方法是第二性的；批评一个同志，具体地分析他的优点缺点，找出实际的错误的程度和根源是第一性的，做怎样的结论，如何说法是第二性的。这里，丝毫没有否认第二性的意义，也不是看不见它的重要性，相反的倒是十分看重它，问题在于应该区别什么是第一性，什么是第二性，什么是出发点，什么是从属于出发点的东西。

因此，从哪里出发这是一个大问题，也是唯物论的第一个原则。我们必须在一切活动中遵守这个原则。

选自《思想· 生活· 斗争》，辽宁人民出版社，1956 年版

粗暴的种类

在对待我国民族优秀的历史遗产的继承问题上，最有害也最危险的是轻率态度和粗暴行为。

但是，粗暴的原因有许多，粗暴的表现也可分成好几类。

第一种，因为我有权，我管这个事，如果不表现一下我的“职权所在”，不搞出“成绩”来，如何算“主管部门”呢！于是，先是“取消”，后是“登记”，再来一个“打乱平分”，这样一来，人调动了，经验带走了，遗产和掌握遗产的人都不在了，于是用不着继承，更用不着整理了。从此以后，少了多少麻烦。

第二种，因为我不懂，又没有兴趣，而且又“据说”、“没有什么可学的！”，因此，可以一言概括：此地并无什么遗产，也用不着什么继承、整理、学习。

第三种，虽然口头上承认有些遗产，（并且据说还很伟大呢！）非常悠久、丰富，是无限的宝藏，上级又一再催促，怎么好不来响应一下呢！但是，遗产到底在哪儿，如何去继承？那可不知道了！而且，而且……我又忙得很，哪里顾得来这些！你一定要问，请到主管它的那一科或股去问吧！他们会告诉你。

第四种，为了证明我是关心遗产的，而且是马上能拿出成绩的人，不信你看，我当场动手表演，上边一刀，下边一斧子，砍来砍去，遗产是被“继承”了，但是，这已经和遗产完全无关，也用不着再麻烦也是无疑的了。

此外，还有一些其他的类型。

由此可见，不管是官僚主义，不管是宗派主义，不管是片面的主观主义，不管是什么样的单纯兴趣主义……总之，倒霉的是我们的优秀的历代相继下来的民族遗产。

所以说，为了保护民族遗产，为了继承它们，就要：

第一，先力求懂得它们，产生兴趣，不懂就是不懂，且不要因为你不懂也没有兴趣就给勇敢大方地砍掉。请你先保护起来，一点点地懂得了以后，再来处理。

第二，不是空喊，要有行动，要在劳动中去继承，掌握。

第三，首先去掉自己的片面性，去掉无知和偏见。

这乃是继承民族遗产的一个起点。无论对中医也好，古典文学也好，戏曲艺术也好，都毫不例外。

选自《大眼眶子的“批评家”》，吉林人民出版社，1956 年版

树立新风气的障碍

按照道理说，新生的事物是最有希望的事物，它不怕困难，不怕阻碍，它在要成熟的时期，总会自己大吵大嚷地争取自己独立存在的权利。

这一点是普遍适用的，不管先进生产者的经验的普及推广也好，新的典型的创造成功也好，一种新风气、新原则的确定也好，都是按照这个道理来进行的。

但是，树立一个新鲜的事物的合法地位并不是容易的，也不可能是风平浪静的！

就拿提倡继承祖国的医学遗产，西医学习中医的这个新风气，执行这个方针来说吧，也非常有力地证明：为了做好这个工作还必须大力地贯彻，还必须不断地排除思想上的和各种形式的阻碍。

经过一阶段的提倡和宣传之后，应该说在这方面已取得了不少的成绩，已开始了重大的变化，但是，并不能说问题已经解决。

从思想上来看，虽然正面出来抵抗和粗暴地排斥中医的现象已大大减少和不多见了，但是却出现了一些新的抵抗和阻碍的方式，比如：

甲，承认中医的价值和作用，但是，这只是在会议上，在大家的面前，实际上在思想里还是不相信的或半信半疑的。

乙，承认一些，或单挑出几样来说几句好话，承认中医或中药，（是真心的！）但是若像我们党和国家的既定方针那样去对中医做应有的估计还是保持着距离也是不相信的！因此这些同志虽然有时也来称赞几句中医和中药，可是这并不是说他已经准备来学习它和掌握它了。正像一个人当着京剧演员的面祝贺他的演出成绩时说："你的演出真是成功极了，那面锣有多响啊！"这不是称许而是打趣！

丙，在思想上虽然开始承认中医的地位了，也相信这一政策的十分正确和深刻的思想性。但是拿出什么办法来认真地学起来，怎样做好组织工作呢，怎样着手开展呢？还是慢腾腾、懒洋洋地，进行得很慢，因此成绩也不会更快更大。

由此可见，树立一个新风气真是不容易！必须有贯彻到底，反复深入下去的韧性。

也许有的同志会说，中医并不是新事物，是我国历史的优秀遗产，提倡中医也并非新的方针，是早经确定的方针，这无疑是对的！但是就更普遍地大规模地树立起"西医学中医"、"继承我国优秀的民族遗产"的风气，这还是新的事物，新的风气，是必须再接再厉去贯彻和树立的！

因此，必须用一切办法，包括不可少的正面的宣传教育和说服解释工作在内，要再进一步地贯彻正确地对待中医的政策。

选自《大眼眶子的"批评家"》，吉林人民出版社，1956 年版

作家的德和才

在开过了青年作者大会以后，想对作家的德才问题发点议论。

德和才，是一个人的社会品质的两个侧面，也是一个作家的质量标准。我们需要鼓励的是德才兼备的干部、德才兼备的作家，我们不需要的是那种“无德小有才”的作者，当然也不需要平庸无能的作家。

对一个具体的人来说，自然不会像一个模子铸出来的一样，同一的德才，同一的标准。在品质和才能上每个人都可能有某些长处，或某些缺点，可能是“德不胜才”或“才不若德”。但是不管怎样，有两条必须肯定：第一，最低的和起码的德和才必须具备，如果连这一点都不具备那就要“出界”了。第二，在德和才的关系上，德必须是第一位的，才是第二位的，绝不能反过来！

青年作者需要些什么？需要的很多，这是自然的，因为是“青年”又是“作者”，需要学习，又需要锻炼。但是首要的是什么？我想最首要的还是道德心灵的根基，正确的创作动机，不怕艰苦困难的学习志愿。离开这个出发点，一切将成为空谈。

因此，必须是做个革命的人第一，做个革命的作家第二；忠实于生活、忠实于斗争、忠实于革命的组织第一，表现生活、描写生活第二；艰苦劳动第一，名誉、报酬第二；要求自己第一，责备别人第二；斗争的热情第一，描写的技巧第二。谁要是倒过来，他就要得到最坏的结果。这一点在孔厥的事件上有过很大的教训！

当然，“第一”、“第二”，只是说在同样都很重要的东西中，哪个更重要一些，绝不是说“第二”的东西就不重要了。相反地，当“第一”的问题解决了并具备了的时候，“第二”的东西就成为最重要的东西了。

因此，在这个意义上，我们也严格批评那种：只有热情，缺少艺术，只有概念，没有生活，只有衣服帽子，没有人物心灵，只有琐碎的自然描写，没有艺术的塑造。在这个范围内我们的要求和批评也不能说是不严格。所以说，既要德才兼备，又要有个第一第二，既要前者，也要后者，既要反对无中心，无出发点，也要反对片面地只说一面。

青年作者是我们文学事业的希望！在德才关系上这个出发点又是首先要决定的前提。如果这些话说得不错，愿以此向青年作者同志们进一言！

选自《大眼眶子的“批评家”》，吉林人民出版社，1956 年版

从年长教师代表会议想到的

最近有机会参加吉林省的年长的中小学教师代表会议，听到了许多报告和发言，觉得收益不少。

参加会议的百余位教师，都是全省有25年以上教龄的年长教师中的一部分，他们全都是精神饱满、热情洋溢地参加这次会议的讨论，谈自己的心里话和表示今后行动的决心。

不禁地想到：一个人把自己半生以上甚至终生的生命贡献于教育事业的人，是应该令人起敬的。

我们都知道，25年以上，这是四分之一的世纪，其中有的教师是工作了半个世纪左右，在这样长的时间中，世界的变化多么大啊！从他们身边走出走进的人该有多少？他们的学生又该有多少？而他们自己朝如斯、暮如斯地在这样的岗位上，在一种很困难的、薄俸多劳的岗位上劳动着、扶养着、关怀着，用最大的责任心一班一班地送出他们的学生走上社会，这是些什么人呢？

对于人民的事业来说，我们一个人的有效生命时间实在是太不充分了，太短促了，但是在这个短促之中，竟有这样一些人，他们专心于他们热爱的岗位，从这种劳动中吸取鼓舞自己的力量，并积累了这方面的经验知识，做着不愧对于人民的事情，这是些什么人呢？

也许，在从前的社会里，人们会说，这些人太老实了，而在那时候老实人是吃不开的，但是，在今天那些专走斜路，赶趁行市的人又怎样了呢？那些欺诈、压在别人头上的“聪明人”又怎样了呢？不用多说了，人民已经做了结论，这次会议本身已做了结论。

在祖国今天的情况下，毫不奇怪，正如许多老教师说的那样，“祖国给了我们以新的生命，新的力量”，他们都决心改变年龄的指标，定为100岁、100多岁。他们决心要更多地做事，更好地帮助青年教师，大量地教育出后一代，这是完全可以理解的一种激动的心情。

祝贺你们！桃李的栽培人！为开遍鲜花、花光百里的祖国贡献更多的花朵吧！

选自《大眼眶子的“批评家”》，吉林人民出版社，1956年版

从一个出色的朗诵会谈起

人们不满地说：长春的春天总是“迟到早退”不守规矩，而今年又来得特别晚。但是，正由于她来得晚，却另有一种好处在内，那就是让人们在非常焦急的盼望下，她姗姗而出，又真是别有滋味！

在这样一个很有味道的晚春中，5 月 20 日那个星期天，长春市文化宫举行了一次非常出色的文学朗诵会。它给了我非常深刻的印象，使我们这些有机会听到这次朗诵的人，不能不感谢这个朗诵会的组织者——长春市文联和图书馆的同志。

这次朗诵会之所以获得很大的成功，是有原因的：第一，很有准备，是经过了有意识的挑选和练习；第二，体裁多样，不枯燥，有诗歌，也有散文和寓言，有的是故事性很强，听来引人入胜，有的是抒情性强，句句都打动人心，因此整个朗诵很有感染力；第三，参加朗诵的人也是多方面的，有话剧演员，有大专学校和高中的学生，有穿军装的战士，也有女文艺工作者。

但是，如果仅仅说“这是一次出色的文学活动”，那还是意义不大的。

我在这个朗诵会中，总想到其间还另有文章（或大有文章），有它更值得引起文艺工作者和爱好文学活动的青年同志们注意的特点。

首先，令人想到，这种活动很有好处，很有推广开来的价值，同时这次试办，也证明了只要有准备，做得对头，也一定能成功。这种文学活动无论在机关，在工厂，在学校，都可能进行，更不用说在文学艺术单位中，几乎是非进行不可的。

从本来的意义说，一切文学作品都应该是可看可读的。文学语言应该是人们语言中最精练的造型艺术的语言，有句俗话说得好："字怕看，画怕悬"，同样地，"文章好坏也最怕念"，一念之下，真假美丑立辨，最有动人能力的文章，特别在最能理解它的人的口中读出来，也才更有劲！正是这个道理，人们才应该特别注意口头文学和文学诵读活动。

我们许多话剧演员同志，常常最缺少的是什么呢？正是这种朗读的功夫。因为缺少朗诵的锻炼，一个很好的台词也常被冲洗得毫无滋味，有时连个抑扬顿挫、标点符号都表达不出来（有的同志辛辣地说："台词被他们给咽到肚子里去了。"）。由此可见，文学要想表现和传达给人，单只是写出来还不行，还得把它更有力地读给人们听。

一本好书，一首好诗，它是没有脚的，它的脚就是报刊书籍，由于它们它才能到处活动。但是如果给它装上翅膀呢？如果在各种集会中、各种文艺活动中，使朗诵成为随时随地进行的活动，那又怎样呢？无疑地，这将大大地加强文学的渗透力和感染作用，将大大有助于开展文学工作，使我们的人民将更普遍地养成优美健康的情操，将到处鼓舞着爱祖国、爱我们事业的热情。

再说，像我们这样的城市，有那么多热爱文学艺术的青年，我们又拿什么去抚养他们成长呢？用一些什么样的有益的活动去充实他们的生活呢？

由此种种，不禁使人想到：开展文学朗诵活动确实是一种非常好的形式，应该大力推广。而且这次朗诵会又有力地说明，只要有准备，一定能成功，也一定能站住脚。

也许有的同志说：朗诵这种形式还太新，大家还不熟悉；而且有的朗诵又很不自然，把人听得直起鸡皮疙瘩，如朗诵者本人大声激动地嚷嚷，听的人却莫名其妙（甚至觉得他在发神经），他本人热情得过分，别人又一点未被传达过来。对于朗诵的这种看法是有理由的，也是值得研究的（我自己在以前也有同样的感觉）。

但是，在参加了近来的一些朗诵会以后，特别是星期天的这次活动，事实完全教育了我，也有力地纠正了我的偏见。在这个朗诵会上，我几乎完全忘记他们是在念，是在念别人的诗，而是相反，觉得他们是在“说”，在倾诉他们自己的话，他们自己就是诗的作者，我被这些连贯而出的优美热情的语言给牢牢地把握住了，情绪随着他们的声音而一起一伏地激动着，感叹着。

还有一个很明显而有力的证据，可以完全打消我们上述的顾虑，这就是长影的配音片。每个电影观众都不能忘记，当你听到像张桂兰这样的演员的声音时，你的感觉怎样？亲切不？你能觉得她是在替别人说话吗？由此可见，朗诵不但是个优美的，而且是非常有力的文艺活动形式。

此外，我还想到了其他的一些有关的问题……但是写下去就太长了，就此止住吧。

生活在这样一个可爱的城市中，生活在这样美好的祖国的土地上，为什么不用更多有意义的活动，使生活和工作更带劲呢！

开展有益的文学朗诵活动吧！一切热爱文学艺术的同志们，我劝你去参加！

选自《大眼眶子的“批评家”》，吉林人民出版社，1956 年版

向吕剧《李二嫂改嫁》学习

关于吕剧，我们知道得太少，不能谈什么。但是仅仅看了山东省吕剧团在长春的开幕式演出的第一个节目——《李二嫂改嫁》，应该说，它已经惊动了长春的文学艺术界。作为一个观众，它已经强有力地吸引了我，使我倾倒！无疑地，这次演出定会获得极大的成功。

整出戏三个多小时的时间，牢牢地抓住了我们的心，它的微妙、细致、深刻入微的地方，强烈地感染着我们，一边看，一边不由地想说："这戏的导演和演员怎么能这么细心，这么微妙地懂得人物的性格和内心的环境！真是'小可的难到此'！"

在看完戏回家的路上，在兴奋得不能入睡的时间里，我在想，为什么它会这样地成功？应该从这个戏中看出些什么教益出来？我们这里的艺术剧团应该从《李二嫂改嫁》中学习些什么？

首先，使我们惊异的是，这个戏对于寡妇的内心和环境的深刻、细致的观察和理解，对于"典型的环境和典型性格"的塑造的忠实，真正达到了不愧称为艺术的境界。

描写青年的寡妇，描写那颗在压抑、曲折、极端矛盾下的心理，本来在我国的文学艺术中是非常富于感染力的，群众中流传的语言也是非常生动的，如“寡妇最怕对孤灯”、“无事不敢门前站”、“寡妇门前是非多”等等，但是仅仅懂得这一点还是不见得就能演出好戏来的。为了真实地塑造，还必须有生活，有入微的观察，找到典型的人物和典型的环境，有艺术的经济的表现人物的性格和环境的手法，比如，这个戏里的李二嫂，她并不向观众朗诵台词，说她“多么苦闷啊，多么孤单啊”！但是通过了她身边的一切，却表达了她内心的语言，甚至随时随地的一个情景都给她造成一种“条件反射”！一碗糖水，一双新鞋，一把扇子，一根针线，都帮助她告诉我们，她是多么强烈地难以抑制地在爱着张六儿。她是多么渴望于找回失去了人的生活！一盏孤灯，一件挂在墙上的孝服，一间凄凉萧瑟的房间，甚至那破旧的门和窗，甚至那舞台的光线都帮助演员传达了她的痛苦的日月，在压抑下折磨着的心；甚至人家一对年轻的未婚的男女，一对和谐的甜蜜的夫妇（妇女主任），别人的一举一动都刺激着她！都鼓动她说：“别怕，去争取！”就像这样入微的观察，这些新鲜细致的表演，假如这个剧的作者、导演和演员是位粗枝大叶的人，是浮在生活上面的人，他怎么能做得到！（据一位知道这个戏的演出历史的同志告诉我们说，为了真正懂得寡妇的心，扮演李二嫂的同志专和寡妇在一起生活和交朋友，住了几个月，可见，对于一切忠实于艺术的人，这都是极好的教益！）

其次，让人惊异和佩服的是，整个戏的艺术情调的优美，完整，匀称，风格的统一，富于感染力，演员和角色的经济和齐整，并不是只表现一个人，“一枝红杏出墙来”，而是一系列的，在她身边有各种典型的人物和环境。如剧中的张大妈，那样的乐观、爽快，对儿子的慈爱（那样关心他的幸福），那种特有的性格（这样的山东老太太，我们见过多少！），她的一举一动，多么有生活气息，这个演员真正把角色给演活了！比如，那个二流子李七，那幅松弛、懒散的乡间二流子的图画，真是刻画得多么新鲜有生意！就以“天不怕”这个人物来说吧，按照舞台上一般的“常规”来说，当然要被演成一个虐待媳的丑角的彩旦的，也一定会很公式化，但是在这个戏中并不是这样，而且相反，这是一个真正有生命的真人！有特殊趣味的典型人物！

最后，作为一个地方剧种来说，《李二嫂改嫁》显然是并不拘泥于自己的成就的，我们虽然是第一次看到这个戏，也可发觉出，这个戏是向各种剧种的优秀成果都做了学习的，像从评剧、梆子等剧种中吸取了不少的好东西。

因此，通过这次的演出，吉林省的各艺术团体一定会得到不少的教益，其中又特别是：第一，应该更忠实，更细致地对待艺术，更深入更入微地体会生活，克服那种粗制滥造、急于求成的作风，大大提倡对保留剧目的反复加工，精益求精的风气。第二，应该对民族遗产、对从人民中来的艺术有更大的虚心求教的决心，应该从这里更懂得“百花齐放，推陈出新”方针的深刻正确。第三，打开眼界，向一切兄弟省份、兄弟剧种展开积极的观摩、学习的运动，从而把我们这里的艺术工作大大提高一步！

选自《大眼眶子的“批评家”》，吉林人民出版社，1956 年版

为谁的文艺

做文章是为了给人看，唱歌是为了给人听，说起来这不应该还成为问题。可是，事实并不这么简单，在我们的文艺活动中，常常出现一种不想让人看，不想叫人听的文艺。

鲁迅曾揭穿过一些人的底细，指出：有些人写文章故弄玄虚，装模作样，他的秘密就在于叫你处于似懂未懂、又懂又不懂、已懂难懂之间，没有办法，只好叹服作者的古朴文雅，莫测高深。

鲁迅还指斥另一种人的秘密，就在于他扯虎皮做外衣，引经典做护身符，攀名家为替身，周身裹得风雨不透，无懈可击，可是内容如何呢？全然无物。这是一派人的为文之道。

就拿我们当前还不少见的一些现象来说吧，这是什么呢？

甲，有的人是写诗的，但是，什么样的诗呢？三三两两，长短不齐，说是散文，句子平排，说是剧本没有演员，若说抒情，无动于衷，若说叙事，淡而无味，这样的诗是为了什么，为了谁才写的呢？这样奇怪的诗情又从何而来？

乙，有的人是注得明明白白的，写的是“鼓词”，但是，这是什么样的鼓词呢？“能看不能说，若说不压辙，内行不能用，外行用不了，半像散文半像诗，半是唱本又不是”，这样的鼓词究竟作者是想叫谁唱，唱给谁听？

丙，有的人是写童话的，但是，又是什么样的童话呢？既无儿童说的话，也无儿童想听的话，儿童不承认是给他们的书，儿童的老子娘也不想看，书是一本本地印出来了，也一本本地堆在那里，这是为了什么？

丁，有的人写的是论文，论某事某情的，但是，又怎么个论法呢？连篇抄引，开起摘录本子的装甲车，向你冲过来，使人躲闪都唯恐不及，哪有心肠敢看。说是他在介绍书籍呢？又不是，因为明明写着是论文，说是论文吧，又不像，因为既无所论，里边也无作者的话，都是死人成活人，总之是别人说的，若说是为了“说明问题，回答问题”吧，更不是，因为里边根本无问题，也用不着回答。那么是什么呢？就是论文，为论而文的“文”。

此外，也还有一些其他。

所以为今之计，很想在买书或买报的时候，或当碰到忙忙碌碌的编者的时候，对他发出一个愚不可及的问题：

“同志，你这个刊物是想叫谁看？”

1956 年 9 月 5 日

创作是文艺的采掘工业

××同志：

你说我可以就我们本地的文学艺术工作说点意见，那么总算找到写信的题目了。不管我的意见对不对，总比我的老师让我写“春日郊游记”要容易一些。何况我这个人就是有些“万金油”似的兴趣。什么都想发发议论，文学、音乐、美术、戏剧都爱好，都是门外汉，又都有些杂感。那么就鸣放一番吧！

我看，这些工作中，文学创作应该是根本的一环，是基础。因为创作，也只有创作，才是文学艺术劳动里的采掘工业，不可能基础工业搞不好，就把加工业搞好了。比如，电影、戏剧的基础在于剧本。剧本好，就先行决定了一半；音乐工作的基础在于写词、作曲，有了歌曲才能唱。唱得好，没有好歌，没有恰合时宜，正投群众脾胃的曲调是不行的；美术工作也如此，先要抓住生活的美，形象的美，有了创作，才能提高技巧，推动整个美术工作。因此，我看我们要用十分之五六以上的精力去抓文艺工作中的创作，只有这一环做出了成绩，才能带动全线。

对全国来说如此，对于一个局部、一个省和地区来说也如此。如河北省，梁斌同志写出了《红旗谱》，当然这是有功于历史、有功于全国的优秀作品，但在这本书里，扑面而来的是河北平原的泥土味，人物是燕赵的感慨悲歌之士；在这里，我们回到了平汉路两侧的麦田瓜地里去，看见了滹沱河的月色，听见了十里乡间的夜色中的辘轳声。又如江西省，杨尚奎同志写的回忆录，邓洪写的《潘虎》，那些老苏区的英雄人物传记，都独具特色，能把我们带到十年内战，三年游击战争的“红旗漫卷西风”的意境中去，让我们认识老根据地的英雄的人民和可爱的土地。广东欧阳山同志的《三家巷》，广西的《刘三姐》，山西的《李有才板话》、《三里湾》，河南省小李准（当地人民对他的爱称）的《耕云记》。你看，这些都是有名的并风闻全国的作品，也是最有乡土气味的作品。要想真正深刻一些，有分量地反映本地的人民、风物、历史，只有抓住文学创作这个环节。除此而外，有什么方法可以代替这个工作步骤呢？

我们吉林省的文艺创作，应该说是有成绩的。无论在创作队伍的数量和质量、作品的思想性和艺术性上是逐年进步的。据我看，近两年有三件事做得很有成效，一是写工厂史、公社史。二是组织干部写回忆录，伍银苓同志的《我给毛主席当警卫员的时候》，蔡炳臣同志的回忆小说，都很有价值。三是几个青年作者在这两年露了头角，而且也有了自己的一些特色，这是很可喜的。只要努力下去，不愁我们不能写出我们本地的《红旗谱》，写出本地的好作品来。

但是，应该承认，我们在这一环上究竟做得还很不够，理由很明显：我们没有拿出更有分量的东西来。这个事实，应该鼓励我们奋勉向前。

我想是应该提出这个问题，并着手组织进行这个工作的时候了。应该密切地关心正在进行这种创作活动的同志们。你们不是正在帮助《洮河飞浪》脱稿吗？不是正在搞《幸福之路公社史》的二稿三稿吗？不是有人动手在写《杨靖宇传》吗？但愿这样的活动组织进行得更有成效。

如果问我还有什么意见，我只有这样两点建议：第一，多帮助创作，多给他们一些有利条件，多提供一些参考的材料，但绝不揠苗助长，越俎代庖。因为，急是急不成的，饭是一口口吃的，稿子是一遍一遍改的，创作虽然集体有集体的作用，但毕竟要有一个人去完成的。绝不能取一个平均多数。助手和帮忙的人只能在作者的意图下，在保持作品的特色的情况下，帮助作者做一些事。第二，允许鼓励不同的体裁、题材、风格、样式的尝试，先做出成绩来，多写出一些东西来，并多看一看，再去评论。尤其对于青年作者，不必过于求全求严。比如，依我看鄂华写的外国人，丁仁堂写的猎雁姑娘，都是制作过程中的一个暂时里程，还难说是什么稳定的倾向，这样的作品应重视，但不能苛求。多给些建议是好的，搂头盖顶地批评和鉴定还不必要，也嫌太早。理由很简单，在我们这里，有分量的作品的创作还正在进行中。第一步最要紧的是先要拿出作品来。

当然，这一点也不是说不该批评，不该讨论，或已进行的讨论没有益处，而是说，把更大的精力放在多鼓励创作上，先拿出东西来，一步步地要求质量的上进。

这个看法妥否？仅供你和编辑同志们参考。

选自《星公短论集》，吉林人民出版社，1961 年版

杂文一得

写过两篇杂文，就有同志来问经验。真是问道于盲。

可是，不能不说点意见。即使是盲也得说。因为这个问题值得讨论一下。而我也正有点感触想说说。

我认为杂文好写，但是难写好。

说它好写，因为它“杂”而且短，形式活泼，写时不必太拘束；说它难写好，是说把它真正写得有点思想，给人家读了以后，受到点启发帮助，并且还有些余味未尽的美感的享受，那就很难。这道理很好懂，比如，大字报也就是杂文（说不定还是杂文的祖师呢）。写大字报谁不会？可是把杂文写到鲁迅那样的地步，又谈何容易。

据我的经验谈，写杂文容易出现四病：一是批评缺点，易于过火不当，油腔滑调；二是论理文容易引证繁琐、枯燥无味；三是抒情文易于直着脖子叫喊，用尽了好字眼；四是叙事文易于淡而无味，不生联想，没有发挥。可见事物的一长一短正是互相包含着的，难得处理成恰到好处。

怎样治这四病呢？也是我自己的药方，不妨公开它。一是看准对象，量体裁衣；二是说自己的话，不装腔作势；三是只要有真情实绪，别挑字眼，意在笔先，话到文成；四是借题发挥，以小见大。写完这个药方以后，自己一看，也还是一般化，不外是个官中方，并没有什么新奇之处。可是，已经声明过的，只有过两篇的经验，怎么能再说别的呢。

选自《星公短论集》，吉林人民出版社，1961 年版

文坛花放

一向在忙乱中，没得机会好好地翻翻各地的报纸。对各报的副刊看得更少。春节期间，大家提倡劳逸结合，除了玩得很痛快以外，也有机会翻翻各地的报纸杂志，一翻之后，吃惊不小。曾几何时，文坛和副刊已经这样地热闹起来，真有些“洞中方七日，世上已千年”的感觉。

一个重要的特色是学术讨论活跃起来了，关于美学的讨论，文章连篇而出，关于新喜剧问题的争论，越发热烈。关于历史人物的看法，关于新历史剧，关于新歌剧，关于电影的讨论都在认真地进行。不但看见一些生疏的新名字，也看见了我们非常熟悉的作家、学者，一些好久未见有文章发表的人也卷到讨论中来，这真是可喜的现象。

这是党的“百花齐放、百家争鸣”政策的体现，也是它的花和果。只要坚决执行它，文化和文学事业就立刻呈现出一片繁荣的景象，反之，就少有生气。

从此，想到长春的文坛，翻翻本地的文学刊物，如《长春》、《电影文学》和《吉林日报》、《长春日报》等副刊，觉出这种现象也在抬头，这股生活和思想的锐气正在迎着春天的气息扑面而来。关于电影《五朵金花》、《战火中的青春》的讨论，关于几个短篇小说的座谈，关于吉剧和新剧种的讨论也正在进行中，应该就我们这里的活泼、生动的气象也开始到来了。

现在天气越来越暖和了，阳光普照，大地回春，已经来到化雪的日子，土地散出春天的香味，在召唤着劳动者。尽管我们前进的路上有不少的困难，尽管灾荒和建设中的困难给我们设下不少的麻烦，这一切何足为惧，又哪在话下！一向和我们的事业息息相关的文坛，怎能不在这大好的春天，在这特别需要鼓舞人们斗争的时候大大地活跃起来呢！

人们！现在最需要歌声，唱起来吧！

选自《星公短论集》，吉林人民出版社，1961 年版

一个锲而不舍的典型

——谈《九江口》一剧中的张定边

吉林省京剧院演出的《九江口》一剧，是我小时候最爱看的剧目之一。到今天我还非常想念那个武老生高连荣，还记得那满台火光，白髯飘动，慷慨悲壮的气氛。那时候，在村前的空地里，孩子们常常串戏。都愿当《九江口》里的张定边，谁也不愿意当华云龙，因为华云龙是坏人，又得挨打挨骂；最后争执不下，只好当几回张定边之后，输上一次华云龙。

长大以后，戏虽然看得多了，对这出戏仍是久久不能忘怀。虽然其间也曾有机会看过一两次，但是说老实话，实在不够过瘾。事隔卅年，这次才看到了省京剧院的演出。真有“少小离家老大回”之感。

《九江口》一剧取材于元末抗元斗争中三雄的争夺战，是陈友谅的悲剧。陈友谅、张士诚在当时正是兵强马壮，实力大于朱元璋几倍之上，处于夹击朱元璋的优势地位，又在攻取太平的新胜之后。形势本来大好，可是事情的结果却正相反，陈友谅一败涂地，龙湾一役，几乎全军覆没，为以后的鄱阳湖决战，国破身亡打下了败基，实在是事在人为。

《明史》卷一百二十三对此役有如下记载：友谅“尽有江西、湖广之地，恃其兵强，欲东取应天（南京——引者注）。太祖（朱元璋——引者注）患友谅与张士诚合，乃设计令其故人康茂才为书诱之，令速来。友谅果引舟师东下，至江东桥，呼茂才不应，始知为所绐。战于龙湾，大败。潮落舟胶，死者无算，亡战舰数百……友谅出皂旗军迎战，又大败。遂弃太平，走江州。”

《明史》是官书，自然是祖朱薄陈。可是就从这短短的几行之中，也可见陈友谅的失败在于是非不分，忠奸不辨。对于已投降敌人的老朋友康茂才那样轻信。（此剧为刘基）对于忠言又是那样逆耳；对于狡而懦的张士诚，又按兵不动，临期坐看盟友被歼的可能全不做预防，结果落得个全军覆没，大败而归。此役发生于1360年，又三年即1363年，在南昌决战中，陈友谅身死国亡。张士诚在出卖盟友之后，自己也被朱元璋消灭了。

陈友谅、张士诚之所以被消灭是必然的。一来因为他们抗元斗争不坚决，他们两个先后都和元蒙统治者勾勾搭搭；二来由于脱离了群众。（陈友谅用铁锤打碎了自己的领袖徐寿辉的头颅，而窃夺其领导地位，自然要失去人心。张士诚残杀骨干，自剪羽翼。）陈友谅、张士诚至死不足惜。朱元璋在这一点上确比他二人高明得多了。可是，在陈友谅的悲剧中却出现了一位令人可钦可佩的老人，一个铁铮铮的、须发全白、忠心耿耿，百折不挠的大元帅张定边，这就令人心动了。

手头没别的书，也懒得去详查。仍翻《明史》，上面对张定边写得很少，只载有鄱阳湖大战的一段。“汉军（陈友谅——引者注）且败且走，日暮犹不解。友谅自舟中引首出，有所指扮，骤中流矢，贯睛及颅死。军大溃，太子善儿被执。太尉张定边夜挟友谅次子理，载其尸遁还武昌。”到武昌后张定边立陈理为北汉王。又二年，朱元璋攻破武昌，国乃灭。

这里虽说得太少，可是从这两句话中也可见张定边的地位和作用，对北汉来说，他忠心耿耿，有如诸葛亮之于刘蜀一般。

查史太烦琐，还是说戏吧。

就戏说，《九江口》一剧的艺术处理也实在是一个成功的典型，编排得很好。这个剧本的特点是矛盾集中，线索分明，平平而起，步步登高。先是从陈张联姻，共取金陵，中途被计，刘伯温派华云龙炸亲取事。戏是一层紧一层，一步逼一步。到了张定边看破奸情，拷打胡兰，大闹花堂，全剧已达高峰，看来应收场了，可是戏反而陡然一转，陈友谅中计出兵，张定边江边挂孝阻谏，以至于黎山被围，大战九江口，火炽的大开打，走船大战止。观众的心情被抓得牢牢的，连气都喘不过来，为剧中人的命运不得不担心到底，两个半小时的大戏，精神可一贯到底，不能不说是很大的艺术的力量。

这出戏特别成功的一点在于塑造了张定边这个典型人物。艺术上的典型的特点之一，是真实生动又与众不雷同。张定边就是这样。我看可用四个字即“忠”、“猛”、“谋”、“老”来说明他的特点。

首先是忠。说他忠，实在忠得可以，忠得十分感动人，可算得铁铮铮的汉子。鲁迅先生一生就最提倡锲而不舍、百折不挠的韧性战斗精神。他多次引“刑天舞干戚，猛志固常在”的诗句鼓舞大家，勉励自己。他常讲要披发大战，或者盘肠大战，绝不要“结缨而死”，像子路那样傻，说子路之死是孔夫子的话害了他。我看《九江口》里的张定边就是这样一个韧性不舍的战斗老人。你看他一次一次受打击，一次一次被挫折，但总不灰心，一回比一回更勇猛，坚定地去和敌人拼命。省京剧院在演这出戏时，文涛（饰张定边）同志在几次表达张定边在受到挫折后的心情变化上，确实下了功夫，叫人很受感动。

说他猛，也真猛。这位老将军性如烈火，猛似虎豹。你看他在《打堂》一场中，须发倒立，白眉闪烁，目光炯炯逼人。再看他在九江口大战中，那种疯狂般的气势。我对他狠狠打了华云龙几船板子就一直觉得解气。虽然孩子问我：“华云龙是好人坏人？”很不好回答，也只好告诉他该挨打！实在气人。

说他谋，也真是聪明老辣。这位元帅，戎马中过了一生，是位有猛有谋、粗中有细的老人。如他一见华云龙就觉得不对劲，说他不像一位公子哥，“怎么像个久经征战的大将呢？”一派胡兰迎亲起，他就料到刘伯温不能不破坏，不从中取事。你看他，这个老人眼力多好，多么精细！

说到老，也真老。一出场见陈友谅时，已经看得出腰腿已经不太硬朗了，但大将的风姿犹存。

如果拆开说四个字没什么出奇。如只说忠如岳飞，猛如张飞，谋如诸葛，老似姚期，这倒好办。但一连起来，四个字集中到一个角色身上就不容易了，就成为独具特色的典型了。这次省京剧院的张定边一角未用武老生演，用花脸处理，这就很难。唱、做、念、打都得过得去，既是铜锤，又是架子花。因此角色的性格才特别有味道，有其特有的生命力。

与张定边对持，华云龙、陈友谅两角也很不好演。必须不瘟不火，恰好相当，朱鸣秀、刘鸣才两位同志在饰演二角时也真下了功夫，也是成功的。

我想这出戏叫人喜欢真是不无原因的了！

选自《星公短论集》，吉林人民出版社，1961 年版

劳动和世界观

从一个当领导干部的岗位，一旦下放劳动，成为普通劳动者，以一个普通公民的身份出现在群众中，这不是一件小事，也不是一个没有任何困难和斗争的过程。这是一道严峻的关口。

好好想想看：我们的国家，为什么有大批的人能通过这个考验，我们的同志为什么能有毅力克服这中间的困难。在过这一关时，人们的思想感情，直到他的世界观，会发生多么大的变化？内心的思潮会激起多少汹涌的浪花？

应该说，不是所有的人或任何社会、任何阶级的人都能办到这件事的。只有在我们这样的社会制度之下，我们这样的人民，和像我们这些同志们，才能做出这个不平凡的举动。

毛泽东同志说："一个共产党员和革命干部要随时随地以一个普通劳动者的身份出现在群众之中。"一位大诗人的有名诗句也说："骄傲吧！我是一个社会主义的公民。"高尔基曾讽刺地回答那些大资产阶级的嘲笑，说他们指责的"机械的公民"正是社会主义的伟大之处。这些一身污泥的猪们是永远理解不了这个真理的。

最近，参加了一次长期下放归来的同志们的座谈会，听到许多非常朴实真诚的体验之谈，受到了很深刻的教育。散会后我一边走一边想：“就应该这样！”“人活着就应该这样活着！”我用红领巾的那句格言号召自己，下一个就应该是我去，“时刻准备着！”

会上有人说：“困难多的就是第一阶段，过了几周之后就好了。俩月之后，每天要不劳动劳动，身上就不得劲。”

有人说：“一般情况下还好，比如在生产队的食堂做服务员，端菜端饭都挺高兴，就怕有人‘呲达’几句，心里久久平静不下来，老想我是一个干部呀！能干这个已经很好了……还要受批评呢？”

还有人说：“下放前，我常挑拣工作，参加劳动之后想到，干什么都不容易。我今生今世再不挑肥拣瘦了。”

突然有一个同志提出这样一个问题：“你们想到过没有，从此再不回机关，要当一辈子农民了。”

大家沉默了一会儿。有的同志说：“没有这样想过。总想我是来锻炼的，锻炼还是为了当干部。不会一辈子让我做农民的……”

“是呀！这真是一个严峻的问题。虽然不一定要我们每个人都做农民，但必须在自己的思想深处完成这个革命的改造！永远以一个劳动者的身份出现在群众中，永远有这个精神状态。”

从这段对话中，我们可以发现思想深处正在发生的革命过程。一个马克思主义者，是应该浑身浸透了一个普通劳动者的平民气息的，他应该比一般人向前多走几步，他可以以共产主义的精神突破资产阶级的法权观念的束缚，以此看待自己的社会地位。他除了做一个公民，一个革命者的身份之外，其他都是附带的东西，可有可无的东西，得之，无足沾沾自喜；失之，无足挂念操心。他在物质上和精神上不存在着任何与人不平等的东西。因此他既能上，也能下，醒得失，也跌得跤子，无私欲于人，无所畏于物。在坚持真理的时候不怕什么风险，在众口交赞之下全然不骄不躁。

能高能下，能屈能伸，来去磊落，内外清白。只有这样才能真正做到“富贵不能淫，威武不能屈，贫贱不能移”。

习惯是一种可怕势力，习惯的思想势力更是最顽固的东西。在革命的时候，在树立新的思想的时候，就必须破坏旧的世界观，轰毁那些固有的成见，即使已经是一个革命干部了，一个老革命者了，也要警惕和注意这一点，即自己并不特殊，并没有任何与普通劳动者不同的地方。职位上的不同，工作岗位的不同，生活条件上的某些不同，并不是绝对的界限，在精神状态上，在根柢上，我们永远是一个工人，一个最普通的劳动者，也可以随时退到这个地位，即做一个普通劳动者。

也许还有人有那种习惯思想。不做干部、不当领导，回乡劳动，必定是有点什么问题，下放到基层必须因为犯点什么错误，这还是因为他们见得少，不理解，见得多了，就理解了。甘祖昌将军回乡劳动后，他的老同乡说：

“我们的老甘还是老样子，功成还乡，真是好样儿的！”

我想这是一个共产党员足以馨香百代的道德规范作用！

选自《星公短论集》，吉林人民出版社，1961 年版

永远保持小学生的精神状态

俗话说："人之患在好为人师。"把这话反过来说就是："人之益在好学不倦。"

毛主席在《农村调查》的序言中说："和全党同志共同一起向群众学习，继续当一个小学生，这就是我的志愿。"这个伟大的志愿应该永远成为我们每个人的志愿，并且是时时刻刻的志愿、终生的志愿。

这里，想单就小学生三个字做点文章。什么是小学生呢?

小学生第一是好发问，而且是"每事问"、"问到底"。我们成年人，有时真怕小学生猛然地发出几个问题，可以弄得你手足无措，汗流浃背。笔者自己就经历过这样的事。小时候上高小算术课时，老师问我"什么叫地平线"，我回答说："没有地平线，只有地切线。"老师很生气，问我"为什么"，我答："你不是说地球是圆的么！圆与直线相交只有一点，怎么会有地平线呢！"他听了更生气，硬打了我五个手板。打得我稀里糊涂，至今也不服气。现在轮到自己当爸爸了，又当过"人之患"，有一天我的孩子问我："爸爸，你说地球是圆的，它放在空中为什么不掉下来？"我说:

“太阳吸着它。”“那太阳为什么不掉呢？”“各个星球互相吸着。”“那么这些星球又装在什么东西里面呢？”“唔……行了，小孩子别问这些用不着的，快些温课去吧！”我真被问得面红耳热，只好哄他们走了。

《老子》一书中非常推崇赤子之心。说成人不如婴儿，要人们返璞归真。抛开别的不说，单就小学生的这个“每事问”和“问到底”来说，我们这些成人和“有学问”的人就是有些逊色。真可以说是，“小则了了，大未必佳”。坏事就坏在“我知道了”这四个字上。其实又真知道什么？全知道吗？不必“每事问”了吗？吃亏的就在于这个当爸爸，当“人之患”的架子就是放不下。

小学生（除了极少数的坏孩子）的另一个好处是心专意守，顾虑少，负担轻，对于他们来说，只有一个任务，就是求知上进，好好成长，绝不旁骛。他们用不着天天检讨“名誉、地位、观念”，“严重的个人主义”，像我们这些成年人每天都要打扫清洁一番那样。他们没有负担，没有不相干的浮名虚誉之累。他们到这个世界上来，第一个任务就是认识这个世界，就是“调查研究”。从这一点说很像一个纯正的科学家的风度。

不能设想，一个人没有放下架子，没有强烈的求知欲望，没有俯首帖耳地向群众学习的决心，会学到一点东西，能做好工作。

不是别人，正是毛主席一针见血地教导我们说：“你想学到一点东西吗？那么你就放下架子，坐下来，老老实实地当个小学生吧！”

选自《星公短论集》，吉林人民出版社，1961 年版

关于这一代人

——老教师日记

五月二日

自己的年纪逐渐大了。双鬓上已增添了不少白发。做的是教育工作，儿女们又多。天天和孩子们、青年们打交道。处在这种环境中，不由地时常在头脑里回旋着一个问题，这就是：

“这一代人到底应该是怎样的一代人？”

我有时这样想，也这样和他们说：

“你们是多么幸福，我们来到的这个社会，这个祖国已经给你们预备好了一切。好像是新建筑和修好了的一座楼房，已打开了楼门，在迎接它自己的主人：‘请进吧！这里的一切都是你们的。’作为你们的父兄和师长，我是又羡慕你们，为你们高兴，又嫉妒你们，因为我们那一代连做梦也想不到这个地步。”

但是，有时候我觉得这样说有些不全面、不确切，我又这样对他们讲：

“孩子们！同学们！不能那样想，你们算是赶上有理的了，你们从此就万事大吉了。等待你们的生活，并不是像斯大林大街（现人民大街）那样的坦途大道，走在绿洞一般的树荫下，又凉快又自在，太太平平，一切顺心如意。你们这一代和我们这一代并无两样，也是命运注定了的，应该斗争。你们生活的基调和我们一样，都是革命这两个字，只不过革的对象不同，我们革了蒋介石、帝国主义的命，地主的命，压在中国人民头上的三座大山的命，你们革的是贫穷和落后的命，革一穷二白的命，我们的锻炼课堂主要是战场，我们是在枪炮声中长大的，你们的战场是土地，是大地，它是我们人类的母亲，是车间，是扫除旧世界的一切不好的垃圾和糟粕的广场。你们和我们都是兵，都得当兵，或者是兵的儿子，只有敌人的不同，武器不同，打仗的方法不同，在战斗上，在历史任务上是一样的。”

你看！我好像说了完全不同的两样话，好像自相矛盾，前后相反了。如果他们中有一位站出来问：

“喂，老师！照你说来，我们到底是命好呢？还是命苦呢？是幸福呢？还是不幸福？”我又怎样回答他们呢？

是的，这是矛盾，但是这个矛盾是现实的矛盾，并不是荒谬的矛盾。这个矛盾中有大道理在其内：“这一代人是非常幸福的，也是要拿出十分的干劲交出贡献来的！他们是主人也是仆人，是享受者也是建设者，是建设者也是战斗者，是幸福也是战斗。”

我不知道，我是否把我要说的话说清楚了。

五月四日

今天是青年节。在开大会的时候，我们听了团市委书记的讲话。他讲得真好。有好些话就是我想讲的。我从楼上的教师席，不断地看楼下的青年们的脸色和反应，看他们听懂没有。

我一边听一边算算数。不是别的算数，是现代史的算数。五四是一代人，大革命是又一代了，抗战和三年解放战争是另一代。现在的这些孩子们和青年们呢？应当是这一代。

这一代人怎么样呢？他们的任务是建设和改造，两者都是革命。也仍然是革命的一代人。

经过反复的比较考虑，我想说："这一代的革命任务不比上一代轻，改造的任务也不比建设的任务轻，阶级斗争的任务也不比上一代少。在某种意义上说还要比上一代重。因此，那种想法和说法是错误的，片面的，有危险的，那就是'老一代的革命，新一代的建设'，好像革命的包了干，只管革命，建设的也包了干，只管建设。两代人就这样地分了工。其实，应该说都是革命，是接力赛，这一代的青年是上一代的接棒人！"

这一代人的革命任务、斗争的任务并不轻，而且更重了呢？请想想看：

第一，现在是什么时候？是旧世界要最后死亡，新世界要结束旧世界的决战前夕。

第二，我们正干的是什么事？不断革命。国内的不断革命，世界的不断革命。

第三，经济上的革命完成后，上层建筑，思想意识上的彻底决裂完成了吗？没有，远未完成，真正的斗争在继续中。

第四，他们会一帆风顺吗？不会！也有他们自己必须经历的暴风雨等着他们。

何况，还要把红旗插遍天下，何况还要上月球去，何况还要去星际旅行……

我愈想愈兴奋。随着整个大会、晚会的进行，我总想这些问题。

五月五日

今天是学习节，是马克思的诞辰。

还是想昨天的这个问题。

有一些同学说："学会数理化，走遍全天下，吃穿都不怕。"为什么这样讲呢？

是的，要学数量化，不学怎么行呢！上一代未来得及学好，这一代在这一点上和上一代人不一样。可是能这样说："走遍全天下，吃穿都不怕"

了吗？这个思想很可怕！

我们的孩子们可不可能变成只管自己前途，不管大家，只顾个人，不顾整体的人呢？我想可能。因为革命的思想只有在斗争锻炼中产生，他并不能遗传。父兄是革命的，儿子不经过锻炼、教育，不一定也是革命的。必须认真地抓紧，正面地认识这个事实。

现在正进行回忆革命史，对青年进行学习革命先辈、学习延安作风、学习南泥湾精神的教育，愈想愈觉得十分必要。胜利了的人民，必须十分关心下代是由什么人来继承的问题。

我们的这一代人一定能继承他们的父兄，这是肯定的。但是，只有做好教育工作才能实现这个可能。

我由此想到了自己的严肃的责任。

选自《星公短论集》，吉林人民出版社，1961 年版

注意劳动中的诗

××同志：

前几天还有人谈到巴吉垒，说到这个诗乡。我想从这个问题谈到群众文艺活动上的一些意见。

劳动本来有诗章，
万颗明珠土里藏，
一经东风春雨后，
满园花草放光芒。

你还记得这些诗吗？咱们一块和他们对诗，而且未对过人家。

群众在劳动中有诗，有歌，这是很自然的现象，不必大惊小怪。解放了的，心情舒畅的人民要学文化，学了文化想作诗、要画画也是必然的。问题在于我们应采取正确的态度。我们的教训在于：放任不管，不对；着急，硬性规定“人人作诗，人人画画”也不对！正确的方针是适应生产，适应劳动，因势利导，不大吵大嚷，而是踏踏实实地做些辅导工作。

我原来对群众作诗是糊涂的，但巴吉垒的那次活动对我教育很大。我对那个女孩子张文秀和那个赶车老板在冬夜起早送粮路上的两句诗实在惊叹不止。他写道：

鞭儿扫落天边月，
马蹄踏碎早鸡声。

你看这两句诗的意境多高，多有味道。想想看，天还“不亮，要亮，蒙蒙亮”的时候，在公路上，残雪辉映，斜月倾挂天边，一队送粮大车走在道上。只听见马蹄声，人语声，早鸡声。“天边月”即斜月，拂晓月，见之于辞章多矣，这不足奇，可是我们常见的是“无言独上西楼，月如钩”，或者是“月上柳梢头”。实在少见在惯走夜路的车老板眼中的天边月，而且不是柳梢系住，却用鞭儿一扫就扫落了。这气势和胸怀是怎样的气势和胸怀，这心情是何等心情！我看他一定是十分有趣味地有信心地把斜月扫落，迎接黎明。至于马蹄声、早鸡声这种音乐，城里人，或爱睡早觉的人是听不到的。最有发言权的是车老板子。他比我们任何人都体验得深刻。

我们这两年出了不少民歌、民间文艺作品集，但在选集的时候，选得不够认真细致。印得虽多，但流传得不广。今后仍然要做这个工作，但必须把文学工作者的劳动和群众的文学活动结合起来，只从一面入手是解决不了问题的。同样地，音乐、美术、戏剧的活动都应该是把专家和群众、普及和辅导结合起来。尤其要重点地取得经验，作出成绩。

选自《星公杂文集》，吉林人民出版社，1979 年版

欣赏音乐的感想

（一）

听音乐容易，谈音乐难。系统地说点意见尤其难。道理很简单：不懂。

我看这种慨叹好像并非只我一人，听了音乐觉得茫然不解，只好晃晃头，不能说话，这样的人还真不少。当然，这里说的音乐是专指着一定的音乐说的。民歌小调、戏剧、弹唱、广东音乐、新民族歌剧等是不在此列的，因为对这些我们还能听得懂，还敢发表点意见。

不能因为自己不懂就说那些音乐不好，当然也不敢说好。点头摇头都不行，办法只有一个：别说话。如果一定要到场，只好或是硬着头皮听下去，或者悄悄走掉。

（二）

因此，有点联想：可见，“下里巴人”、“阳春白雪”之叹，真是古今一大慨叹，中外一大难关。

就这话的肯定意思讲，音乐的欣赏能力真是差等鲜明，一时很难达到“高山流水”、“一听便知其为文王”的境界。就这话的否定意思说：这些“阳春白雪”也有点可疑。对它也应该存点疑心，就是说是否真的是阳春白雪？

无论肯定和否定都说明音乐工作上的普及和提高，掌握西洋音乐和创造民族形式的新音乐，区别真伪和提高人民的欣赏能力，进行音乐知识教育等问题还未完全解决。这些工作今后还得继续努力。

在这上面，肯定一切、否定一切都要不得。迷信和鲁莽都危险得很！

（三）

这里想专谈谈欣赏。

我建议，可否分期分批地来提高观众的欣赏能力。比如说三线配备：

第一线，广大的群众性的音乐欣赏会。多来一些有趣味的，色彩鲜明的，通俗易懂的，有情节甚至有人物的，民间的为群众所喜闻乐见的东西。如《女民兵》“戏曲清唱”、“河南梆子合唱”、“单弦齐唱”之类。这是音乐上的最广大的空间，也是真正的第一线。有志于“到群众中去”的、有出息的音乐工作者应该追求这个所在。

第二线，中层，也就是说音乐上的积极听众。对这些人应该多给他们一些自己喜爱的东西，举行面对这种听众的音乐会。比如说轻音乐的器乐曲，民族的和西洋的奏鸣曲，色彩鲜明的容易领会的歌剧和交响乐，等等。或举办一些逐步地由浅入深的独奏、独唱的音乐会。

第三线，内线小型，或几乎是音乐工作者自己交流经验和研究提高的欣赏会。在这样的欣赏中反正是关上门欣赏，什么样的“高山流水”、“阳春白雪”都可以来。当然要说良心话，要诚实。说好说坏都得说出个道理来，人云亦云也还是不行的。

（四）

再说说对西洋的古典音乐欣赏。可否也分期分批由近及远，有步骤地来教育听众。

比如说，19 世纪和 20 世纪的几个大音乐家的作品毕竟好懂一些，也和我们接近一些。如柴可夫斯基，那优美多彩的富于戏剧性的变幻的音乐，可否先在听众中传播开来。或先从肖邦的优美清新、华丽的作品开个头（先来一点典型的好懂的，如波兰舞曲），再上溯到贝多芬、莫扎特、修贝尔特……是否最后再去听那个巴哈。因为他毕竟和我们之间差着好几个时代了！再举中国的例子来说，听京剧的《武家坡》时可否先听张君秋、梅兰芳、程砚秋，再到王瑶卿，最后才到陈德霖要好一些。不然一上来就听陈德霖老夫子，老是够老的，古典也真古典，可就是直腔直调，不大受听。

（五）

关心新事物，新动向，别着急，不过早地肯定，也别忙于否定。尤其请专家们手下留情！这几年音乐上的新事物真多。“穆桂英挂帅交响诗”，“梁山伯祝英台协奏曲”，“廉颇独唱”，“红娘合唱”，也真够热闹的。这里边大有文章！当然在这些新作品中，精粗高低是有区别的，有成功的，也有不够成功的。有提出了问题回答得好的，也有未回答好的。但是，无论好坏，其中都有经验。从过民族化的关来说，都是可喜的一步努力。即使发生些缺点、错误，也不该埋怨、灰心。有成绩也不能骄傲。因为这条路还长呢！好味道才开头呢！

我看，我省的音乐界在这上边是很有一股锐气的。长影乐团的这次演出就大大跨进了一步。省歌舞剧院也大胆地进行尝试。艺专的师生在学梆子、戏曲，并编了新的《白蛇传》。几个吉剧团都在创新腔。能不说这些都是新的探索吗！

比如，我听穆桂英出征那一场金鼓齐鸣的进行曲就非常感动！我仿佛看见了这位大将军在53岁的暮年重披甲胄在马上的英姿。听了单弦齐唱就乐得手舞足蹈。为什么？因为我听得懂，特别是在别处听不到的那中音的清脆甜快的声音，非常悦耳。我看在民族的高音中梆子的高腔就最美，信天游的山歌也是“一呼众山响”的。因此我非常愿意听艺专小班的梆子齐唱！所以说“我听”，“我看”，因为只是一家之言。在这里只能争鸣，不能代表别人。但我们的民族化工作都是大家拥护的。决心干下去！干出更大的成绩来。

（六）

任何一点成功都是来自认真的劳动。李世荣为什么唱得好？因为他动了脑筋，他想了，摸索到了门路。王曼苓的唱腔为什么招大家喜欢？因为她引起了大家喜悦、清新、甜快的情感！张先程的曲子为什么引来掌声，要再来一个？因为他触动了人们熟悉的耳边心际的旋律！温明兰、高慧菊、张培兰等人的独唱为什么有味道，有厚度，不空虚？因为她们的声音中装满了感情，而不是喉咙表演！长影的板胡、歌剧院的笛子为什么招人喜欢？因为人们听了觉得“好熟悉呀！”仿佛在哪里听过！

总之要动脑筋，要有自己的特色。音乐工作者要首先追求人民的爱好，而不是只追求自己的爱好。

谁先想通了这一点，谁就先走一步，走到前头。这话是有一丝不爽的！

选自《星公杂文集》，吉林人民出版社，1979 年版

朴与华和艺术欣赏上的互相转化

朴与华是一个对立面，也是可以互相转化的两方面。

一个艺术品，一种作风，一代的文艺风格过于华丽、艳美，就会出现由华返朴的变化。正像看了多少张工笔重彩的人物花鸟画之后，就厌烦了，想再来一点粗枝大叶淡墨横涂的写意派的东西。看了一大串武戏和热闹戏之后，就很想再听一折淡雅的唱功戏。吃了许多油腻以后就想多吃一点瓜菜。反之，倒转过来，又开始了由朴趋华的另一过程。

过朴或过华都不好，过朴即失去朴素的真意，会拙笨乖张，抱残守缺，出现病态的粗鄙或欣赏保守的毛病。如果只去欣赏石头块，不愿雕琢，又有什么意思？过华也不好，过华就会轻浮纤弱，失去本义。比如，把一匣子花都插在一个人的头上，那还好看吗？还不成为妖怪！可见一走极端就要坏事。

一切真正好的艺术品，都是把对立的两面结合起来。要华中有朴，朴中有华。俗话说把武戏唱文了，把文戏唱武了，素菜做荤了，荤菜做素了。华丽的朴实了，朴实的华丽了，这才达到了优美的境界。

比如，我们听音乐时，《义勇军进行曲》、《白毛女》曲调多么朴素简单，但它又多么动人而有力。反之，我们也愿听一听若干华丽的跳荡的优美的音乐，如听一曲肖邦的钢琴奏鸣曲，也能受感动。可见朴与华在恰当的范围内，它们又有风格上的差异，使人有不同的情感反应、有不同的感受的作用。

但是，相对地来说，我们的民族和人民是很重视朴的。这个伟大的民族最深刻地知道什么是坚实，淳厚，含蓄，深刻，健康的美，她有伟大的胸怀，正如她有辽阔的土地和伟大的人民一样。历来的风尚也是崇实、尚朴的风尚。无论文章、衣饰、作风、待人、应物、戏剧、工艺、道德、习惯，我们的民族向来都以浑厚、朴实、深沉著称。这就不必去一一列举了。同样地，我们的民族又是最有才华，最懂得才华、精美的民族。她提倡朴，但并不反对华，对于真正的华、应有的华，人民是热爱的。

过去朴与华，崇朴和尚华之间是常常有斗争的，也有过门户之见。论画有南北宗之说，论曲有南北曲之争，论戏有京派海派之别。但在解放后，在今天，在百花齐放、百家争鸣的正确方针指引下，已不在是宗派门户的争论，反而成为互补长短，互相成为有益的师友。尚朴和尚华把对立面统一起来了。

百花齐放、百家争鸣的方面极多，内容极广，仅仅是朴与华这样一个方面，在文学艺术的风格上也是这样的复杂而有趣，又何况我们生活中的各个方面呢！

由此可见，只有采取百花齐放、百家争鸣这个方针，才是唯一正确的方针。

选自《星公杂文集》，吉林人民出版社，1979 年版

荀子和反对片面性

思想方法上的大敌，在于主观性、表面性、片面性。有了这三性，没有不犯错误的。和这三性相对立的是调查研究，实事求是。

在调查研究的时候又要注意“两点论”。

古代唯物主义思想家荀子的《解蔽》篇就是一篇声讨片面性的檄文，他是中国力求从认识的根源上找出人犯错误的可能性的第一个哲学家。他说：“凡人之患，蔽于一曲，而暗于大理。”也就是说，有些人之所以倒霉，就在于为片面性所蒙蔽，看不见客观真理。

什么是片面性呢？什么东西才使人发生片面性的错误呢？照荀子说，什么东西都可能成为片面性的根据，甚至好东西，本来是正确的东西，你如果强调到不适当的程度，也可以成为谬误的根据。他说：

“故为蔽：欲为蔽，恶为蔽；始为蔽，终为蔽；远为蔽，近为蔽；博为蔽，浅为蔽；古为蔽，今为蔽。凡万物异莫不相为蔽，此心术之公患也。”

这段话实在说得高明，意思是说“什么是片面性呢”、“什么都可能成为片面性”。对于喜欢，不喜欢，远，近，终，始，古，今，博，浅，只要过分强调到了不适当的程度就是片面性。凡是万物的相异的两端都互为另一方的片面性。想要不犯片面性的错误只有一个办法，就是“两点论”，“两端对立统一论”。除此而外，别无出路。荀子慨叹地说：“此心术之公患也。”意思是说，这是古往今来对于一切人都适用的公理。

事物的真实情况是复杂的，在一个具体问题上何止两面，常常是几个两面。要想比较准确地掌握事实的真相，只有从各方面去调查它，研究它。绝不可看到一面，小有所获即欣欣自得，这样的表面的片面的所谓调查是很有害的。有些人就是这样看到一点东西，就自觉得已有成见在胸，“做过调查研究了”，结果大错而特错。有片面性的人，必定主观性强，表面性也大。这三种表现都是主观主义，都要走上唯心主义的道路。

要调查研究，又要力戒片面性，只有不怕反复、周折，才可能深入到事物内部，真正接近实际。除此而外，没有别的办法可想。

选自《星公杂文集》，吉林人民出版社，1979 年版

新年驰想曲

——江城邮筒

早晨，我沿着十里江堤信步走去。迎面扑来凛冽清新的江风，江面上雾气蒸腾，江南江北一般是长堤雪柳，粉妆玉抹，琉璃缤纷，真有点像童话里的世界。

这几天连续收到家信，孩子们告诉我，他们已经开始考试了。小五就要入队，很可能在新年的时候系上红领巾。也收到了几封老战友的信，他们中有的在祖国的边疆，有的在首都，有的在矿山、工厂。虽然是身处异地，却是殊途同归，都是为着一个共同的事业在献身奋斗。我们互相祝贺新年，彼此在鼓励着锐气，送走了有丰富内容的一年，在迎接新的一年开始。

我走着，走着，由于这神奇美丽江景的吸引，和响回在脑际的战友们的语言，使自己不由得意惹情牵，思涛汹涌，心神止不住地驰骋起来。

说到过年，我们过过多少个不同的新年呢？既过过戴花帽头，穿虎头鞋，提灯笼，放爆竹的儿时的新年，也过过流浪到关内，住在小店里，看着房东烧纸请财神的新年，更过过在延安清凉山下，在中央大礼堂里，坐在毛主席和中央负责同志的身边，在一起参加欢度新年晚会的难忘的新年，也过过在敌区，在地洞里，擦枪、开会、分食煮地瓜的除夕夜晚。

说到困难，我们什么样的困难未经过？远在西北油矿的老战友来信说：“现在有些同志，常常抱怨困难，碰到一点小不如意就说困难呀！没有办法！你还记得吗？在那最困难的岁月里，我们一班人，一天只吃过一顿糠皮粥，晚上早早熄了灯，分着吃最后的一袋茄子叶，钻在被窝里，去开精神会餐会，有的说：‘闭上眼睛！红烧肉来了！’有的说：‘喂！新出屉的薄皮大馅羊肉蒸饺！’就那样，还尽情大笑地度过了除夕夜晚，第二天还行军四十里打了一仗。”这封信把我一下子引进了15年到20年前的情景里去。是的！那是困难！比起那时的困难来，眼前的这点小困难算得了什么！那是多么乐观、豪放的战斗生活呵！

说到建设，这几年我们是以怎样的情景在从事建设呵！一个在大水库工地上的战友前几天写信告诉我说：“我们的大水库已经建设成功，就要开闸放水，用发电来庆祝新年了。”还说，“像这样大的水库，解放前的中国一个也没有，现在呢，仅仅我们这个专区就有三个。”这些大水库，这些钢铁基地，这些矿山、发电厂，不要多久，只要全面加以调整安排，都会显示出它们的威力。真的，我如果能和这个老战友在一起参加他们的除夕晚会，在正好是1962年1月1日、1时、1刻、1分、1秒里，电闸一推，江山灯火通明，人们在一起欢呼胜利，那该多么好呵！

我想到正在学习中的孩子们：他们也大大变了样了！省艺术专科学校美术系的女同学告诉我：她们不仅会描花点叶，会画山水、人物、翎毛、走兽，还会盖房子，每个人都能挑得动15块砖，应四级瓦工的专试合格。他们全校同学，在5个老瓦工的指导下，自己曾盖过一座二层楼。他们要在新年的时候，庆贺自己劳动的成果！是的，假如人们能去参加他们的新年晚会，和他们在一起度过除夕，跳舞呵！套圈呵！狗熊吃饼呵！欣赏音乐呵！那该叫你能唤回多少青春的光热来！

我走着，想着。从近到远，从远到近，既想到了昨天，又想到了明天、后天。一个在敌人的屠刀下倒下去了的同志，在死前的不几天，他还和我们说："如果在中国搞成了社会主义、共产主义，那时候将是个什么样子呵！"只在不多几天前，我还见过他的爱人，她告诉我，他们的大孩子已经大学毕业了，女儿也进了医科大学。孩子们什么都不想，就是希望多认识爸爸的几个老朋友，多告诉给他们一些关于他们父亲的情况。因为他们很小的年纪就离开了他！我怎能不答应呢！要说的！要告诉给青年们，他们的父兄的一辈是怎样战斗的！是怎么自我牺牲的！人们如果忘记了从前，那就意味着不肖！意味着背叛！

说到明天，这令人向往的明天，更叫你意奔神驰！在我的眼前渐渐地排列出 1 个"2"和 3 个"0"。到那个时候，我就该说：人们！不但是新的年代，新的世纪，而且是新的一千年开始了。那时候应该是埋葬资本主义制度的时候了吧！那时候是应该把那些属于肯尼迪先生一类的古董们送到历史博物馆里，和铜爷、人猿化石摆在一起，陈列给人们参观吧！

选自《星公杂文集》，吉林人民出版社，1979 年版

流氓、打砸抢分子是“四人帮”的敢死队

流氓、拦路抢劫、白昼杀人的刑事犯，在历史上的阶级社会里都有过。这种人从来就是人民的敌人，这不用解释，谁都明白，提起来也人人痛恨。

但是，在林彪特别是“四人帮”横行的时候，流氓、打砸抢分子，却另有其政治含义，有其深刻的社会背景。这一帮子为害之烈，以前的同类犯，谁也比不上，简直可以说无与伦比。为什么呢？就因为：第一，这些人头上有了新头衔、新称号，诸如“反潮流的英雄”呀，等等，不一而足。第二，这些人手中有权，有官印，有队伍，他们有白昼进行打砸抢的“合法”权利，一切犯罪活动，都有“四人帮”及其死党的合法令箭，有人做后台，并十分宠爱地礼育过他们，曾经过御口钦准，有的甚至是面授机宜。第三，这种刑事犯的刑事犯罪不过是手段，其主要的目的不在这儿，也不在打砸抢的所得，而在于政治。什么政治？反革命的“四人帮”的政治。就是消灭革命老干部，摧毁共产党，砸烂公检法，摧毁社会主义经济，搞乱社会秩序，乱中取天下，为“四人帮”登基坐殿做“开国先锋”，做“四人帮”的敢死队。在深入揭批“四人帮”时，有的地方，有的单位，对于明牌的“四

人帮”的心腹、同伙还敢斗争，敢于把他们挖出来，但对上述说的那号人，即流氓、打砸抢分子却不能及时揭破，不敢处理。为什么呢？据说有几怕，一怕伤害了“群众”，说矛头向下，二怕说“打击报复”，三怕引起什么“派性”，四怕说“翻‘文化大革命’的案”。这些个怕，如果有事实，有几分道理，那倒可以考虑。但是，应该想一想，我们说的打砸抢分子，绝不是一般的群众，也不是在斗争中说过某些错话，办过某些错事，或偶尔犯有动手动脚等错误行为的人。我们说的不是这种人，而仅仅是那种以极其残酷的手段，私立公堂，拷打干部，严刑逼供，伤残人命，挥霍无度，以打人取乐，以过帮式生活为得意，密谋串连，设立黑窝，铁窗栏杆，刑法花样翻新，不但手段残酷，造成了无数冤案、假案、血案，而且至今态度恶劣，民愤很大的人。对这样的坏人，你为什么心慈手软？为什么不闻不问？尤有甚者，有的单位明明知道他是这样的人，却给他提了级，加了薪，有的还在继续受到重用，甚至加官晋爵。这就另有隐情。隐情何在？可以公开出来，把它剖析一番：第一，凡是这种人，全有一套善于伪装，乘隙而入，把自己装扮一番，见风使舵，见机而行的本领。当其主子及其同伙快要覆灭之时，他们会装出一副殷勤相，在我们一些天真厚道、容易受骗的领导人面前做一番新的表演，或又投靠了一些领导人，做了新仆从，爱屋及乌，被一些新领导人庇护了下来。第二，凡是这种人，都有其上下左右，层层牵连的援手，帮兄帮弟，同气连枝，拉拉耳朵腮帮子动，他们互相之间是一荣俱荣，一枯俱枯。你搞掉了其中名声较大，露在外边的几个人物以后，他们还攀扯比附，互作声援，密筑防线，层层设障。对于这一点，你千万不可粗心大意。第三，关键在于组织工作、人事工作，考核审查、黜陟干部的工作掌握在什么人手里。党中央一再强调整顿各级党的组织人事工作，而我们有些同志对于这一点就是认识不上去，常常由此给这些人藏身隐蔽留下空子，给这些人东山再起，再搞“地震”留下了间隙。

至于说因为他不是领导干部，又因为只能“矛头向上”，不能向下，就不能动他，这倒要问问你，这是谁家的理论？这不明明是林彪、“四人帮”

的黑理论吗！那么，时至今日你为什么还这样信，还这样讲？我们的矛头指向谁？当然要指向“四人帮”、新生反革命、流氓、打砸抢分子，指向修正主义、资本主义，不管他在上也罢，在下也罢，在外也罢，在内也罢，矛头就是指向他们。不如此，“两打”运动怎么搞得起来？不如此，把这类坏人包庇下来，他一到适宜的时候不是又卷土重来？

当然，对这些人是要讲政策的，但这个政策是党的对敌斗争的政策，这就是首恶必办，抗拒从严，有改悔自新表现的可以从轻发落，给以自新的出路。只能如此，没有别的。而且讲这些政策，也只能在把他们揭露之后批深批透之时，绝不能在一根毫毛未动，问题尚未查清之前。

我省揭批打砸抢分子的斗争正在进行，斗争的发展还很不平衡。因此，绝不能马虎大意，不可心慈手软。这是要再三提醒一些同志的。

选自《星公杂文集》，吉林人民出版社，1979年版

为啥落实政策慢腾腾？

在党中央的领导下，我国从治国兴邦大计，到每条战线的具体政策都一清二楚，明明白白。各种工作该怎么办，不该怎么办，也可以说是家喻户晓。

可是，同是党的政策，同是党中央的指示，在有的地区，有的单位，是闻风而动，雷厉风行，而且一经落实执行，人的精神面貌，单位的精神面貌就焕然一新，热气腾腾。另一些地区，若干单位，就是滞滞扭扭，慢慢腾腾，少气无力，只听楼梯响，不见人下来，党的政策落实不了，你说这到底是为啥?

经过一些调查研究发现，这里大有文章。文章之一，是这种地方，这种单位，有人对落实党的这些方针政策不积极，有抵触，而且何止抵触，甚至坚决反对。因为如果要落实党的政策，就要否定他，就要推翻他干过的坏事，要把他牵连进去。比如，搞“双突”，搞帮派势力，搞打、砸、抢，迫害老干部，迫害知识分子，甚至制造冤案、假案。这些事本来就是他干的，你要落实政策，那可怎么得了，他能甘心情愿吗？何况，他还正掌握着这里的一些人事、组织大权，他怎么肯顺顺当当地、干净利落又彻底地落实党中央的政策呢？怎么肯贯彻执行省委根据党中央的政策而做出具体的部署呢！

文章之二，就是有的领导人心有余悸，不敢快办，他还想看看再说，先瞧瞧左邻右舍，别人动没动，反正你们都办了我才办，你们没有办，我可不干，担心“出头的椽子先烂”。这点世故，这点保身保官的哲学，说来可怜。这是事出有因的，这种“经验”是这些领导同志在“四害”为灾，省委前主要负责人大肆猖狂时，爬坡爬出来的。不是早就有个顺口溜么：“检不完的讨，站不完的队，爬不完的坡，认不完的罪”。好容易回来又当官了，这回可得小心点，不能太积极了，何况年纪大了，磕磕碰碰地再跌筋斗，跌不起了。这是某些领导同志，也包括一些老干部的内心里的潜台词。

文章之三，是问题成堆，积重难返，要拨乱反正，得花大力气，得得罪一些人，得解决不少“老大难”问题。要人尽其才，调回该调的人，编制已满，又没住处；要给冤案平反，重作结论，牵连的人怎么办？要定职定级，提拔一些科技人员、讲师、教授，如做不好会不会出点事，对我有意见，等等。反正落实政策就是斗争，整顿就是革命，不横起一条心，坚决干革命，是办不成什么事的。

此外还有一些文章，但主要文章在此三点。

那么咋办呀？对于第一种人，你专等他发善心不行，就得把他从掌握大权的岗位上拿下来。他必须说清楚他干的坏事，他搞“双突”、打砸抢的问题必须交代清。对于后两者，就得请这些同志好好想想，发扬党性，豁出半斤八两，不要再按老章程看自己那点老世故。横起一条心，想想自己为党工作的时光不太多了，得分秒必争呀！

“谁要你当共产党员来的！”这句话说得多么好呀！说这话的人，以及那些下决心奋不顾身，敢于斗争，敢于落实党的政策的人，就是我们的好榜样！

省委紧跟党中央的一切部署，落实党中央制定的一切政策，并成立一个省委落实知识分子政策的领导小组和办公室，也作了一些部署、要求、规定。希望各地区、各单位不要慢腾腾，要雷厉风行，坚决果断地工作。不是有的地区为此已吃了大苦头才急流勇返，决心放手发动群众，彻底解决自己的问题么！这些地区和单位是镜子，奉劝其他地区和单位都对照对照，大有教益！

选自《星公杂文集》，吉林人民出版社，1979年版

马尾巴、蜘蛛、眼泪及其他

写完题目，自己先笑了。因为这很像“论足球和馒头的关系”一类的相声。把几样毫无关联的东西硬扯到一起，是因为这几个词汇，前几年确含着多少人的辛酸，有的还是冤案，应该予以昭雪。而眼泪又暴露了一些人的可笑、可鄙行为。

电影上有过一则“马尾巴的功能”的笑话。那时他们好像真的抓着了一个笑柄，拿起这块石头得意洋洋地向“臭老九”掷过去！看那个教畜牧学的教师多愚蠢，竟然要讲“马尾巴的功能”！有些观众也跟着糊里糊涂地笑。可是果戈理就曾让他的剧中人物向观众大叫过：“你笑什么？你笑就是你自己！”人们在笑中，不是早就该存点戒心了吗？第一，这个故事有没有现实生活的根据？可信可不信？第二，教畜牧学的讲到“马”，到底可不可以讲马尾巴的功能？简单地介绍一下算不算是一条罪状？如果你不信，就请你回答：科斗是有尾巴的，为什么长大成蛤蟆时就没了？牛尾巴有什么作用？兔子尾巴为什么长不了？举凡生物还保存下来的器官，都有它存在的道理。有些动物的尾巴在跑起来时可以起“舵”的作用。最低也有轰走蚊子、牛虻的作用。如果毫无用处，拖着那么个累赘干什么？至于马尾巴，确实有它的“功能”。骑兵的马在冲锋时是一种形态，在小走、大跑或拐弯时又呈现多种不同的形态。这就足以证明马尾巴并不像江青的假发一样，仅仅是一种骗人的装饰，没有其他“功能”。为了区区此事，画马的徐悲鸿大师就曾花费大量心血，进行过观察和揣摩。但这些道理在“四人帮”横行时谁又敢讲？

再说蜘蛛。某医科大学一位老教授为研究蜘蛛也吃了大苦头！有些人就因此判定他是吃饱饭没事干的“反动权威”。但他们哪里懂得此事与古生物学、地质学、找矿、找石油和防治病虫害有着很大的关系，研究它会给人类造福呢！他们哪里懂得，在反对细菌战时，指出美洲蜘蛛与亚洲蜘蛛的区别，对揭露美帝国主义惨无人道的罪行起过大大的斗争作用，为国争过光呢！（这位教授不幸于前两天病逝，本文提到他，也含有我的悼念之意。）这些在“四人帮”横行时谁又敢讲？同那伙用花岗岩做脑袋的家伙，你是有理说不清的。

至于眼泪，大家知道：人的眼睛两侧都有个泪囊，里边装着一种液体（可能是腺体之一），遇到一定的刺激，它就会淌出来。古今中外，没淌过眼泪的人，大概不会有的吧。但啥时候淌，淌得好不好，是不是火候，这功夫和修养却大有区别。给我这个启发的，就是当年曾大肆嘲笑“马尾巴功能”，大肆辱骂“蜘蛛教授”的某些人。试看当日他们何等“革命”，何等得意，何等威风，又何等猖狂不可一世。可是“四人帮”一倒，他们就像扎了一针的皮球——瘪了。这时他们的泪囊仿佛也失禁，在大小会议上，常常淌出大量的泪水来。其中愿意痛悔的人，当然也是有的，但有的就令人生疑。鲁迅先生就说过，他怀疑那些常以眼泪骗人的，是否用了生姜或辣椒面。如现在有的人指天誓日地说，他和“四人帮”及其爪牙毫无关系，而且早就受他们“排斥打击”，说到这里眼泪就淌了出来，以此证明他的话是真的。可是说来也怪，有的越被“排斥打击”的人，官就越升得快而大，这是否和旧军阀说的“他妈的当连长，打四十军棍赏团长”一样？或此中另有诀窍，咱们不得而知。

读者也许要问：你写这篇杂文到底要说些啥？可直率地告诉同志们，我只是想说人们不要太天真。对“四人帮”及其爪牙，不管他说啥，都要想之后再下判断，再表态，甚至笑不笑，也得有点戒心，小心上当！对有些人要从他长期的历史去认识他，开头怎样，后来怎样，今后可能怎样。不能凭一时一事，一个表情，几滴廉价的眼泪就下结论。知人论事很难呀！许多同志都有这样的深刻体会。尤其在这些年。

马克思主义教导我们，看人不是看他的宣言，而要看他的行动。一句名言说得好，一个重要的行动，胜过一打纲领。一打有多少？这是句洋文：12个！

选自《星公杂文集》，吉林人民出版社，1979年版

从列宁的故事想起的一道试题

《列宁在 1918》这部电影大家都看过吧？在列宁身边那个小孤儿，就是那个小女孩和列宁之间的共产主义一老一少的无限深情是多么感人肺腑！让人什么时候想起，就什么时候波涛起伏。

当国内战争最艰苦的日子里，没有吃的，没有烧的，没有穿的，面包是用线量了，一片片分着吃。全国无产阶级都想着列宁，惦记着他，怕把他饿坏了，有的人从老远老远的地方给列宁邮来一点吃的，但列宁一口不吃，他下命令："送到保育院去！"十月革命第二天，列宁签署的第一道法令是关于停止战争和土地法，接着下的命令就是没收地主资本家的田庄、住宅，把最好的房子拿出来办幼儿园，办小学校。

一个郑重的，有朝气的，严肃的民族，没有一个不是首先关心孩子，关心小学校，关心幼儿园的。这一点连反动派的头子们，连北洋军阀也都懂得，他也不敢违背民意，也得伪善地把村里的大庙、祠堂公产交出来办学校，也高喊"十年树木，百年树人，教育救国"，也得装装样子。

作为中华民族近代史上第一篇激进民主主义的伟大文艺作品，是写在五四运动的前一年。这就是鲁迅的《狂人日记》。在这里我们的大革命家、大思想家、大文学家发出了一大喊声：

“救救孩子！”

可是，你说这些，对于“四人帮”及其同伙是对牛弹琴——白搭！他们是什么坏事全干得出来，什么都抢的：茅台酒呵，熊掌呵，沙发立柜呵，貂皮大衣呵，人参烟呵，好吃的呵，漂亮的高楼大厦呵，好！全给我！都拿来！岂但这些，保育院、幼儿园、小学校、中学校、大学校的房子都一股脑儿地抢了去，占了去。什么学校，什么“臭老九”，什么孩子，什么幼儿园，什么党纪，什么国法，什么军纪、风纪，我是官，我说了就算！

和“四人帮”相反，单永和同志到中共双阳县委主持工作后，他对证了一下，有的公社、大队的街门太好了，而小学校、中学校又太破了！于是他也使用了一下职权：

“换过来！”

我看这件事办得很好，这个职权也用得好，他像个共产党员，像个老干部，他大概也看过《列宁在1918》的电影。

马克思主义告诉我们：道德和法，互为表里，互相补充，法是强制的力量，道德是舆论的表扬和批评！对有的人光法不行，他不怕。还得向他刮脸皮！你那么大的人，还抢小朋友的饼干吃，你不害臊！你吃了不胀肚！真英雄！真行！

临了，我想出用一道有关社会道德风尚标准的民意测验题，请教读者同志，请问：

一个公社，一个大队，最好的房子到底该由谁住？有的该不该交给幼儿园、保育院、小学校？

选自《星公杂文集》，吉林人民出版社，1979年版

办好市报，为实现“四个现代化”鼓劲！

长春市报，过去办得很活跃，很有那么几年，大家都喜欢看市报。我自己就是一个，不但爱看，还常动手给它写稿。

市报是市委的机关报，是市委手里造舆论，起动员、组织作用的有力工具。长春市是省会，又是全国大城市之一，有百万以上的人口，在我省实现四个现代化中，长春市应该是各地区、各市的排头老大哥，理当打着红旗走在前面。《长春日报》也应该是我省地方报刊广播中办得最好的一个。可是这几年，在“四人帮”流毒影响下，这张报纸办得并不好，人民和它生疏了，离远了，它不再是人民的代言人，它和人民不再心贴心了。“四人帮”流毒使它在人民中失去了党报的威力。

“四人帮”说假话，说空话，说大话，搞一套“帮”式文风，老鸦腔调，一看就让人恶心。但这还是其次，更坏的是他们利用报纸攻击老干部，攻击社会主义制度，丑化无产阶级专政，丑化党，丑化党性，丑化社会主义秩序，丑化共产主义道德品质，而树立坏人坏事，假典型，使坏人横行，好人遭罪。什么“阶级关系新变化”呀，“爬坡”呀，打倒“民主派”呀，大批“唯生产力论”呀，反对“管卡压”呀，什么张铁生、学朝农、交白卷、打砸抢、“反潮流”的“英雄”呀！试想，市报也跟着吵吵嚷嚷，人民怎么能喜欢它呢！当然，也不能说市报这些年一无是处，说的全是假话，树立的典型全不对。我们不能搞形而上学，不能一棍子打死。市报报的不少典型是真的，是经得住时光的检验的，有些文章写得很好，有些言论和林彪、“四人帮”有斗争，有些文艺作品如小说、诗歌、曲艺歌颂了党，做了很多好事。但“四人帮”是大造反革命舆论的罪魁祸首，市报不可能不犯错误，不可能不出上边说的那些错事坏事，因此我们说这几年它办得不那么好了，不受喜爱了！长春市有汽车厂、客车厂、机车厂、拖拉机厂这一类机械交通工业，因此人称汽车城；长春市有老大学、大研究所、新大学、中小学，卫生文化事业也很不错，因此人称文化城；长影在长春，省、市文艺界许多受人欢迎的作家、艺术家、演员、文艺团体也在这里，因此人们又叫它春城；长春市林木茂盛，街道整洁，满城丁香花，一街白杨树，因此连到过长春的外国客人都说长春是中国北方的公园市；长春市郊区农业本来很好，既打粮食又供应蔬菜副食，附近又有人造林区，净月林场，新立城水库，这些苗圃、农场也原本办得不错，管理得也好，因此人们称长春市是城乡接合的好典型；更要紧的是长春市原来社会秩序较好，共产主义风尚较高，学雷锋有传统，青少年课外活动、社会活动很活跃，民警也很受人欢迎，秩序井然，因此，人们称赞长春是个法制城市；最后，市委还领导着五个县，榆树、德惠、九台、农安、双阳五县是松辽平原上的商品粮基地，而榆树又是全国有名的“大豆之乡”和数一数二的商品粮大县，因此长春市又是我省产粮的第一基地。现在，我们把这几个属于长春市的称号连起来一看，那就很有意思了，人们称长春市为：汽车城，文化城，春城，公园城，城乡合作城，法制井然城，吉林省第一粮食基地。不是我一个人恭维她，也不是谁可以随便地给长春市戴高帽。当然也不是说长春的过去一切都好，没有缺点，但这些称号不会是少数人一宣传就会让人心服口服的。因为它毕竟是事实。

粉碎“四人帮”后，长春市又有生气了，抓纲治市初见成效，人们看到新的气象为之高兴，有点改进就拍手叫好，但是“四害”为灾，问题成堆，积重难返，变得还不快，又为之着急。这种心情是完全可以理解的，人民这种心愿和要求是把长春的工作搞上去的巨大动力。

作为市委的机关报，我们希望它为长春市拨乱反正，把以前的六个好称号找回来，为四个现代化作出贡献。希望《长春日报》办得更有生气，更联系群众，为大家所喜爱。

那么咋办呀？说得原则一点就是好好学习党的文件精神，认真落实党的方针、政策，为四个现代化添砖加瓦。

但我觉得还有个比这更简单、更朴素、更容易懂的提法，这就是和人民心连心，做人民的代言人。为了不笼统，不如也来个甲、乙、丙、丁以明之:

甲，凡是人民最关心、最着急实现的事，《长春日报》就首先着急，着急到非把它办成就睡不着觉!

乙，凡是人民最关心、最着急的事情，《长春日报》就该第一个先关心，先着急；先造舆论去解决它。

丙，凡是人民最喜爱的，向往看到的、听到的、办到的好事，《长春日报》就该和人民一块热爱、一块去欢迎，为之当“伯乐”，发现“千里马”，培养“千里马”。

丁，凡是长春市早就行之有效、全市人民花了多少血汗才创成的好成绩、好传统、好作风、好制度、好街道、好公园，《长春日报》就该特别珍惜它，爱护它，保护它，谁伤害了它，就与之势不两立，决不罢休!

如果市报的全体办报战友真能有这样的立场，这样的思想感情，这样的决心，人们可以拭目以待，这张报纸必定会得到人民的称赞，一定会大大改变面貌!

选自《星公杂文集》，吉林人民出版社，1979 年版

党报应有党性

列宁建立布尔什维克党时，从建党报《火星报》开始，他写下的《从何着手？》的经典名著，就是指导我们共产党人办好党报的灯塔。

毛泽东同志从着手建我党、我军的第一天起就抓党报。谁都知道，《湘江评论》就是他创办的。在长期革命斗争中，还经常亲手给报纸写社论、写通讯、写消息。我党的党报，办报人员得天独厚，有自己建立的马克思列宁主义新闻学，有自己一整套办报的路线、方针、政策，有自己党报的光荣传统。

党报是代表党的，党报的生命就是党性。我党的党性是由工人阶级的阶级性，由马克思列宁主义的科学性，由共产党的革命性，共产党人的组织性、纪律性等特性组成的。说真话，说老实话，有实事求是之意，无哗众取宠之心，尊重事实，实事求是，假话绝不可说，空话绝不可讲，骗人的事绝不可干，这是党报的出发点，一切党性特征的基础，如果破坏了这一条，就破坏了党报的生命线。

“四人帮”和省委前主要负责人及其同伙，特别是管报纸、广播的干将，恰恰在这一点上作恶多端。俗话说："杀人可恕，情理难容。""四人帮"打、砸、抢，杀人害命，令人发指。但他们的吹、拍、骗的罪恶及其结果远远胜过打、砸、抢，给党造成的损失也不是短时间可以补偿的。这一点现在已看出，时间愈长，愈能看出其害人害党之罪恶深且远。有识之士早就为此痛心疾首，着急早日恢复发扬党报（包括广播）的党性。可以毫不夸大地说，这是关系着社会主义革命和社会主义建设的好坏、快慢、成败的事。道理并不难懂，党的声音，党的喉舌，如果在人民中无巨大的威信，那将多么危险，怎么可以？

粉碎"四人帮"，党报也解放了。全国科学大会向四个现代化进军的号角吹响了，这个时候多么需要党报、广播发挥威力呵！多么需要党报发挥组织、鼓舞、激励、批判、推动的作用呵！

可是，一些人仍在搞那一大套"锤路子"、"拔高"、"调角度"的"锤拔调"三字经，又有一套"锤路子，找例子，写稿子，登上头条就是好小子"的推行了多年的政策，这些流毒害人，害党，害了办报人员，害了党报。对其流毒绝不可低估。这个肃毒工作不要看短了，看轻了，而要看足，看够，看作长期的任务，才更好一些。毛主席教导我们"全党办报"。这里说的是全党，说的是办报。在我们省，市地州盟、县旗委，全省同志都应关心、支持、监督、批评这些媒体，以便充分发挥其应有的作用。

最近，我们觉得《吉林日报》有了些转变，文风变了些，报道快了些，对生产的报道从"唯生产力论"的大帽子下解放了出来，也有点敢管了，落实政策的报道也有了一些，对拨乱反正的经验也作了一些初步的报道。更重要的是在省委领导支持下，《吉林日报》旗帜鲜明地作了一些表扬和批评，起了及时的组织推动作用。但是，这一切还仅仅是开了点头，比起全国兄弟省报纸，差距还很大。作为评论员，我们希望报社、电台快点变，也希望全省革命人民及一切同志监督，帮助新闻广播事业！让它在实现四个现代化的伟大事业中，发挥出更大威力！

选自《星公杂文集》，吉林人民出版社，1979年版

大家都来管教败家子

从某种意义上说，下一代的人是个什么样的人，这是由现在这一代的中小学教育来决定的。也可以说，看现在的中小学教师怎样教学生。

在“四害”横行之时，有些现象不是随处可见么：破坏公物，化公为私，小偷小摸的人常常横行无忌；点大灯泡、点电炉子，偷电无人查，长明灯无人管，长流水淌成了河无人闭；新种下的树就让人拔了，公园街道的花木随便攀折；甚至到马路中间掘土、和泥、托煤坯，闹到拦路断行人的地步。这些事城建局、派出所也不敢管。至于破坏公共秩序，破坏公共卫生，不以为耻，反以为荣，有的人还觉得很时髦，很够得上“反潮流”精神呢！

在某些单位，摆阔气，大少爷作风更不得了了。甚至流行着顺口溜：“我们这里大家拿，公家有啥家有啥。”到这些单位有些职工宿舍去看看就可明白，真是近水楼台先得月，干啥的家里就有啥。公家的东西他家样样有。

粉碎“四人帮”，消灭了大“四害”，大搞爱国卫生运动，订立爱国卫生公约，还得消灭小“四害”，即苍蝇、蚊子等。那么如何教训教训那些败家子呢？得动员整个社会来管教他们！

在管教败家子中，在动员社会舆论中，首先得把中小学全动员起来。以我们省为例，如果能动员全省700万中小学全体师生，在一切学校，一切课堂，所有的人民教师都卷入这个学雷锋管教败家子的活动中来，事情就好办了。

管教败家子，采取订立公约，搞革命竞赛是个好办法，如爱国卫生公约就很好。

另一个，少先队监督岗的形式也很好。这些监督岗可以按校包干，分片负责，分工到各行各业去，在我省各城市，人到之处，应当到处有人管，到处能听到这样的声音：

“叔叔！请自重一些，别破坏公物！”

“叔叔，请遵守公共秩序，别破坏规章！”

“叔叔，请别攀折花木，那样干不道德！”

“叔叔，请您讲究卫生，注意清洁！”

“叔叔，请您讲究礼貌，注意风纪！”

这些声音会对那些偶然做了错事，但还有自尊心的叔叔、阿姨起警醒作用。至于脸皮太厚、中“四害”流毒太深的人，他不听也不要紧，还有办法，有社会主义的法制管教他！如其不信，让他试试看！

进行这些活动会不会增加学校负担，耽误了上课？不会的。因为，学校里再不这样干，连窗户玻璃都会被那种“反潮流的人”摘走或者打碎，全变成“五风楼”了！不做行么？至于为了办好教育，为了教育全社会，为了整个新的一代，大家都来管教败家子，这件事是非快点干不行的！

选自《星公杂文集》，吉林人民出版社，1979年版

要运转机器，不要拆零件用

党和国家，每一个机关企业，如果必须设一个职能机构，那就是说有它的用场，不然设它干什么？职能机构，这四个字就说明，它得有职，有能，还得有个机构。如果设个机构，一无职，二无能，也没机构可言，那是聋子耳朵——摆设，是个白吃饭不干活的玩意儿，甚至不干好事，并妨碍人家干好事的设施。

“四人帮”及其同伙，不干好事，干尽坏事。他们还有个能耐，就是取消党的作用，取消政府的作用，取消负责人，取消职能机构，取消老干部的作用，取消真正懂行的人办事的权利。那么，他们因此只喝茅台、大曲，一点“公”也不办么？不！他们不办公，却能办私，却能专去找那些帮兄帮弟搞鬼。他们只信任极少的几个人，只信他们的“自己人”，比如，对一个组织部，一个宣传部，他们撇开主要领导，因为他是“民主派”，信不着，但却同这些部门里的个别人保持单线联系。只有这么几个人，成了宝贝。他一个人比多少个部长、局长、处长都厉害，都灵。至于职能机构呢？对不起，拆了！只剩下零件了！我省以前一个时期，党和政府的一些部、局、处、室的职能机构不是长期以来不同程度的有职无权，无法工作，欲干不能，欲罢不忍么？

像各级党委宣传部、组织部，这是党委这架战车的两个车轮。从有马克思起，就是这个规矩，啥时候变过？可是，有些人怎么干的呢？拆了！当零件废铁处理了。有的拉去搞哈尔套大集了，有的拉去写吹牛、撒谎、搭屁的文章去了，有的搞“民主派”爬坡去了。原省委宣传部主要负责同志说一句，这不是“拆机器使零件”了么！好家伙，就这么一句话，惹下大祸，就叫他检讨半年。这位同志说错了么？不！他说得对。起码，这句话说得有党性。现在有的市、地、县委宣传部还在拆机器只使零件呢！开了会，作了决议，表了态，就是不照决议办事，管你上级不上级，我就是干我的。其实此事何止宣传部一个户头，不是还可以找出许多么？更有甚者，国家宪法，政府组织法，党章里规定的机构，这帮家伙一句话就取消了，说砍就砍，哪里还有一点党纪国法。奉劝拆零件，不发挥职能机构作用的同志醒醒吧，你应照党章办事，宪法办事，好好肃清流毒，改改你身上的帮风帮气行不行？

选自《星公杂文集》，吉林人民出版社，1979 年版

金猴奋起千钧棒

——重看省京剧团演出《闹天宫》有感

《西游记》中的孙悟空，是我国文学的珍品，戏曲的珍品。可是，一伙不读书不看报，什么都不懂的人，却偏偏要无限上纲，说你歌颂孙悟空就是存心反党、反人民、反社会主义。但事实证明正好相反，他们才是存心和正义“对着干”，存心要反对“金猴奋起千钧棒，玉宇澄清万里埃”。

明朝中晚期，中国社会有了早期资本主义的萌芽，市民文学、口语文学，写以人性觉醒为特征的文艺珍品，连同一些糟粕、混杂物，泥沙俱下，五光十色。戏曲有较晚出的“玉铭堂四梦”，尤其《牡丹亭》，就是其中的代表。小说以《三言》、《二拍》及后来的选集《今古奇观》可代表一般，至于《金瓶梅》出于万历年间。吴承恩的神魔小说《西游记》赢得了广大的读者。《西游记》的作者世界观很复杂，他一方面有布道传教式的神魔小说作者的习气，但却不是虔诚的宗教徒，他创作出的孙悟空这个天不怕地不怕，什么人都敢斗一斗、摸一摸的大人物就很了不起。当然喽，此公后来也皈依了正统，成了正果，为“斗战胜佛”，但野性不改，和卖身投靠而成“正果”的“仙佛”还不一样。

到了明末清初，戏曲有了很大发展，当时的戏曲剧本集《缀白裘》中，关于孙悟空已有许多好戏了。但昆曲毕竟太文雅，不如乱弹、高腔和各地方戏。这些戏中的孙悟空就大大撒起野来。京昆二剧种的猴戏，也有争论。如郝振基的猴和京派杨派的猴都各有千秋，郝重模拟，杨重猴王的气度，京派后来大捧杨派，而轻视海派的猴，其实他们暗地里又融和。但无论哪种戏，观众和孙悟空之间的私交好友之情是一向情深的。记得我从五六岁起，就十分崇拜孙悟空，那时没有选举的民主，即使有我也不够选民，不过真让我投票选举，我很可能投孙悟空一票。

距上次省京演《闹天宫》,时隔19年,这次重看他们的演出,很有感触。此戏的武生相当难，唱、作、念、打步步吃紧，稍有软落，就很难成功，在一场文艺浩劫之后，能这样与观众见面，也算难能可贵了吧！

此戏《偷桃》、《盗丹》、《花果山》几折中很有几支名曲，如那支“醉花阴”、“折桂令”、“黄龙滚”，这次演出中，开头就割爱了。我觉得很可惜，后来在《御马监》一场中剧团又补上了，因为这是点中了“沐猴而冠”，并反转来从猴王嘴中笑煞官僚主义的主题歌，今天唱唱就很好。

这里重新谈论《闹天宫》这出戏，也算对孙悟空这个人人喜爱的大英雄落实政策。此公也沉冤多年，现在亦应予以昭雪。

选自《星公杂文集》，吉林人民出版社，1979年版

多请老师，虚心学习，繁荣我省文艺事业

——听郭淑珍同志音乐的感想

我国著名女高音歌唱家郭淑珍同志，应邀来长影录制电影歌曲。在一次内部的独唱会上，我和省直音乐界的同志一起欣赏了她的表演，感到十分振奋和高兴。

作为独唱音乐家的郭淑珍同志，她的独唱，声情并茂，有相当高的艺术的完美性和感染力，可见她的功力教养之深，声乐技艺已达到运用自如的地步。她演唱的《世世代代铭记毛主席的恩情》是那样亲切、深沉；而几首怀念敬爱的周总理的歌，又唱得那样深情、崇敬、庄重、肃穆，使人不能忘怀；《十月里响起一声春雷》又是那样喜悦、豪迈、奔放，充满信心；《黄河怨》是大家所熟悉的曲子，郭淑珍同志用声乐的表现力，把我们带进了抗日战争的艰苦岁月，回忆起在日本侵略者铁蹄下中国人民遭受苦难的情景和中国人民在毛主席领导下奋起抗日英勇战斗的场面，使人感动异常。郭淑珍同志的演唱之所以取得这样的成就，是她多年的生活实践和艺术实践以及对作品思想内容深刻理解的结果，也是与她遵照“古为今用、洋为中用”的方针，创造性地学习中外传统歌唱技艺分

不开的。

我们伟大的人民对于音乐很有爱好，很有教养，早在两千年前我们伟大的祖国就出现了完整的音乐理论。对音乐表演艺术也有许多精辟的论述。对于音乐，我是个门外汉，是个乐盲，但我也知道我国的音乐理论非常看重声、情、志三字的结合。从前人们说“诗言志，歌咏言”，“以声达情，以情出声”，这样高度简练的音乐科学的概括，既朴素又切实。古代音乐理论非常重视声、情、志三字的结合。声，就是音符、节奏的准确性、鲜明性、和谐性，是旋律的优美动人、音乐语言的感染力。情，就是表演者通过声，传达唤起听众的情感共鸣，他和听众一起喜、怒、哀、思、悲、恐、警。志，就是主题的思想性、目的性，是艺术手段实现的结果。这三者是紧密结合的。有声无情，或情不助声，结果成了发声表演，一阵音响的堆积，再响再亮也无济于事。有情无声，或声不助情，一定是心有情而力不足，无音响基础，没有歌唱技巧，就没有艺术的感染力。声情并茂，还得有好歌、好曲以言志，言共产主义之志、高尚的美好的意志。这就要求演员不但要选择那些在艺术风格技巧适合于自己歌唱特点之歌曲，更要注意内容上的选择。所以说，声、情、志三者是缺一不可的。在这里，呼吁我省的诗词作者和音乐工作者，要遵照党的十一大路线，乘五届人大的东风，努力创作出一批无愧于我们时代的好歌好曲，为声乐演员提供更多的出色的曲目。

郭淑珍同志的演唱把声、情、志三者结合得统一完整，水乳交融。她的独唱，其实是运用音乐手段，以音乐语言发表了和群众交心的演说。她的每首歌都是以声托情，以情赋声，以声情并茂达到主题的明确性和鲜明的思想性，引起了听众思想感情上的共鸣，起到了声乐艺术的社会作用。

听了郭淑珍同志的演唱很受启发。我省文艺各部类是比较落后的，我们不能故步自封，要多请老师来，虚心学习，多关心人才培养，多听、多看，多寻师访友，有关部门举办这样的声乐观摩。郭淑珍同志的演唱，对于推动我省声乐艺术的发展一定会引起波澜的。现在春光明媚，播种的时候到了。

我们热望省市有出息的音乐工作者，坚持文艺路线，贯彻执行“百花齐放，百家争鸣”的方针，好好团结，互助合作，认真实践多演、多学、多讨论、多去寻师访友，多培养新人，努力培养出更多的声乐人才，大干快上，为繁荣社会主义音乐艺术贡献出我们的全部力量。

选自《星公杂文集》，吉林人民出版社，1979 年版

平凡的岗位，光荣的职责

——为人民女教师而作

战斗在教育战线上的广大女教师，是我国宏大的人民教师队伍中的重要力量。过去，在党和伟大领袖毛主席的领导下，无论是在战火纷飞的年代，还是在社会主义革命和建设时期，她们都为党和人民做出了重大贡献，在我国无产阶级教育史上谱写了光辉的篇章。今天，她们又英姿焕发，朝气蓬勃，为实现新时期的总任务英勇战斗，在平凡的岗位上，不断创造出极其崇高的英雄业绩。我们为我国的人民教师而骄傲，为人民女教师而自豪！

有人说，教师的工作平凡。的确，从表面上看，教师的工作是很“平凡”：粉笔、黑板、上课、辅导、批改作业，日复一日，年复一年，周而复始。尤其是小学低年级教师，成年累月面对的是一些不太懂世事的小孩子，要从“b、p、m、f”、“一、二、三、四”教起。但是，我觉得教师的光荣就在这里，崇高也正在这里。因为正是从这简单的字母和数字开始，儿童心灵的门扉被打开，理想的火花被点燃，迈出了知识世界的第一步。从北京景山学校的特级教师马淑珍、郑俊选、方碧辉和安徽省嘉山县实验小学教师李守兰等许许多多小学教师的事迹中，可以看出，人民教师在培育革命后代中肩负着多么重要的职责，和我们国家的前途命运、四个现代化的宏伟蓝图又是多么紧密相连。我国广大人民教师，正是深刻地认识到这一点，以火一样的热情，把整个青春和全部精力，都献给了党的教育事业。为了提高教育质量，她们呕心沥血，把被人们看来简单、枯燥的教学活动，导演得生动活泼、有声有色，大大加快了少年儿童的成长，从而加快了为四个现代化早出人才、多出人才的进程。这是教育家的匠心吗？是的，但更重要的，首先是她们有一颗急革命之所急、想革命之所想的红心。就是这些普普通通的人，在开凿社会主义现代化强国的坚强地基，构筑着共产主义大厦的钢筋铁架。她们像不知疲倦的建筑工人，当万丈高楼从平地崛起，她们又重新开始，进行着更新更美的设计；她们像永远奔驰的列车，源源不断地把各种人才输送到战斗岗位，而留给自己的只是尘土和灰烟。当你看到天真烂漫的孩子开始懂得了革命道理，掌握了科学文化知识，由幼嫩的小树苗壮成长为枝繁叶茂的栋梁之材时，你会感到由衷的喜悦。但你可曾想到，这里面包含着从小学、中学到大学老师们的多少甘苦：一个又一个不眠的夜晚，一张又一张改了又改的教案，一次又一次循循善诱的谈心，字里行间，言谈话语，融注了她们的全部心血和满腔热忱。孩子们懂事了，她们的青春已逝，孩子们长大了，白发已经爬上了她们的双鬓，但她们并不觉得懊恼，而是感到无限的欣慰和欢快。这样的人，谁说不美？这样的事业，又怎么能说不壮丽？古人说得好，“不积跬步，无以至千里；不积小流，无以成江海”。除了那些异想天开、妄图平步青云、一步登天的狂人，谁能不赞美我们的教师，不讴歌我们的教育事业？你看，那些警惕地守卫着祖国边防的人民解放军战士没有忘记，在他们的钢枪上寄托着老师的期望；那些坚强地战斗在高炉旁的工人没有忘记，在他们挥动着的手臂中有老师的力量；那些驾驶着拖拉机耕耘沃土的农民没有忘记，在他们熟练的操作中有老师的汗水；那些在攀登现代科学技术高峰中做出了贡献的科技人员没有忘记，在他们的成就中有老师的辛勤劳动。他们在争分夺秒的工作中，没有忘记把胜利的喜讯报告给老师，满怀深情地向老师倾诉内心的深深激动。这一切，就是对教师这一崇高职业的最高尚、最美好的奖赏。

我们中华民族，历来是尊重教师的。今天，在我们社会主义的光明的中国，对人民教师的尊重进一步提升到了新的高度。教师连同其他知识分子，和工人、农民一样，是无产阶级专政的依靠力量。新中国成立以来，人民教师队伍不断成长、壮大，浩浩荡荡地前进在革命的大道上。但是，就是这样一支好队伍，却受到了林彪、“四人帮”的疯狂摧残。“四人帮”肆意颠倒敌我关系，恶毒咒骂人民教师是“臭老九”，把广大人民教师打成“专政对象”、“复辟资本主义的社会基础”，大加“围剿”，必欲置之死地而后快。在“四害”横行的日子里，广大人民教师的遭遇极为凄惨，她（他）们在政治上遭到歧视，备受欺凌和侮辱，不少人被迫害致死，不少人流离失所；在精神上被“两个估计”的反动枷锁所束缚，压得喘不过气来，每天战战兢兢，如临深渊，如履薄冰。反动封建王朝和国民党蒋介石黑暗统治下有过俗语“家有二斗粮，不当孩子王”，在“四人帮”的淫威下又重新流传，教育被人视为畏途。我国教育事业遭到了一场空前的浩劫，造成了灾难性的巨大破坏。然而，雪压霜欺，动摇不了我国广大人民教师的坚强意志，熄灭不了燃烧在她（他）们心中的熊熊烈焰。在极端困难的条件下，她（他）们没有离开战斗岗位，仍然一心扑在教育事业上，为儿童和青少年的健康成长尽心尽力。人民永远不会忘记，在同“四人帮”争夺青少年一代的斗争中，教师们付出了多么大的代价。包括那些被剥了教师权利的同志，她（他）们的心一时一刻也未曾平静，不断从侧翼支持战友的斗争。这是一种多么高尚的革命品格，同那些见风使舵、狗窦钻营、摇尾乞怜的投机分子形成了多么鲜明的对照！因为她（他）们坚信，光明必将战胜腐恶，人民教师这一崇高称号是任何黑手也玷污不了的，历史必将作出公正的评价。

这一天终于来到了！人民教师又一次得到了解放。党中央拨乱反正，彻底砸碎了套在广大人民教师身上的反动精神枷锁，人民教师又重新回到了劳动人民的光荣行列。党高度重视教育工作，在实现新时期总任务的伟大斗争中，为教育战线进一步贯彻无产阶级的教育方针指明了方向，对人民教师寄予了殷切的期望。在党的领导下，教师的社会政治地位不断提高，教师的智慧和才能得到充分发挥，教师的贡献受到尊重和表彰。最近，教育部门批准提升了一些教师为特级教师，充分体现了党中央对人民教师政治上的关怀，也是我们所有教师的光荣。战斗在教育战线上的广大人民女教师，在向建设社会主义现代化强国宏伟目标的进军中，肩负着光荣的历史使命。党和人民殷切地期望着自己的人民教师，努力奋斗，为促使我国群星灿烂、人才辈出的科学技术新时代的早日到来，作出更大的贡献！

选自《星公杂文集》，吉林人民出版社，1979 年版

有条件不如有志气

——致刘佃中、任德智、崔安吉、林阔山等同志

毛泽东同志生前曾教导过我们，他说人是得有点志气的。人而无气，不知其可也。你们读过《水浒传》吗？里边有一个人绰号叫拚命三郎石秀（此拚字，湖南音读“判”），这“拚命”二字就说得很好。共产党就是要拚命才行。顺便说一下，这段话我是亲自聆听过教诲的，至今言犹在耳，他老人家的音容笑貌宛若眼前。

作为一个市、地或县的党委文教书记、宣传部长、教育局长，同样地参观了怀德县的三股绳建校舍的经验，有的人动了心，有的人却有点无动于衷，有的人说了几句热血沸腾的话，如你们几位写的文章。我从报纸上看到了，也动了心，心头火辣辣的，因为你们说的、想的和我拍到一块了。

讲条件么？什么条件？论石头、木材，怀德不如通化地区、延边地区、吉林地区的好；论烧砖的煤么，它那里不出煤，有的小学校用刨下来的苞米茬子烧砖；论地区状况么，它们大体和白城、哲盟地区条件差不多。但为什么怀德县的中、小学校舍解决了，别处大部未解决或很少解决呢？差在哪里？差就差在志气上。

有的地方，孩子的教室破成“五风楼”，有的坏成“花子房”，用棍支着，用麻袋片子挡窗户，有的在黑板上写着，“千万要记牢，下雨就放学”。为啥放学？不放学就有房倒屋塌、砸死师生的危险。不切实把教育搞上去，把学校搞好，我们当书记、部长、局长的怎么能睡得着觉？吃得下饭？做得了官？心里平静吗？耳朵不发烧吗？这样的“官”还当得有个什么味道？通化县的任德智、崔安吉同志这次找了五点差距，说得真好啊！这是两颗共产党员的良心话，说的是真情实理，谁看了都能明白。这不是帮八股的空话，是实话，好话！而双阳县的教育局林阔山同志则更大声地叫了出来：“迎头赶上！”双阳和怀德挨着，双阳县已经是出了名的“大寨县”，岂有“大寨县”还赶不上别人的道理！

我们的人民，是勤劳勇敢，最顾全大局的人民，最热爱教育，关心孩子念书的人民。为了教育下一代，人民可以贡献一切！但有的县，县委大楼可真阔气，衙门真气派，就是小学无人管！如九台县，全县学校校舍没有几个像样子的，可是县里的办公楼却30年也不落后！希望现在的九台县委书记、公社书记、大队书记们，也到怀德县去看一看，想一想，为这个问题动动心，全县的学校校舍问题就有希望解决了。

怀德县校舍解决了，这只是一个校舍问题吗？不！事关群众路线，事关教育质量，事关社会风气，事关百年大计，千年大计。这一点凡是去参观过的人全能明白，无须别人多说。

办法有了，心里的两扇门打开了，怎么办呢？用行动来说话比什么都好！“四人帮”害人的一个绝招，就是开会说大话，散会就完蛋！如果谁中了这个流毒，就要狠肃一下。要发扬我们党的好作风，老老实实地干点实事，一个一个学校去抓，一个校舍一个校舍去建，有了问题，亲自解决，遇到困难，发动群众想办法，一切事情都可以办好。

选自《星公杂文集》，吉林人民出版社，1979年版

《宋振庭杂文集》自序

这本杂文集里的文章，大多是粉碎“四人帮”之后写的，也有一小部分是十年动乱之前的，只是十年动乱时一篇也没有。虽然那时也天天弄笔，然而忙的是“交待罪行”和申辩自己无罪。我曾设想，如果把“揭发”、“批判”我这个“杂家”的文字以及我自己“检查”与申辩的文字汇集起来印一下，可能是一本很厚的书，起码不下百万字。但这一来浪费油墨纸张，二来也没人愿意看，还是让它压在箱子底下作为“老档案”，或是让我的儿孙们去“覆瓿”去吧。

我是怎样开始写杂文的，很难一下子说清楚。但有一点是清楚的，就是我“卖什么吆喝什么”，这从每篇文章的题目就能看明白。我写什么，大抵就是在干这个，管这个，或者介入了这一行的事。我这个人虽然是具体而微，也有三重身份，就是做官的人、做事的人，也曾想当个做学问的人。这三者的矛盾贯穿了我的一生。我以为，无论做官、做事还是做学问，都是一个共产党员的义务，都要服从党的事业的需要，因为共产党员不是自由职业者。如果我的主业是作家、教授，或者是编辑、记者，也许我的文章还会多些、纯些，不至于这么杂。然而我做不到，因为我的主业一直是个党务行政干部，写杂文只是业余的事，写多了，闲话就来了，什么“手伸得太长”、“不务正业”、“想得稿费”等等，不一而足。杂文对我几乎是直捅到心口的刀子，差点因此丧了命。话又说到十年动乱时期去了，还是就此打住。

其实，在一些古人身上也常有这三件事在冲突、打架。大半实干家不弄文字，或不多弄文字；专弄文字的人，又多半在事业上坎坷蹉跎，因而才有一些呻吟和牢骚。像王安石那样的人，又干实事，又写文章，还擅长诗词，实在很少很少。韩、柳、三苏常常慨叹“功业不得遂”，李、杜也浩叹“文章憎命达”，看来文章和功业是难得两全的。而真能两全者，就是加倍伟大的人物。孔丘先生是头号“圣人”，他圣就圣在他官运蹇涩，退而讲学，因而留下不少语录。他老先生如果成就了管仲、乐毅的功业，怕就没有当“素王”、“王者之师”、“万世师表”的资格了。看样子，他只在鲁国干了几个月的“司法部部长”，以后就罢官，去“插队落户”了。可是歪打正着，他的功业未遂，却因办私学被捧为“大成至圣先师”，死后的精灵像章鱼一样一直缠着我们这个伟大的民族，直到今天，余威尚在。

有人考证孔夫子有胃病，根据是他“不撤姜食”，“食不厌精，脍不厌细”。我呢，消化系统也出了毛病，做手术把胃割去二分之一。微躯这点“轻恙”却与夫子同病，真是“不胜荣幸之至”。因此，“我也姓赵”了。做官、做事之余，继续弄弄文字，非敢妄想传诸百世，只不过想说几句想说的话罢了。

没有统计过，不知如下的论断根据是不是很足。在一次讨论杂文的会上，蓝翎同志慨叹地说：“写杂文的大半没有好下场。”他是就解放后到“文革”这段时间的情况谈的，似乎不为无据。今天，情况变了。在上海《解放日报》召集的一个座谈会上，同志们都说，今后杂文可以大大兴旺。这也是有事实根据的。但，我觉得杂文并不好写，得到的待遇也不十分公平。杂文，要短，要言之有物，有针对性，又要有艺术感染力，让人爱看，就十分不容易。可是有些人是如何看待它的呢？先听之称呼：“小杂文”、“小品文”、“小文章”。这几个“小”字就把杂文赶到“小字辈”中去了，和大著作、大讲义、大文章永远不能并肩。现在在一些单位，评定职称、评定工作成绩，杂文常常是被忽略不计的。相反，因一篇杂文，甚至因其中几句话或一句话，就被打成什么“分子”的，在“文革”之前和之中，则是常事。鲁迅有首诗说：

弄文罹文网，抗情违世情。
积毁可销骨，空留纸上声。

从前读这首诗，不能说不懂，然而理解却是肤浅的；待到“文革”中被关起来，再回味这几句诗，才真正品出它的味道和分量。可以说它是对历史上一切杂文和杂文作者的一篇极好的公祭文。

鲁迅杂文的价值，今天已被世所公认。举例说，论述魏晋易代之际的思想和文学的文章很多，可是我觉得都不如鲁迅那篇《魏晋风度及文章与药及酒之关系》讲得剀切、明白。在一篇不算长的文章中，把当时文坛上许多人的难言之隐揭示得清清楚楚。可是先生这篇文章也是一直被看作是小杂文的呀。鲁迅把后半生的全部心血都用在写杂文上了，然而也曾不被许多人理解。有人劝他不要写杂文打笔墨官司了，还是写长篇小说传世吧。还有人讥讽他是“江郎才尽”，只能写“花边文学”了。此中的是与非，我们今天的人都清楚了。但知道是一回事，对杂文的态度，许多人还很难改变。

我的杂文，几乎是与新中国的发展同步的，也就是说，也是“奉命文学”。有些文章，当时认为那样是对的，就那样写了。如1957年反右派时，我写过杂文；1959年“反右倾”时，也写过杂文，这些文章如今已被证明是站不住脚了。也有的文章认定了“无产阶级专政下继续革命”的观点，现在看在理论和实践上都错了。由于“四人帮”统治时期，我未能回到工作岗位上来，没有发表“批儒评法”的文章，所以使我少欠了一笔债。

选在这本文集中的文章，多是些思想评论、文艺短评以及和一些青年朋友谈心的文字。此外，还有一些近年来写的抒情、怀旧的文章。这类文章总离不开自己的现实，因此不免有些老、病以及“牛棚”岁月的叹息，我想读者是可以理解的。参加革命四十几年，生死考验经历过几次，自信自己的生活态度是积极的、乐观的，我的许多文章可以印证这一点，读者诸君可以评论。

常言说，没有不开张的油盐店。投石击水，大有大的波澜，小有小的波澜。我的这些文章本是一枚很小的石子，一落水中，那水纹很快就会消失的。然而，萝卜白菜，各有所爱，愿意翻翻看看的人，也许会有的。曾经有些偏爱的读者鼓励我多写一些，这本小小的文集也算是对他们的热心的回答。

1984 年 10 月

《宋振庭杂文集》于 1989 年由山西人民出版社出版，这是作者生前为该书写的序言

一个青春的集体在建设里成长

——苏联小说《勇敢》读后

苏联女作家薇拉·凯特玲斯卡雅的长篇巨著《勇敢》，是一本对我们今天的生活，特别对青年的生活会发生重大影响和教育作用的文学读物。

这本书的主题是描写在距离苏联人民的首都莫斯科很遥远的东方，在黑龙江边，在森林地带建设一座崭新的共青团员城的经过，是一首以极大的热情歌颂青春、战斗、建设、爱情的诗。谁读了它之后，都会为女作家的诚挚、热烈的具有青春的特性的语言所感染；谁读了它之后，不能不觉得自己年轻了起来，或以同样的心情来热爱我们身边的青年的集体。

下边就是我读过它以后的一些感想。

一、这本书的特点

《勇敢》是一首诗，是首歌颂青春的集体的诗。

第一，《勇敢》显然是向青年人说话。作家通过一个苏联的青年人群从集合、出发、建设、斗争到胜利的过程，教育我们如何对待生活，如何对待自己可爱的青春，指导我们的青年如何走正确的道路。

第二，《勇敢》所写的生活面显然是建设。写在一个极困难的条件下，在俄国历代统治者都是把“犯人”发配充军去的“茫茫的西伯利亚”的地方，在黑龙江边的森林里面，在平地上从无到有建设起一座现代化的城市，当然这样的事情只能发生在人类已经完全掌握了自己的命运的社会主义国家里；但是这个建设并不是一个风平浪静的旅行，而是一场极艰苦的“战争”，是同样可以嗅到火药气味的战线。这些英勇的建设者，这个青年人群遇到了重重的困难：没有宿舍，缺乏粮食，缺乏维生素，坏血病、瞎眼睛的危险威胁着他们，特务分子的暗害破坏着他们，敌人在侵蚀分化他们，并向党委书记打了黑枪，夺去了他的生命，自己人的内部又发生了动摇和逃跑，经过了尖锐的对敌人的和对自己人内部的不同的斗争过程。这一切都是很不平凡的建设生活的战斗。这些青年人，只有在这场如在风暴里进军的建设生活中，才成长和老练起来，才更加懂得了生活、建设、责任和祖国的伟大，才显示了高贵的品质，懂得了值得青年人骄傲的最好的爱情是什么。许多青年人从如一棵嫩绿色植物的单纯的心境，从开头还带着观光远东大森林的风景和西伯利亚大黑熊的抒情诗般的青年调子，发展到成熟老练的健壮的建设者的水平。

第三，《勇敢》的另一个显著特点显然是写集体。写在一个生动的集体生活中的各种场面和生活内容，全书并没有从头到尾特别突出的个别主人公，但她写了一整群主人公。这当然不是说作品没有写“典型”的个性而写了“一般的性格”，相反的，全书显现出的苏联人的“个性”的“典型”是多么丰富和生动。写了各种各样的小伙子和姑娘们。作品雄辩地说明了在社会主义的怀抱中，青年人有着发展自己长处的无限可能。在这些人物中，一眼就可以看见他们的长处，可爱和可贵的品质，但作者也并不放过他们每个人都存在着的一些缺点和成熟过程中的缺欠。作品是写了整个集体的生活，但同时也写了他们的细部，写了他们之中的细胞和小单位、小家庭，全书的结构是着重在“在集体里成长”。

在写这些斗争的矛盾的发展中，也写人们的成长，写第一个小家庭，第二个、第三个小家庭的出现，青年人在战斗的生活中老练健康起来，也写青年的爱情的可贵、新城市“第一个小公民”的到来，孩子的小衣服、尿布的问题：作品交代了青年人在生活中是如何成长的，安家立业的，在新城市里要永久地生活下去的决心。作品的第二部、第三部继续一步一步地加强矛盾的展开和走到最尖锐的和暗害的敌人的正面斗争。写建设的胜利的一刻到来之际，第一艘新轮船要下水的前夜，敌人用火烧了车间并企图烧掉这艘船，在这时候，一切人们都睁大了眼睛，从保卫人员安德洛尼柯夫、坚强的女工程师卡普兰，到全体共青团员一起跟敌人斗争，终于抓到了这支搞破坏的罪恶的小集团，斩断了这双罪恶的手。

《勇敢》这部小说令我们感到特别亲切，对我们今天的生活，青年的生活特别有帮助的特点就在这里。

二、《勇敢》里的人物像

在人物的描写上，可以看出作家对苏联的青年人的心理性格是熟知的，也是深深理解的。在描写中有如下一些显然可以看得出的特点：

每个人物都有明显的形象、性格、经历、显著的长处和缺点。你读完了这些人物的总的描写叙述之后，你就立刻会明白这些就是所说的共产主义道德品质中的最光辉的一些字眼的体现，是责任、勇敢向前、公正、坦直、热情、原则性、坚韧力、友爱等等。你读完之后，最少也会在脑中浮现出他们这些人最突出的人像，就好像你曾看见过并可以历数得出的朋友们一样，这正是文学艺术的典型描写的力量。

就像在写到姑娘们的时候，你可以看到很不同的几种姑娘，但都有她们不同的高贵的品质，也有一定的弱点。比如，女工程师克来拉·卡普兰是书中用了笔墨较多的一个人物。这个姑娘是党性坚强、原则分明、不调和地跟敌人斗争，并和官僚主义者势不两立的人。写她在反对托派暗害分子的斗争中，抛掉私人感情检举了反革命的前夫列维兹基，并坚决地给卑鄙的格拉那托夫的求爱以钉子碰，写她和有官僚主义的缺点的建设局长维尔涅尔的斗争，火辣辣的尖刻的语言、无情的揭发，要比其他共青团员站得更高一些，为《勇敢》全书中有最高水平的一个姑娘。但这并不是一个板起面孔、高不可攀、面目模糊的人，相反地，她是一个身材十分美丽的姑娘，并有一个特殊的经历，被资产阶级父母抛弃，在保卫局长的收养教育下长大起来的苏维埃人。在写她的斗争中，也写内心矛盾曲折，写她的痛苦，写她对爱情的渴望，她是一个既可敬又可爱的好姑娘。又如写个性倔强孤僻又坚定正直、有着很苦的幼年生活遭遇的托尼亚的变化，也是用了较多笔墨，刻画很深，她的性格是特殊的孤僻和偏激，她甚至反对索尼亚生孩子，反对恋爱，小伙子因此也离她远远的，女友叫她为“干面包”。她外貌上非常倔强孤立，但内心又非常矛盾，她的幼年生活带来的影响使她不理解爱情是什么，但在伟大的青春集体中，这条小冰河终于化开了，春天终于降临到她的心头，她渴望爱情，但由于矛盾的心情，她遭遇了曲折的爱情，和利己主义的果里岑相爱，并被丢弃，生了孩子，只在后来在痛苦中得到了正直的结果：和一个有小哲学家味道的“小思想家”谢玛结合，并且生活得很好。在《勇敢》中作为和上述人物相对立的人物，为了揭示资本主义的残余在青年中的影响而描绘了另一个吉娜，也是一个典型。她是美丽的，但她没有“美丽的灵魂”，只有“美丽的躯壳”（如普希金讽刺他的妻子所说的一样）。她生活在完全无意义的琐事中，用牛奶擦皮鞋后跟，挑拣最好的化妆品，她的生活就是恋爱、跳舞和诱人，她倒是真可怜地做了奴隶的玩物。她善于装饰和卖弄风情，善于“对着照相机习惯地摆出笑脸”，她的美丽如坏血病、夜盲病一样地来到了工地，搅乱了工地的生活，工程师为她打起来，也使心地善良、有坚强党性的做团书记的丈夫受到最大的苦恼，由于心灵上的欠缺，他失去了得到纯洁的克拉娃的爱情的机会。作者好像故意地扯着吉娜的耳朵，把她扯到工地，在我们的面前责备这个被资本主义的毒汁染污了的灵魂，这个被自己的“美丽”害苦了的姑娘。此外，《勇敢》中也描写了各种各样性格和风度的姑娘们，如天真活泼、无忧无虑、有些淘气和浪漫情调的店员卡嘉，她使小伙子疯狂地跟在后边，并争执起来。她在小说的第三部中在新城市经营了新的百货公司，成长为老练的经理。又如少数民族那乃人的姑娘莫沃米，从一个无知无识的小姑娘成为“电工莫沃米”的名字而骄傲的人，并做了渔场经理。此外如远东库页岛“小乌鸦”等人都是有着特别色调的人物。

其次，我们再看看小伙子们吧。和写姑娘们一样，作者笔下的小伙子有各色各样的人。如坚强的团书记克鲁格洛夫，这几乎是完整的青年团员的楷模，他坚强，爱护党和团，对同志们谦虚和蔼，有极突出的青年领袖的品质。由于全部建设生活的锻炼，在老布尔什维克莫洛佐夫的培养下，在最后斩断罪恶的破坏集团后，他代替了犯官僚主义错误的郭托夫采夫成为新城市的市委书记。作者在这里似乎整个地象征了青年人群的成长的一个典型的形象。在写到盲诗人伊沙果夫时，《勇敢》第一、二部中，不少地方通过诗人而写出了极好的极热辣辣的诗，用了极爱护和亲切的笔调去描写了这个生活中的小马雅可夫斯基对诗的看法和创作。再如写到小个子的车工谢玛的时候，我们可以看到另一个向着科学、哲学的思想大道上奔腾前进的思想家的典型。这个小个子好学不倦，不停地用自己的脑子，有哲学的思考习惯，什么都要创造，他骄傲地说：“怎么不能呢，说不能和不会多么可耻呀！”他连死亡都要战胜，他没当过泥瓦匠，但在发高热的时候还叫小伙子抬在门板上这跑那跑地做指导修火炉子的工程师。

在写小伙子中，看来作者是鲜明有意地又极艺术地安排了两个人的故事作为切实的教育材料。一个是完全自私的利己主义者、逃亡的柯利亚·普拉特死在大雪堆中，被雪埋葬、灭亡了的下场；另一个是用了在全书看来是最大的篇幅，并以他开头以他收尾的火车副司机果里岑的动摇逃跑，绕行祖国一周的痛苦的刺激的经历，以在这个经历上所受到的教育来证明前进生长的真理，给动摇者以最有力的警告。在果里岑的遭遇中，作者机警地、对比地、讽刺地随着他逃跑的路线，一个一个地揭示出伟大祖国、伟大建设事业的兢兢业业、有无限信心的地方和人们。这里的一切事物、一切人都像在嘲笑似地看着这个逃跑分子，他越矛盾越跑得快，越跑得快就越想丢掉苦痛的内心责备，结果就像一个尾巴着了火的小野牛一样，想丢掉尾巴是枉然。欢迎的鲜花，父亲的热爱，恋人的崇敬，更讽刺地捉弄着他这个失去团证的假“休假人”。在这样苦恼矛盾的绝顶，他几次想毁掉自己，但作者指出了他的生路，他终于参加部队，决心鞭打自己重新做人，终于得到了新生。当然他不能不落后了一大步。

我们谁都知道《勇敢》当然是要描写勇敢的人，勇敢的小伙子和姑娘们的，但作者在描写这些人的同时，却从反面、懦弱、动摇和逃跑的个人的遭遇中，更显示了勇敢的可贵。不知困难和战胜困难为何物的人，当然不会明白勇敢的价值，不知道不管在怎样困难下也不能离开集体的可贵的人，也绝不会明白逃跑者的绝望的内心责备，不在自己的对立物中就不能了解自己的特色，这是《勇敢》的作者在全书的布局中一个很鲜明的艺术的也是对真实生活的表现方法。

在描写青年人群以外的壮年和成年的人中，《勇敢》特别成功地塑造了莫洛佐夫这个典型。表现了党对青年的保姆作用的老布尔什维克莫洛佐夫，有丰富的建设生活的经验，说“人比黄金贵重”。此外在写到那位“要求一切都如钟表一样地准确”，但又有着自己不深入的官僚主义缺点的建设局长维尔涅尔时，也是非常精彩的。

全书在描写凶恶得如毒蛇一样的化装了的、不惜以摧残自己的身体为代价来隐藏在革命队伍中的破坏分子集团的首领格拉那托夫和列别结夫、巴拉莫诺夫和眯缝着小眼睛、装得像猫一样的姓朴的这些反革命分子上，也很成功。

在读完了全书之后，在注意到了《勇敢》中人物的多样性和丰富的特点以后，就更明显地可以体会到作者自述的创作这本小说的动机了。作者写道：

“人们一方面在建设着新的城市，同时也就一面改造着自己。并不是所有的人都是一下子就找到了正确的生活道路。有的人害怕困难，开了小差；有的人专找捷径，以满足个人的欲望。利己主义者柯利亚·普拉特灭亡了，谢尔盖·果里岑历尽灾难和痛苦，终于补偿了自己的过失，回到同志们中间来了，不过他的归来仍然是充满了悲痛的，因为朋友们已经远远地走到前头去了……有的人成立了幸福的新家庭，有的人体验着好事多磨的爱情——心灵的错误给安德烈·克鲁格洛夫带来了许多失望和痛苦，克拉娃默默地忍受着“单恋”的痛苦，骄傲而孤僻的托尼亚经过严峻的考验走进了幸福之途……每一个人都走着各自的特殊的道路，但大家都一同成长、壮大，成为社会主义社会的新人。”（作者给中译本的序）

这段话表明了也总结地告诉了我们，《勇敢》一书是怎样地通过各种不同的青年人，也是不同的特殊的路来描写他们的成长过程。

三、《勇敢》对我们今天的生活有什么意义？

不用多说了，可以看出，《勇敢》对我们今天生活的意义，对中国青年的好处，可以完全用4个字说明它，这就是“恰合时宜”。

不是吗？我们的生活中最普遍而基本的现实就是建设：从西藏高原到黑龙江的友谊农场，从天山脚下的开发到葱绿的大兴安岭的森林采伐，从鞍山的高炉到大西北通向苏联的铁路，从淮河的水库到黄河的勘查……这一切正是和《勇敢》要表现的是同一个建设的时代。

不是吗？在我们的生活中，最活跃的最有诗情和歌声的也是小伙子们和姑娘们，正是我们的青年团员们。如《勇敢》所描绘的那个青春的集体，在我们今天的土地上不知道有多少个呀！

不是吗？同样的生长健康的路也是我们的小伙子们和姑娘们要走的路！我们这里，像《勇敢》中的人物还少吗？

不是吗？像克鲁格洛夫、耶比法诺夫、别索诺夫、伊沙果夫、马特维耶夫般的小伙子们，我们这里边在无穷地出现！

不是吗？如卡普兰、克拉娃、托尼亚这样的姑娘我们也曾见过。

不是吗？也有的人，天天盼望到大规模，想到大规模，愿意用诗情去想象建设工地，但一去了之后又完全失望，对“站着吃饭，排队看病，睡的楼上楼”觉得大失所望，对“忽忽的小风麻油灯，小米子干饭羊角葱”的森林也没有诗意了，对大规模也厌倦了。

所以我想，《勇敢》这本书虽然它并不是一本什么了不起的大师名著，但因为有这个特点，它给我们非常亲切的感觉。

对于我们今天的生活，完全可以同意小姑娘索尼亚的看法：

“我时常想：应该写一首歌颂这个生活的长诗，让每一行诗都渗透到火热的心里；应该画一幅画，使得人看它就连呼吸都屏住。作一首大乐队交响曲，使人振奋旋转站不住脚。”

1955 年 3 月

骄傲的“资本”

在日常工作和社会活动中，我们常常会遇到一些骄傲自满的人。这些人为什么这么骄傲呢？据说他们有一点骄傲的“资本”。

资本，本来是一个特定的经济范畴，马克思曾经花费了二十多年的心血，揭露了它的秘密，告诉人们：资本是一种喝人血的有增值性的货币，是资本家专门用来剥削人的工具。这里谈到的骄傲的“资本”，和经济学上的资本虽然是两回事，但是如果认真地考察，就会发现，它们二者之间确实还有些相同之处。人们持以骄傲自大的，的确是有他们心目中的“私有财产”，并且想用它去博得别人的尊敬，占有社会更高的地位，以及满足其他无边无际的欲望。不同的，只是这种“资本”既没有放在银行里，也没有做买卖，办工厂，它只是存在于人们的思想意识之中。

这个“资本”，不外是一些小小的特殊性。只要能够表示出“唯我才有，你们没有”、“唯我最多，你们很少”的那种东西，都可以成为骄傲者的“资本”。这类东西包罗很广，可以包括骄傲者身上所有的一切，连“最不行了”的阿Q，还能以“我们先前——比你阔得多啦”而骄傲，可见连“祖宗的身份”都能包括在内。至于长的漂亮、聪明有为、文化水平高、资格老、地位高、工作成绩大等等，那就更不用说了。由此可见，骄傲的“资本”，就是人们当作“私有财产”而占有了的东西，也就是人们认为自己占有了，就可以和别人交换点什么的那点特殊性。

这种骄傲的“资本”也是变动的，随各个时代的风尚而不同。从前，人们以“门第高贵，坟茔地好、钱多、地多、儿子多、老婆多”而骄傲；现在，是以资格老、地位高、写得好、说得漂亮为“一表人才”而骄傲。如果说，经济学上的资本代替了土地占有关系下的私有财产，是私有制历史上财产关系的一种变动，那就可以说，骄傲“资本”的变动，也不外是私有者心里的“资本”改换了一下内容和形式而已。

骄傲并不是有极限的，骄傲的人总是“资本”越来越多，骄傲越来越重（当然除了碰大钉子例外）。当工作稍有成绩，刚受到一点表扬时，还只不过是感觉着“我很不坏”！但是接连受到表扬，就有些飘飘然，“与众不同”了。再往后，“艺高人胆大”，随处可以找到更骄傲的理由，那就要“目空一切”、“唯我独尊”了。这是骄傲的发展法则。由此看来，作为骄傲的“资本”和经济学上的资本一样，也有它的增值性，有剥削别人壮大自己的特点。

最后，骄傲发展到一定程度必然是要变质的，正像一个人私有财产多了就要从小私有者变成资本家一样。骄傲严重的人，看东西眼睛要变颜色，吃东西嘴里要变味道，待人要变态度，待物要变作风，这样，将由人民的勤务兵而变成人民的“老爷”了。所以说骄傲严重，而不能克服，就不能一成不变地停留在原地，必然会像资本一样扩大着它的剥削。这样发展下去，这个人就要变质，甚至变成敌人！

由此可见，人们所以觉得有一种“资本”可以依恃，对别人、对人民表现出骄傲，那不表示别的，只表示这种人不过是革命队伍中一个自私自利的私有财产分子，他们具有想指靠自己占有的一点特殊材料，去做个小商贩，或当个资本家，去剥削点别人的东西的那种黑暗心理。

由此可见，骄傲是最可悲的自私自利心理的表现。骄傲的人是自私自利的。这种人和具有高尚道德品质的共产主义者毫无相同之处。我们革命队伍中有些人常常感染了骄傲，并以这种“资本”去炫示于人，这表明他们在思想上中了剥削阶级的毒，正朝着一条没落的道路走去。对于这种人，我们必须立即喝醒！

选自《宋振庭杂文集》，山西人民出版社，1989年版

从“点货的人”谈起

每到晚上，六七点钟左右，百货公司几个商店里的人就要多起来，其中，有很大一部分是刚刚下了班的机关工作人员。但这些人并不都是买主，据说，有些人天天有事无事，按时来转一趟，天长日久，店员都认识这些人了，因此就称他们为来公司“点货”的人，因为他们天天准时来这里巡视一周，和点货的经理一样。

从这件小事想起两个问题来，觉得很有提一提的必要。一方面我们这些同志对自己的业余时间支配得太不好了，这样做该是多么的无意义！难道没有比这更可做的事情好做吗？当然不是的，明天的工作始终在要求我们把仅有的一点业余时间利用得更好些，这的确值得我们很好地加以考虑。另一方面也想到各机关的领导人应该如何关心工作人员的业余生活，关心他们更好地支配非生产的时间，从目前来看，这方面也显然是做得很不够的。有些机关在工作之余，去了开会，其他一概无人过问。人们回到宿舍去，人多声杂，躺下又早，活动又没有地方，无事可干，只好去闲逛，去“点货”，去百无聊赖地消磨业余时间。这方面的客观原因也的确是不可否认的。

关心工作人员的业余生活，是一件大事。列宁说过，不会休息的人就不会工作，显然，把工作和休息割裂开来，不注意在业余时间组织大家进行有益的活动，不能不是一个大漏洞。许多机关的秘书室、俱乐部应该在这方面为工作人员多做些事情。其实，在机关的业余生活里面，并不只是组织一次跳舞晚会、两次球赛以外就无事可干的。随着社会主义建设的发展，我们的人应该过着更有文化、更有教养的生活，像那些既有益处又有兴趣的读书会、朗诵会、小座谈、小比赛、广播晚会等等，都可以拿来丰富我们业余生活的内容。只要人们去关心，去想办法，机关的业余生活就可以活跃起来，并且也可以健康起来。

现在春天已经到了，户外活动也可以组织了，希望我们所有的机关单位都能把这件事情重视起来，使业余时间成为人们锻炼健康体魄和培养多方面知识兴趣的时间。

1955 年 4 月 12 日

请你替我“思想”

有一种人，对于一些小事很计较，从不让人，唯独在思想上是个懒汉，大方到开放脑子，像平地一样去让别人跑马。

这种人在工作、学习、劳动中，只愿做个动手动脚、奔来奔去的人，从不用自己的头脑去思索。因为他感到这样太麻烦，他的习惯是：我只管干活，至于思想，“请你替我代劳吧”！

有的人只愿意办上级给的“具体任务”，办完了“一、二、三”就可袖起手来，安静地坐着。任务以外，还有没有其他事情，是否应该提出一些建议？那谁知道！这些不用我管，自有上级去“思想”，反正办完了总会再来个“一、二、三”的。

有的人只带着硬性任务下乡、下厂，在他看来，“下去是为了完成任务，为了完成任务才下去”，至于为什么提出这样的任务，这个任务怎样完成，发生了什么新问题，有无不属于这次任务范围以内但也应一起做的事情？那谁知道！“我的任务就是完成任务”，这些都有上级去“思想”，我管它干啥！

有的人在学习中不愿意听别人分析问题，只是想着知道结论；不愿读马克思列宁主义的原著，只愿找两本“轻松”的小册子浏览浏览；不愿用眼睛看，用脑子想，只愿用耳朵听，坐着打盹；不愿听没有条条、不好记笔记的话，只愿听有一、二、三，有“大一、小一”的报告；不愿用自己的话说话，只愿引证别人的现成语言；难懂的功课该学也不愿学，已经知道一点的又不屑于深入学习……这些现象除了说明是让别人替他“思想”之外，又能说明什么？

要问：这样下去，这些人的头脑是不是有逐渐迟钝和退化的危险？要问：这样下去，这些人会不会逐渐变成被动的机器人？回答应该是肯定的。那么，想要这些同志在工作中发挥积极主动精神，像一个真正的革命者那样，来为我们最富有创造性的伟大社会主义事业作出更多的贡献，看来也是无法指望的。因为，我们的任何一项工作，都不是没有头脑的人可以做好的！

所以说，一个人要想在学习上进步，思想上提高，把工作做好，旁的小事倒可放开一些，第一要着就是先不怕用自己的脑子，先学会自己思想。

所以说，做领导的人，不但要在工作中、学习中告诉干部“做什么”，更重要的是告诉他们去研究“为什么”和“怎么做”；要他们学会自己独立思考，有思想地进行工作。不然的话，这种“不要思想”的现象，就会大大有害于我们的事业。

1955 年 4 月 14 日

“私房话”和“小广播”

“私房话”和“小广播”都是不利于工作的。

什么人才有不可告人的“私房话”？什么人专爱听“私房话”？这只有那些别有来历、别有用心的人才有这样的嗜好；什么人才到处进行“小广播”？什么人才特别热心搜集“小广播”？这是另一种人有这样的嗜好，就是一种染有庸俗不堪的腐朽的自由主义和宗派主义的习气的人，当然，这种“小广播”也有的被别有用心的人所利用。其结果又只能是一样，都是有利于敌人的。

所以有“私房话”，所以叫作“私房话”，当然是不愿叫公房人听，叫大家都知道。因此是见不得人的，叫人听不得的话。这是些什么话？可想而知。

所以叫“小广播”，所以有“小广播”，当然是大广播不得，也是不愿意拿到桌面上来，大家一块听听的话；它的来源当然不是新华社，也不是人民广播电台，而是另有消息来源，别有来历。这是一种什么“播”？更不难想到。

有一种人，在干这种活动上表现得特别热心，有一种奇怪的“积极性”。他既不能用仅仅是“说话粗心”、“疏于考虑”来解释，也不能用“稍有宗派情绪”、“仅是由于我们几个人气味相投”来解释。他们的“私房话”，已成为一种黑话，在他们的这个行帮中，有一种奇怪的彼此意会的语言，只要一打招呼，对方就立即明白意图。他们写在日记上或在互相通信上和咬耳朵式的谈论中，尽是这种“话”。这是什么样的“私房话”呢？它的根本特点就是背着集体，是仇恨集体的一种话。这种“小广播”也不同，已经绝不是一般的“东家长西家短”了，他们很有兴趣搜集各色各样的资料，集中地谈论着一切足可诋毁事物、散布不满的消息，几乎已形成另一广播的中心。那么，这些热心家，这些专说自己的话，积极的广播者是什么人呢？人们有责任把他们审查一番，揭开其中的秘密。

要知道，坏人是一心一意要从我们这里得到有利于他们的东西；要知道，一切背着同志、背着集体，做不可告人的活动，都是只有利于敌人，不利于工作的；要知道，正是最狡猾毒辣的人才最喜欢扩大“私房话”的范围，最欢迎你的“小广播”！要知道，杜绝这种活动已不只是组织纪律问题，也是牵涉着和反革命划清界限的问题。

是公开一切“私房话”，拆穿它的秘密，是杜绝“小广播”，追查它黑暗的来源的时候了。人们！同志们！应该警惕！

1955 年 9 月 13 日

鹰是怎样才学会飞的？

——谈学习列宁的《青年团的任务》

启明同志：

你给我的信收到了。谢谢你对我的关心。

来信中说你们正在学习革命史，学习延安作风，提倡南泥湾精神。学习方志敏同志的遗著，读《王若飞在狱中》，并读完了所有的《红旗飘飘》里边的文章，这一切已经描绘清楚了你们的学习生活的情景，也说明了我们的青年同志们正在怎样地成长中。

你说，现在团里很强调认真读书，做好功课。这和我们这里一样。这几天我们也在研究这方面的问题。

你说，你想进一步地读些书，把这几年的亲身体会消化一下，提到理论高度去理解它，问我要读点什么书。那么，非常巧，你提的这个问题，正是我眼下正在想的题目，我正在找这方面的书来看。

我建议你读一读列宁的《青年团的任务》这篇文章。这是马克思主义经典作家论共产主义教育问题的有纲领意义的名文。它不只是回答了青年团的任务，还回答了学习什么、怎样学习的问题。它已经超过了这个范围，这篇名文是对整个共产主义教育作了最透彻的分析。虽然列宁的这个讲演是在1920年冬天作的，可是他讲的问题，好像正是我们这几年经历过的事情一样。

现在说来，一般地领会“青年团的任务就是要学习”、“就是要建设共产主义”、“就是要做一代共产主义的新人”、“做好新的接班人”等这些名言并不困难。

可是，应该注意列宁的这样的指示：“只有把训练青年、组织青年和教育青年的事业根本改造，我们才能使这代青年努力的成果得以建立起一个与旧社会完全不同的社会，即共产主义社会。”这里说的是“根本改造”，而且“只有根本改造”，才能建立起共产主义社会。

为什么要根本改造旧的教育事业呢？列宁说：“旧时资本主义社会所遗留给我们的最大祸害之一，就是书本与实践完全隔离。”

旧时学校“所有浸透了阶级精神的学校，只能使资产阶级的儿子获得知识……工农青年所受到的与其说是教育，不如说是为迎合资产阶级利益的奴化训练”。

列宁在强调根本改造旧教育的同时，又正确地解决了共产主义文化和整个人类文化遗产的关系问题。在这篇文章中，一个重大的贡献就在于说清楚了无产阶级文化怎么产生，怎么发展的问题，澄清了许多糊涂观念。

列宁讽刺自称为“无产阶级文化派”的一些人的幼稚病，他们企图和资产阶级一刀两断，把自己关在房子里硬搞出一个共产主义文化来，指出这纯粹是知识分子的胡思乱想。他说：

“无产阶级文化并不是从空中掉下来的，也不是那些自命为无产阶级文化专家的人所臆想出来的。如果认为这样，那就是胡说八道了。无产阶级文化应当是人类在资本主义社会、地主社会、官僚社会压迫下所创造出来的知识总汇发展的必然结果。”“马克思主义便是共产主义从人类思想总和产生出来的标本。”“只有确切通晓人类全部发展过程所造成的文化，只有改造这种已往的文化，才能建设无产阶级的文化。”

列宁并不像有些人说的那样，轻视书本知识，好像书本知识可有可无，无关重要似的。相反的，列宁说：

“只有从旧社会所遗留给我们的知识、组织和机关的总和出发，并利用旧社会所遗留下来的人力与资财，我们才能来建设共产主义。”“总要把旧时学校中坏的东西与对我们有益的东西区别开来，应该善于从旧学校中挑选出共产主义所必需的东西。”“说无须通晓人类所积累起来的知识就能成为共产主义者，那你们便犯了极大的错误。”他说马克思就是这样的典型，“凡人类社会所创造出的一切，他都用批判态度来审查过，任何事物也没有忽略过去”。

列宁坚决反对只记一些结论和公式，只满足于知道几个断语，只注意公式而不注意事实、材料，那种只从小册子中学共产主义的风气。他说：

“我们不需要呆读死记，但是我们一定要使每个学习者用基本事实的知识来发展和完善自己的思考力，因为如果不把所学得的全部知识加以融会贯通，那共产主义也就会变成空中楼阁，就会变成一块空招牌，那共产主义者也就只会是吹牛家。”

由此可见，列宁所要求的共产主义文化不是普通的文化，更不是低的文化，而是迈越古今，无比繁荣昌盛的文化。怎么达到呢？除了继承全部人类的遗产还不够外，还要向前改造发展建设这种文化。列宁很强调掌握现代的科学文化水平。他说：“必须在现代最新科学基础上，来复兴工业和农业。”“只有在现代知识基础上，他才能建立共产主义社会。”

你看，这篇文章会给我们一些青年人清除多少幼稚糊涂观念。他对文化的继承和创造的关系问题，书本知识问题，对待旧教育的批判处理问题，理论和材料、论点和历史、结论和事实的关系问题，现代知识水平问题，红与专的关系问题都给了清楚的回答。我们在日常学习过程中不是也碰到了这些问题吗？列宁的这个指示的精神可以帮助我们很好地处理这些复杂问题。

这是问题的另一方面。

列宁在文章的后半篇着重讲的共产主义道德问题，特别是讲清楚了共产主义的觉悟是怎样产生的问题。这对于我们理解什么是红和怎样才能红也很有教育意义。

道德是社会的上层建筑，是社会意识形态的一种。一定的道德是为一定的阶级服务的。道德的规范作用直接、间接为统治阶级帮忙维持统治。无产阶级和共产主义要不要道德呢？列宁说：

“超人类的德性是没有的；这是一种欺骗。在我们看来德性应该服从无产阶级阶级斗争的利益。”

无产阶级的道德主要表现在哪里呢？列宁告诉我们说：“对共产主义者说来，全部道德都包括在这种坚固团结的纪律和反对剥削者的自觉群众斗争中。我们不相信永恒不变的道德，并且要揭破一切关于道德的骗人的鬼话。”

在这里列宁说的共产主义道德，也就是共产主义的觉悟。这种觉悟不会从书本上得出，要从生活中得出，从工厂工人的环境中得出，从共同斗争中得出，从亲自参加斗争的锻炼中得出。离开这些，专门去“讲授关于道德的各种格言和条规”是全无用处的。

列宁把这一点说得很生动、形象，他说：“当人们看见他们的父母怎样在地主资本家压迫下生活的时候，当人们亲自受到那些发动反剥削者斗争的人所受到的痛苦的时候，当人们看见为了保持已经争得的成果而继续奋斗是要经受怎样大的牺牲，看见地主资本家都是如何凶暴的敌人的时候——那时他们就会在这种环境中训练成为共产主义者。”

你记得斯大林在纪念列宁时的那个讲演吧，他说列宁像一只鹰，有着“山鹰般的气概”。鹰不同于其他的鸟的地方很多。最突出的是它飞得高，看得准，能持久，独立自主在空中翱翔。不为偏见、庸俗的叫嚣所左右。

在今天，在党的怀抱里，在祖国的怀抱里长大的一代青年人，要求在口头上会说几句共产主义的话，会背一些经典中的有关共产主义的词句那是不难的。一般地做一个积极分子也不难。但是，如果要求他们做一个新的历史时代下的山鹰，像山鹰一样去独立处理眼前的一切就不那么容易了。让人操心的事正是在这里。

只有这样，新的山鹰才能在空中飞翔。

选自《宋振庭杂文集》，山西人民出版社，1989 年版

资料工作是科学研究的基础

没有调查就没有发言权。把这个真理运用到科学研究工作上可以说成：不占有资料，就没有科学工作。

进行科学研究从搜集资料、整理资料入手，这是一个正确的工作方法。无论在社会科学或自然科学的领域里，研究工作如果要在前人已经达到的结论的基础上进一步提出新的问题，作出新的概括，在揭示客观事物发展运动的规律方面，作出新的贡献，这就非首先搜集和整理足以反映客观事物矛盾发展的各个侧面的大量资料不可。否则，科学研究就无从谈起。当然，研究工作者如果不能运用马克思列宁主义的立场、观点、方法对资料进行科学的分析和概括，从中引出事物固有的规律，资料就不能获得它的生命；而错误的观点和方法就会乘机而入，把研究者引入迷途，甚至得出违反客观规律的有害结论。这是研究工作者必须十分警惕的。正因为如此，不论是哪一门学科的研究人员，都要努力学习和研究马克思列宁主义理论，树立无产阶级的世界观。但是，马克思列宁主义的指导作用在于为科学研究提供一种基本的理论和方法，并不能代替对某一门科学的具体研究，不能代替全面占有材料和深入分析材料的工作。对具体问题进行具体分析是马克思列宁主义的灵魂。马克思说得好："即使在一个单独的历史实例上发挥唯物主义观点，也是一种需要多年静心研究的科学工作，因为很明显，在这里讲空话是无济于事的，这样的任务只有依靠大量的、经过批判审查了的、完全领会了的历史材料才可解决。"马克思列宁主义的经典作家正是这样来进行科学工作的。马克思为了写《资本论》中讨论英国工厂法的二十多页文章，曾经全部研究了大英图书馆里刊载英国与苏格兰调查委员会和工厂视察员报告的浩繁的蓝皮书。恩格斯为了写《英国工人阶级状况》，曾经花了二十多个月的工余时间，走遍了伦敦、格拉斯哥和曼彻斯特等近30个工业城市，亲身进行深入细致的考察，并且参阅了一切可以得到的官方与非官方的有关材料。列宁在开始著作《帝国主义是资本主义的最高阶段》一书时，就已经用了23年以上的时间积累与研究关于资本主义发展的详细资料。为了搜集资料，他从柏恩迁到苏黎世，又迁到日内瓦，研究在瑞士图书馆里所能找到的有关帝国主义问题的全部著作。毛泽东同志也是一贯重视资料的搜集和研究工作的。即使在领导革命战争，工作极端紧张的条件下，他也尽量抽出时间亲手搜集关于中国社会情况的资料加以精心的研究。正因为马克思列宁主义的经典作家都是以极其严肃的科学态度搜集了全面的、准确的、可靠的资料，作为自己研究分析问题的根据，所以他们由此作出的结论都是那样颠扑不破、经得住历史的考验，永远放射着真理的光辉。在马克思列宁主义发展的历史上，这类富有教育意义的事例是举不胜举的。

我省哲学社会科学几个研究所在搜集资料的过程中，注意了地方的特点，例如，编写《近代东北人民革命运动史》、《日本帝国主义侵略东北史》、《满洲铁道株式会社史资料》、《东北垦殖史资料》等等，这也是很好的。当然必须注意全国的动态，我省的科学研究工作必须和全国科学工作的步调相一致。这是毫无疑问的。但是由于东北地区开发较晚，日伪的长期奴役和摧残，对东北的历史和现状的学术研究在过去几乎是一片空白。着重研究这些问题，我们是责无旁贷的。研究好这些问题，就能够在全国科学文化发展的总汇中作出自己的贡献。

搜集资料，整理资料，研究资料是一种非常艰苦的劳动和一桩十分艰巨的事业。必须以踏踏实实、兢兢业业、不务虚名、埋头苦干的精神，坚韧不拔地持久不懈地做下去。马克思说过：“在科学上面是没有平坦的大路可走的，只有那在崎岖小路的攀登上不畏劳苦的人，有希望达到光辉的顶点。”然而，也正因为如此，我们年轻的科学工作队伍将从中得到锻炼和提高。从这个意义上来说，资料工作又是培养科学工作者的必经之路。

1961 年 2 月 19 日

百花齐放和锄头

“百花齐放，推陈出新”，是我国当代艺术事业所遵循的路线的最有概括性的8个字。在这个方针中，包含着极为深刻的思想性和时代性，对于我国民族艺术事业的客观进程的规律作了最正确的科学估计，并指明了怎么样前进。

几年来，正是由于执行了这个方针，才出现了新的气象，才出现了不少的优良产品。一切地方只要是认真贯彻这一方针的都一定收到了成绩。但是，真正贯彻这个方针，并不是风平浪静的，没有斗争的。

比如说，真正做到百花齐放，那就得真正有平等对待百花的园丁，这些“百花”在他们的面前，在他们的锄头之下，“在法律面前一律平等”！就不能听他的高兴，他喜欢谁就要谁，不喜欢谁就给一锄头！

比如说，真正做到百花齐放，就不能是一芳独帜或几花独赏，就需要听听各种各样看花人的意见，看看你的花园里还应该有什么花，还必须扶植哪些花，不能听之任之，有花就种，无花不管。

再比如，真正做到“推陈出新”，并且和百花齐放联系起来，那就要组织力量从事艰苦的劳动，不能让他自流，要扶植，引导，灌溉并进行“出新”的创造。

就拿吉林地区的艺术形式来说吧，无论在职业艺术团体中，和职工干部的文化生活中都必须提倡多种多样的艺术形式，这其中一些很受大家欢迎，或特别受哪些群众所欢迎的形式，就要多用些力量去扶植，使它们获得生长权，和合理的艺术阵地，如对于相声、曲艺、朗诵、杂技等等，就要有计划地提倡和扶植，开拓新的艺术阵地。

一个花园的花色如何，大部分的原因决定于园丁的“政策”，决定于花园的“立法”，因此，要“百花齐放，推陈出新”，必须有兼爱并包，热爱一切艺术形式，对它们有广泛兴趣的园丁来保护和增值它们！

愿在全国和在我们省里真正花光百里，万朵争艳地开起来，愿真正是“百花齐放”，而不是一花或几花独占花坛。

1956 年 7 月 7 日

更得认真对待八小时以外了

从表面看，在地球上时间对于人类是平等的。虽有时差，但一天 24 小时都不少给，一般多。可是，社会的先进和落后，在时间观念上也有先进和落后，人和人、国和国又非常不平等。原始人在时间上连年月日都不关心，只知道天热了好过，可以捕动物采果子吃，只是到了农业有了较大的发展后，年月和节气才成为必要。我前年在牧区见到几位百岁以上的老人，我很想知道他们的生年，其实他们全不知道，有的说“我是下大雪那年生的”，有的说“我是羊羔生得最多的那年生的”。他们甚至是对生在哪个皇帝老倌的年号都很蔑视，可见时间观念的淡薄了。

我觉得直到今天，我们的一些同志和朋友，时间观念仍很淡薄，实在虚掷光阴得可怕，如果对于时间的宝贵，远远超过录音机和彩色电视机就好了。可惜的是，他们并不如是，不但不关心自己的时间，也不关心别人，在他们那里，小时并不算时间单位，一开会，一讲话就是半天，幸亏中国人的习惯是吃三顿饭，有午、晚两顿饭和肚子响管着点，不然半天也打不住。《资本论》的时间交换价值是劳动日和小时，“一件上衣等于四小时”。

可是我们这些念《资本论》的人，时间观念，常常不管什么“小时”，一来就是“半天”，不够也用闲聊、摆龙门阵凑够！这其实是过去的战争时代和农村环境的“遗产”。我从前的一首诗就慨叹过这一条，写道：“一生只建两功业，一半走路半开会。”因此，到了现在，斑发蹉跎，成绩很小，往事烟云，浩叹何如！有的同志发牢骚说，那些不关心自己和别人的时间的人，其实是杀生害命。他这话上纲高了一点，不过也是真理，这真理就是：“生命＝时间”。

有一笔账，人们不细心算，一算就怕死人！就算你老高寿，活上90岁，可是能有劳动意义的时光只占三分之一的八小时，即30年（其中睡觉也睡了30年，如此平等），幼年、少年还得刨去，年老体衰再一刨，两头再减10岁，只剩20岁，如果以天计算才7300天，如以半天算，才10060个半天。你老年活90，其实只干了不到20年的有效劳动！如再虚掷光阴，那就等于白来人世一回！

我在前年阅读刚创办的《八小时以外》这一杂志时，就有感于此，痛切地恨自己虚掷岁月之可怕。“以外”是多少，是每天16小时，即三分之二的生命。当然，要休养生息，睡好觉，以利再战，但你总不能睡十六小时呀！使我高兴的是，两年多来，越来越多的人认识到“生命的三分之二”的可贵，越来越多的人利用业余的时间使生命发出了更强烈的光辉，而这刊物，也越来越成了广大读者的知心好友。它不说教，但潜移默化，有鼓舞激发，又有感染熏陶，我认为这刊物有生命力，给人启示也多。

可是，现在为什么我又提出“更得认真对待八小时以外了”呢，语虽双关，讲时间也讲刊物，但理由却很明显，人们只要稍稍想想我国的好形势；想想什么叫劳动效率；想想有效劳动；想想这么多的老战士要退居二线、三线；想想精神文明的渴望；想想青少年小友；想想我们痛惜的那些可怕的“似水流年”；想想明天会不会有一天也搞一周五个劳动日，反正随着祖国的富强，四个现代化的日趋接近，这八小时以外的内涵和外延，不会缩小，只会与日俱增。

一篇千字文，不必饶舌说长话，分条列点地说，只说这么些个“想想”，我看就够了，其实大家想的一定比我想的长远而丰富！

临了，有诗为证，诗曰：

斑发频搔念蹉跎，往事烟云眼底过。
寸阴岂止寸金买，分秒以下争生活。

1982 年 5 月

称呼小议

人们之间有称呼，这称呼表示彼此的社会关系。比如婴儿的发音，也是先从“妈妈”开始，然后是“爸爸”，由于两个音节很适合人的发声器官，全世界多数民族对“妈妈”一音常常大体相同。当然，婴儿来到这个世界，第一个社会关系也就是这两个人。

随着历史长河的流动，那称呼就五花八门、千态百种，同时称呼之间不仅可以表示远近亲疏，还可以表示上下尊卑，对有的人，甚至连给个称呼都不屑于，如“阿Q”，连累得我们对这个大人物，到现在也不知道他老先生的真名实姓。

称呼即是人民之间的，当然也是人民的作品，由人民来约定俗成。但是，统治阶级，尤其封建社会的大老爷把这个事看得过重，不但重，据说还是其社会统治的根基，正名主义于是就产生了，在他们看来名比啥都要紧，名不正则言不顺，言不顺那还得了，岂不要天下大乱！他们先从社会关系正起，如君臣、父子、夫妇、师生、朋友之间，然后对衣食住行的用具一路正下去，最后一直正昆虫，比如咱们叫蛐蛐的小虫，他们给正名为鸣雏，不但如此，入药时还得找原配，续弦和再婚的都不成。

从来的革命者，对于这一套都有气，总想把它和旧社会连根拔掉。法国大革命时，人们之间称“公民”，巴黎公社时称“同志”，太平天国时称“弟兄”、“姐妹”。章太炎先生是大学者，又是许多名人的老师，但管十几岁的邹容叫“吾小弟”。同盟会时的讲话，第一句就是“同胞们”！

共产党人之间、革命者之间叫同志，这本来是好事，但经样板戏一闹，把“同志”二字也给闹得减色了，现在在马路上问路，叫“师傅”的多了，叫“同志”的也有，但有的人很不以为意了。我的一位老友，是书画家，他过去给我题画从来全写“同志”，现在他也改成“老兄”、“先生”了，我问他为什么，他说“谁晓得今天是同志，明天又变成什么走资派了，不如先生稳当，几百年不变”。

但，我仍然认为“同志”二字比什么都亲，都好，都久远，我的理有三：

一、这是共产主义的社会关系中，一切最好的关系，最好的称呼的实体，在社会主义的新中国，爸爸同志，妈妈同志，兄弟同志，姐妹同志，夫妻同志，朋友同志，老年同志，少年同志等等，都是以同志为社会关系的真价值的实体。他概括一切，高于一切，也比一切都亲密。拨乱反正，也该给“同志”二字恢复其固有的名誉。

二、人和人只要都真正像个革命同志了，都信守同志的守则，这社会的精神文明也就好了。

三、提倡这二字，正是把那些“小哥们”、“小姐妹们”的小义气扩展，扩展；你们哥俩好，我不反对，能不能再扩大点，咱们更多的人，同志们都好一些？

记得党内在同志间还有一些昵称，如对周总理，贺龙、王震同志当年皆有美髯公之称。至于几位大姐更是如此。几老也早就叫开了，对朱总司令，纪念生日以前就朱老，但再一想，那时他才 50 岁！

这些年不但“同志”二字受连累，不叫官衔也不得劲，甚至党内也如此，张书记、李书记、王委员的叫起来，党已三令五申，不能这样，但人们也许心里不踏实，怕管书记真叫起老王老赵来，会有什么不好的后果吧！我看，来他一个约定俗成，大家遵守，先从党内开始，嘴太甜的，张口闭口称领导的，可“罚款”一次，买糖大家吃，罚了以后，还让他记住，你嘴太甜了！

1982 年 7 月

经济落后国家走上社会主义道路给马克思主义带来的新历史课题

——对纪念马克思逝世一百周年的思考

明年是马克思逝世一百周年。为了准备纪念活动，我在思考这样一个问题，自从许多经济文化比较落后、资本主义不发达的国家走上社会主义道路后，给马克思主义带来了新历史课题。这是当代马克思主义理论研究的一个很大的问题。论证这方面的问题有很重要的理论意义和实际意义。我们党从十一届三中全会以来进行拨乱反正，党和国家工作重心的转移，同这个问题有很大的关系。我们已经积累了一些在不发达国家建设社会主义、坚持社会主义道路的经验，也可以说，在中国我们已经找到了一条符合国情的通往共产主义社会的道路。我认为，研究和论证与此有关的问题，应当作为我们纪念马克思逝世一百周年的重点。

按照马克思、恩格斯原来的设想，社会主义革命将在一些资本主义发达国家首先发生。列宁根据资本主义发展到帝国主义的新条件，根据资本主义经济和政治发展不平衡的规律，进一步明确工农联盟的思想，说明在一国能够突破帝国主义的薄弱环节，实现社会主义。十月革命以后，面临着这样的问题，就是在落后的俄国能不能建成社会主义？当时发生了一场大辩论，列宁作了肯定的回答。列宁逝世以后，斯大林坚持一国可以建成社会主义的结论，坚定地走社会主义道路。第二次世界大战以后，一些资本主义不发达的国家相继走上社会主义道路。而资本主义发达的美国、英国、法国等国家却没有实现社会主义。走上社会主义道路的国家，有的出现这样那样的问题，甚至是严重的问题，于是，一些人又提出了这样的问题：这些经济落后的国家能不能建设社会主义？应当怎么走社会主义道路？

马克思在给恩格斯的一封信中说："德国的全部问题将取决于是否有可能由某种再版的农民战争来支持无产阶级革命。如果那样就太好了……"马克思的意思是，假如德国有农民战争支持的话，无产阶级就可能取得政权，那么也可能搞社会主义。这个"假如"今天偏偏成了现实。一些农民较多的经济比较落后的国家，在无产阶级和共产党的领导下，通过农民战争，走上了社会主义的道路，建立了先进的社会制度。这些国家没有经过资本主义的充分发展。当然，这种历史现象的出现并不是不可理解的。列宁说："世界历史发展的一般规律，不仅丝毫不排斥个别发展阶段在发展的形式或顺序上表现出特殊性，反而是以此为前提的。"列宁还指出，由于俄国是一个介于文明国家和初次被战争拖进文明之列的整个东方各国之间的国家，俄国的革命就可能而且势必表现出某些特殊性，而东方各国的革命必然会带有更多的特色。在建设社会主义方面，同样存在这种情况。

在资本主义不发达的国家建设社会主义，从经济基础到上层建筑都会带来与此有关的一系列问题需要研究解决。我想简单地提一下下面几个问题。

第一，如何认识国情？搞民主革命，我们首先研究了中国的国情。在我们这样的国家怎样建设社会主义？也要从分析国情出发，才能得出正确的结论。无产阶级在这些国家夺取政权时，在一定意义上利用了"不发达"这个条件。经济落后，交通不便，农民多，就有利于创建农村革命根据地，搞工农联盟，进行长期的武装斗争。可是，在走上了社会主义之后，原来的这些“优点”有的就变成了明显的缺点，变成了不利条件。比如说，文盲多，经济落后，众多的小生产，交通不发达，等等。这些都为社会主义建设带来了困难。

我们党的八大提出我国在生产资料私有制的社会主义改造基本完成之后，国内的主要矛盾是“人民对于经济文化迅速发展的需要同当前经济文化不能满足人民需要的状况之间的矛盾”，这个提法是符合国情的。这几年我们进行拨乱反正，把党的工作重点转移到社会主义现代化建设上来，那么，这个矛盾的实质是什么？就是经济不发达的国家建立了社会主义制度之后，首要的任务是进行现代化建设，大力发展社会生产力。

第二，社会主义现代化说明什么？这个问题的两端，一端是社会主义，另一端是现代化。这个提法本身就体现了这样国家的本身的矛盾。从国家和社会的性质来说，这些国家要建成社会主义；从工作重点来说，要搞现代化，即要改变落后面貌，发展生产力，使之达到比资本主义国家更高的水平，而发达的生产力又要同社会主义联系起来，即要实现的是社会主义的现代化。社会主义现代化这个口号，是从不发达的国家转入社会主义后必然要提出的。可以说，在不发达的国家转入社会主义后，都是普遍适用的。

第三，坚定信念与实事求是的问题。对于我国这样的不发达国家建设社会主义问题，理论界有的人表现出两种倾向，一种认为，我们这样的国家不能一下搞社会主义，认为我们搞的是空想社会主义，是平均主义，是小农经济的社会主义。这些说法当然是错误的。另外一种是不承认我们国家落后，不承认小生产的影响，封建残余大量存在。因此，我们要从理论上加以论证，把问题说清楚。一方面，要论证不发达的国家可以搞社会主义，我们搞的是社会主义，必须坚持社会主义道路，这是最根本的；同时，还要论证，我们的国家究竟是不发达的，搞社会主义现代化要走漫长的路程，要承受由于不发达而产生的种种艰巨任务而不是一个冲刺或几个冲刺就能解决问题的。我们要把从不发达状态走上社会主义道路以后带来的一系列问题和困难都提出来，摆到干部和广大人民面前，进行马克思主义的分析和教育。这对大家理解党的十一届三中全会以来的路线有极大的好处，可以使大家既坚定信心，又踏踏实实，实事求是。

第四，经济不发达的社会主义国家的上层建筑状况也有它的特点。旧中国是一个小生产的家长制占优势的国家，没有民主制度，封建的独裁专断思想和恶习有很深的影响。革命胜利后，我们建立的人民民主专政的政治制度和占统治地位的意识形态是先进的。可是，封建残余思想，官僚主义，文盲，缺乏民主和法制观念，等等，这些东西，就往往成了不发达国家的赘瘤。我们这种不发达的社会，一些落后、愚昧的东西是存在的。列宁说，文盲同社会主义是格格不入的，文盲众多的国家不能建成共产主义。这是很有道理的。我们确实需要加强社会主义精神文明的建设，加强社会主义民主和法制的建设。列宁在 1921 年的一篇文章中说："今后在发展生产力和文化方面，我们每前进和提高一步，都必定同时改善和改造我们的苏维埃制度。"可见，我们这个无产阶级专政的上层建筑，包括国家的体制，都有一个不断改革和完善的问题，要从理论上来说清楚这些问题。

第五，关于共产党的建设问题。不发达国家走上社会主义，党执了政，如何加强和改善党的领导？党在执政条件下如何加强自身的建设，严格保持无产阶级先锋队的纯洁性？这是党的生命攸关的大问题，需要从理论上进行深入探讨。

把这些问题理得清楚一些，论证明白一些，不正是我们加深对十一届三中全会以来党的路线的唯一正确性的认识的理论任务，用讨论这些问题来纪念马克思逝世一百周年是否更好些？

1982 年 8 月 11 日

继承与创造

在文化发展的问题上，从形而上学的观点来看，继承和创造似乎是势不两立的；或者拜倒在“过去”的面前，要继承就必须“全盘接受”；或者把“过去”一脚踢开，要创造就必须“白手起家”。从辩证唯物主义的观点来看，继承是扬弃，是创造性的继承（弃其糟粕，取其精华）；创造是发展，是在继承基础上的创造。在这里，“推陈”是为了“出新”，“继往”是为了“开来”。人类文化发展的历史，不管其中有多少曲折，不管就个别的人来说，有多大的局限性，但是总的来看，就是一部不断继承不断创造的历史。

大家知道，马克思主义的产生，固然有其社会的和阶级的根源，同时又是“人类在19世纪所创造的优秀成果——德国的哲学、英国的政治经济学和法国的社会主义的当然继承者”。列宁在谈到马克思时指出：“凡是人类社会所创造的一切，他都用批判的态度加以审查，任何一点也没有忽略过去。凡是人类思想所建树的一切，他都重新探讨过，批判过，根据工人运动的实践——检验过，于是就得出了那些被资产阶级狭隘性所限制或被资产阶级偏见束缚住的人所不能得出的结论。”马克思主义就是从全部人类知识中产生出来的典范。

我们的任务是创造无产阶级的、社会主义、共产主义文化。我们必须根据社会主义革命和社会主义建设实践的发展，不断掌握和整理新的材料，提出新的问题，开拓新的学术领域，用无产阶级的世界观作出新的概括，这是主要的；与此同时，我们也要用无产阶级的世界观去整理中国以及外国历史文化遗产，给以科学的、历史的新概括，这也是不可缺少的。

我国的历史悠久，文化遗产特别丰富。毛泽东同志指出：“中国的长期封建社会中，创造了灿烂的古代文化。清理古代文化的发展过程，剔除其封建性的糟粕，吸收其民主性的精华，是发展民族新文化提高民族自信心的必要条件。”要完成毛泽东同志 20 年前提出的这个任务，无疑地还需要做许多艰苦的、细致的、长期的工作，这是一个学习、批判、再学习、再批判的过程。

根据继承和创造的辩证关系，我们应该着重地研究、探讨和不断总结现实运动发展的规律，同时也要拿出一部分力量去研究遗产，并在创造无产阶级新文化的前提下，把二者结合和衔接起来。

“六经责我开生面，七尺从天乞活埋。”（船山堂联）这是明末清初的大思想家王夫之在发展文化问题上的宏伟抱负；在他，由于历史的和阶级的限制，是不可能实现的。现在，情况不同了。在马克思列宁主义世界观的指导之下，依靠为社会主义制度所培养和组织起来的集体力量的分工合作，我们一定能够建设起一座真正继往开来、顶天立地的无产阶级文化的大厦，这是毫无疑问的。

1961 年 9 月 6 日

把专家与队伍结合起来

我们当前的社会主义建设是一场伟大的攻坚战。要夺取前进道路上的堡垒，攀登经济建设和文化建设的高峰，下述的三个因素是不能缺少的。一是党的领导，这是有决定意义的。二是一支庞大的工人阶级的科学技术和理论工作的队伍。三是大批精通各种专业科学的红色专家，他们在攻克尖端的道路上，起着突击手的作用。

历史唯物主义在肯定人民群众对社会发展起决定作用的同时，也承认卓越人物的伟大作用。从这个原理出发，我们历来就足够地估计专家在社会主义建设中的意义，一贯主张专家和队伍相结合。特别是科学发展到现阶段，每一个重大的尖端问题的解决，既需要许多专家的共同努力，也离不开专家和队伍的通力合作。没有大批优秀的红色专家，就不可能在攻克尖端上打开缺口；但是，没有力量雄厚的队伍就既不能从中产生大批的专家，也不能巩固阵地、扩大战果，不能向纵深发展，终究还是不能解决问题。不久以前我国在世界乒乓球锦标赛中所取得的光辉胜利，也从另一方面提供了新的例证。没有容国团这样的乒乓大师，当然不能蝉联乒乓球男子单打世界冠军；但是，如果没有极为广泛的群众性乒乓球运动，也就不能源源不断地产生容国团式的人物。

社会主义的建设事业是亿万群众的集体事业。我们历来反对那种把科学知识视为私有财产的资产阶级作风，反对把专门知识作为资本向人民讨价还价的市侩态度。我们认为，专门的科学知识是人民的财富，必须用之于人民的事业。我们的专家不但要有“呼风唤雨、移山填海”般的大本领，还应当具有“俯首甘为孺子牛”的好品质——这是新时代的红色专家区别于资产阶级专家的根本标志。同社会主义建设的需要相比，我们的专家不是多，而是太少了。每一个青年都应当努力学习，使自己在某一方面能够有所专长，以至于成为专家。为此，既要加强专业知识的学习，也要加强基础知识的学习。高楼大厦只有在坚实广阔的基地上才能建立起来。

我国的社会主义制度为专家的成长、队伍的壮大，以及二者的结合创造了无比广阔的天地。长期为旧社会所埋没和窒息了的劳动人民的天才，一旦得到了社会主义的春风化雨，就已经在党的领导下头角峥嵘，显示了不可限量的伟大前途。随着时间的推移和建设的发展，我们的队伍必将更加壮大，数量更多、水平更高的专家必将应运而生。谨拭目以待之。

1961 年 9 月 13 日

当领到代表证的时候

不知道怎的，领到了党的第十二次全国代表大会的代表出席证，心里百感交集，波涛起伏，真是三言两语说不清。

记得被当右派抓起来的时候，只想到一个奢望，就是死的时候，能以一个共产党员的名义，标记在骨灰盒上，别的都不敢想了。因为我的生命的全部价值就在这一点上。不然活着干什么呢？至于我的作为人的躯体的生活是第二位的东西，它是为第一位的生命服务的。

邓小平同志说，现在来看，做一个合格的共产党员的条件应该是严格的。不仅年轻的，我们年老的或者原本是合格的，现在也有一些人不那么合格了。这话从听到以来，我就一直在心问口，口问心，“你怎么样？合不合格？”我的回答是矛盾的，我自己反复地想，看这标准定得怎么样，如果真正严格的要求，我已不那么合格了。如果自己找安慰，放宽了尺度，觉得还基本合格。

我在哪些方面不那么合格了呢？我已看得出来，自经生死的大动乱以后，我爱党的心，爱护自己的信念是从未动摇过，随着拨乱反正的进展，日渐更好，可说是愈老弥笃。我知道这一切得之不易。但对自己的要求，生活上已经不那么严格了，组织纪律上松弛了，当该坚持原则的时候，也不那么“死板”了，对于“关系学”、“复杂性”也了解得比从前多了。那股锐气不如大动乱之前，那股“傻气”（应该说就是党性）也不如从前。

可是，现在又当了十二大的代表，党在今后必须严格要求党员，特别是党员干部。这是非常重要、非常紧迫的，不先把党和党风搞好，那就什么都无从谈起。在我的余生里，在这有限的一段时光里，我该怎么办！

这回答应该毫无二话，“做一个合格的党员”。我知道，说这话的分量该有多么重，道德、良心、言诺、信誉，这些不是你发宣言，空表白可以算数的。自己的历史是自己的言行写的，错误是自己犯的，错话是自己说的，办的错事又不是一件两件。自己已不属于什么新生事物，大半应算个过时的人了。尤其我在那里工作得最久的吉林省的人民、干部对我看得更明白。到中央党校又工作了四年，大家天天看你表演。现在谁都知道人民的眼睛是最亮的这个真理。在报纸上，写如上的一些话，这行动是严肃的。比如我这篇短文上面这些话，应该说是一个共产党员的心底的声音。

前几天，在法国史年会上，我有一个即席发言，曾提到恩格斯十分赞誉过法国大革命时的那些革命家的坦荡、光明磊落。虽然那还是资产阶级的启蒙学者，如卢梭。我就十分佩服他写《社会契约论》和《忏悔录》的气派！他敢把自己的一切都写出来，包括自己的丑事和本来不该公开的事，都“在真理的审判台前受审”（恩格斯的话）。我这个共产主义者，共产党员，而且到了晚年的人，又当如何？

《东风》副刊的编辑让我写一篇短文，但我想说，我写这篇短文比什么都严肃认真！

问题是看行动！

1982 年 8 月下旬

向前看，看得远些

有个歌剧的歌词写道:“革命人永远是年轻，他好比大松树冬夏常青。”我很爱听这支曲子，尤其爱听这句话。每当这个旋律触到耳际，我的心情随着它的节奏便轻快好多，劲头就长上一寸。它好像知心的朋友在身旁给你鼓气一样。

这大概是围着大森林里的篝火，在冰天雪地里“火炙胸前暖，风吹背后寒”的抗联战士们唱的歌吧！一想到前人走过的路，就激励着自己，眼前的种种困难，算得了什么！还不如人家脚下万水千山中的一个小土包！还不如九牛身上的一毛！

革命和困难，成功和碰钉子，总是冤家路窄，不是冤家不聚头，有它就有它。要革命，就是要克服困难，战胜屈辱的人生。啥是困难？贫穷也是困难，落后也是困难，队伍中有人叛变逃跑了也是困难。大概干革命也就等于“攻困难，打困难”。这是天生就无可逃脱的责任，“天将降大任于是人也”，躲是躲不过去的。

生活就是战斗，生产也是战斗，改造自然就是和自然开战，都会遭到反抗，碰些钉子。但是，什么困难都比不上革命。想想看，那些已武装到了牙齿、瞪着眼睛在护着自己统治利益的反动统治者，你动他一根毫毛他都要杀你的头，何况你要消灭他那个阶级！这个道理不但共产党人懂得并熟知，就连七八十年前的改良主义者的谭嗣同都明白，他说："各国变法，无不从流血而成，今日中国未闻有因变法而流血者，此国之所以不昌也。有之，请自嗣同始！"

不管敌人多么强大，革命道路困难重重，革命者始终都充满乐观精神。谁给他们的这股力量呢？他们会回答说：是真理！真理在手，一无恐惧。真理在手，永远乐观！真理这个东西怪得很，不管谁大谁小，谁多谁少，谁强谁弱，谁怎么装模作样，梳妆打扮，在它的面前一律平等，合于它者，最后胜利，逆其而行，终归失败。它是最后的发言者，是最后的审判。

有真理在手就可以大无畏，有真理在手就不怕任何困难和曲折。不管多么复杂的社会现象，都可以放到历史发展的过程中去理解它，都可以找到准确的科学的解释。写在真理的勇士面前的格言永远是：

向前看！看得远些。

1961 年 10 月 20 日

世界观与知识

“没有正确的政治观点，就等于没有灵魂。”这是毛泽东同志教导我们的至理名言。在社会主义建设的伟大历史时代，一个人如果不努力学习马克思列宁主义，不改造自己的思想，不去树立工人阶级的世界观，他就不但不能很好地担负起建设社会主义的历史任务，甚至还会成为社会发展的绊脚石。几年来在广大知识界进行的富有成效的思想革命运动，正是反映了社会发展的这种客观要求。世界观的改造是长期的，继续深入地进行世界观的改造，仍然是一个时刻不能放松的重大任务。

社会主义建设是阶级的事业，也是一个科学的事业。要把至今还存在着大量手工劳动的生产方法变为高度机械化、电气化、自动化的生产；要改变旧社会遗留下来的科学技术的落后状况而攀登现代科学的高峰；要批判地继承文化遗产，创造灿烂的社会主义文化，没有丰富的科学知识也是不行的。列宁在十月革命后，曾经谆谆告诫青年说：“你们当前的任务是建设，你们只有掌握了一切现代知识，善于把共产主义由背得烂熟的现成公式、意见、方案、指示和纲领变成同你们的直接工作结合在一起的活生生的东西，把共产主义变成你们实际工作的指针，那时才能完成这个任务。”

现在，我们的队伍还很年轻，科学知识的准备还很不足。要完成历史所赋予的重任，我们不但必须研究和掌握社会主义建设的经济规律，而且必须精通发展生产的各门科学，也要吸收古今中外一切人类文化的精华；我们必须学习和研究社会主义建设和无产阶级专政的经验，同时也要研究世界资本主义的政治、经济状况。为了建设社会主义，我们必须学习，学习，再学习。

把学习科学知识和树立无产阶级世界观对立起来，或混为一谈，都是不对的。学习马克思列宁主义，不能代替对某一门科学知识的学习；但是，马克思列宁主义世界观，不但是一个人努力学习的伟大动力，同时又是掌握各种科学知识的唯一正确的观点和方法。因此，对马克思列宁主义的理解愈深，对专业知识的学习也就愈有成效。学习各种专门科学知识，也不能代替对马克思列宁主义的学习；但是，一个人的科学知识愈丰富，对于阶级斗争和生产斗争的知识了解得愈多，也就愈有助于他树立马克思列宁主义的世界观。

对于一个成熟的马克思列宁主义者来说，坚定的阶级立场，爱憎鲜明的阶级情感，同对客观世界发展规律的高度自觉，是不可分割地统一在一起的。正是在这个意义上，列宁教导说：“只有用人类创造的全部知识财富来丰富自己的头脑，才能成为共产主义者。”

我们的社会主义社会是我们社会发展史上迄今为止的最高阶段的社会。它所要求的工人阶级知识分子也是自古以来的知识分子中最有崇高品德和最有学识的人。不断努力于改造自己和充实自己，力求做一个合乎规格的工人阶级知识分子，才能无愧于我们的时代而完成自己的历史使命。

1961 年 10 月 24 日

理想和求实

又有理想又要求实，这是干革命、搞建设、做文章、谈思想等一切活动中的共同要求，是难于两全又必须两全的要求。

先说干革命。干革命就一定要有理想，有志愿，有伟大的目标，有怀揣日月的抱负。一切彻底的革命者都是革命的理想主义者。但是在实地进行革命斗争时，又必须是踏踏实实的工作者，科学家一般的工作者。党和毛主席经常教导我们，要我们既要有革命的干劲，又要有科学的头脑，既要热，也要冷，战略上可以藐视敌人，战术上要重视敌人，要敢想、敢干、敢说，又要苦干、实干、巧干。在宣传上可以给群众以远大理想，用共产主义思想去教育人民，但是在实际工作中只能提出一件或几件当前的具体行动口号。要把革命的现实主义和浪漫主义统一起来。共产党人应该既是革命的理想主义者，又是革命的实际主义者。

搞建设也是一样。社会主义是共产主义的初级阶段，是有巨大的优越性的经济制度，而我们的最高目的是建设共产主义社会。这就应该以不断革命的精神，从无限发展的过程中来看待这个社会生产方式。如果离开共产主义这个远大目标，我们的一切工作就会迷失方向。但是，在实地进行建设时，又要从社会主义革命的现阶段实际出发，要以农业为基础的观点来考虑全盘计划，要重视一定的发展阶段的质的稳定性。经济工作必须越做越细致，一切经济建设的远大理想，必须和切实的行动步骤统一起来。理想和求实在建设工作中也要密切结合。

再说做文章。理想和求实的统一表现在文字活动上是说理和达情的统一，是文情并茂，文章的准确性、鲜明性和生动性的一致。我们提倡的创作方法和创作道路是革命的现实主义和革命的浪漫主义的统一。文章是要“载道”，但绝不是只限于载道，还要“达情”。抒发情感要鼓舞远大的理想，提出合理的想象，用其特有的感染力来激发人，教育人。积极的现实主义的作品固然是好的，积极的浪漫主义的作品也很好。我们既喜欢杜甫的沉痛、朴实、淳厚、淋漓的诗句，也喜爱李白的才气纵横、花光百里的篇章。我国文学的这两个方面的优秀的传统，一直是密切结合，有如日月般互相辉映着。

最后说到论思想。不论从世界观和方法论的两重意义上都要从理想和求实的统一的观点去考验。我们反对爬行的经验主义，但是我们非常重视实践、实验和一切切实的行动。我们摒弃旧的理性主义，冥思玄想的思辨哲学，但是我们又是最有远大眼光的理想主义者，即革命的理想主义者。辩证唯物主义就是最大的革命性和彻底的科学性的统一，是求实精神和伟大理想的结合。

这里想单说说求实精神和怎样才是正确地看待浪漫主义和理想主义的问题。

我们说的文艺上的革命浪漫主义，主要指的是革命英雄主义，革命的理想主义，它的重点在于鼓舞斗志，鼓舞战胜困难的信心，有远大的理想，优美的想象，它不是消极的懒汉式的玄思遐想。我们说的思想方法上革命理想主义是革命的历史主义，是把主观能动性和客观物质存在的第一性统一起来去观察的辩证唯物主义。不是意志论式的主观主义的能动性。

对一个革命干部来说，怎样才能做到把革命的理想和求实的精神统一起来呢？主要是在长期的实践中，在党和群众的监督下，有事向群众请教，真正倾听群众的意见，切实地检验自己的行动的结果，多做认真的调查研究工作。除了这条道路以外是别无出路的。

又有理想又要求实是不容易的，但必须两全，缺一不可。这个要求是严格、是麻烦一些。但又有什么办法呢？既然我们是一个革命者，是一个共产主义者，不这样要求怎么可能呢。正像那句有名的格言说的那样，“不是随便的一种材料都可以铸造成革命家的”。

1961 年 5 月 21 日

真理是很朴素的

说话说得好，要深入浅出，言简意赅。

深入反而能浅出，话少意思更全面，这是语言表达上的辩证法。只有相反才能相成。

梅兰芳说戏要演得好要经由三个阶段，即“少—多—少”的阶段。开始很少，愈来愈多，最后是剔其糟粕，留其精华，达到真正的“少”，即“出神入化”之境。

司马光批评文字啰唆的人，用了“马逸毙犬于路”六个字就把一件事说得很生动。描写雪景的文章多得很，但是，我觉得在这么多文章中，只有《水浒传》林冲上山那一句最为有神。其实却是一句大白话，即：

“那雪正飞得紧。”

思想表达形式所以如此，其来源在于思想的内容。因为真理本身就是很朴素的。

“被敌人痛恨的人是我的朋友。”

“和狼外婆做亲戚，不会有好结果。”

“一切有益的东西都出自辛勤的劳动。”

“占小便宜者吃大亏。”

“倒行逆施的人，总要恶贯满盈。”

“好话说完，坏事做完，那个人也就完了。”

“站得高才看得远。”

“搬石头打人的人，要打自己的脚。”

你看！这是大白话，也都是老实话，却是千真万确的真理。这些真理最初并不这样，只因为被人们千万次地摸索、证实、表达，一次比一次准确、简要、通俗，最后才成为这种样子。真理一经形成，它就以非常朴素的形式呈现在人们的面前。

“实言不华”，老实话用不着修饰。只有内容空虚的文章才必须用一些轻飘飘的辞藻来填充空白。

有人在过新年的时候，要我写一副对联赠给他，我写了：

任他桃李争春暖

守我松柏忍寸寒

他看了看我，然后会心地笑了笑说：

“好！一句老话，也是一句人们常说又常忘的话！”

1962年1月12日

“马能行”和“琴剑飘零”

戏班里管“马能行”、“地溜平”、“一日三餐未曾用饭”之类的话叫“水词”。言下之意，是羼了水的不太纯洁的语言，只是为了合辙押韵才不得不用。这是大家早就知道，也不足为训的。值得注意的是，一些现在新编的戏曲里，又出现了一种新的文绉绉的酸腐的语言，如“琴剑飘零”、“绮妮婀娜”之类，靠着电气化的幻灯的威力打在粉白的墙壁上，让观众坐在那里欣赏这些神奇的似懂非懂、似通不通的句子。不知道，这又是从哪儿来的一股风！

戏曲文学，包括古典的戏曲在内，允许抒情，应该有抒情的句子，说文言也可以，只要合乎人物的需要，并且观众能听明白。也不怕说“字话”，即诗词上的语言和书上的语言。但有一个原则，即应尽量运用活语言，不要故作高深，硬充古雅，简直说就是下决心叫人听不懂！请想想看，从来没有一个戏曲，因为作者在那里掉书袋子，卖弄生僻不通的字眼能打动观众的，相反地，都是说群众化的活语言，或即使是文言，也是具有活力的语言才能打动人心。像《穆桂英挂帅》中这样的话说得多么动人，多么有力量：

有生之日责当尽，寸土怎能属于他人！
番王小丑何足论，我一剑能挡百万兵，
我不挂帅谁挂帅，我不领兵谁领兵！

再看穆桂英愤怒地说出了：

非是我临国难袖手不问，见帅印又勾起多少前情。
杨家将舍身忘家把社稷定，
凯歌还人受恩宠我添新坟……

这才是真正的戏曲文学，有生命的咬一口又脆又香有血有肉有汁的东西，像一条碧绿的、新从架上拧下来，梢上还带着黄花的黄瓜一样，不是那发霉、发酵了的残茶冷饭！更不是文人雅士们由于多认得几个带女字旁、丝字旁、口字旁或一般人一辈子也用不上一次的那些生字，硬要把它派给戏里的人物用嘴唱出，并强迫观众去听。人们应该记忆犹新，昆曲是怎么灭亡的！不就是因为它满嘴鸡鸭鱼肉，通篇风花雪月，往往女字丝字偏旁，搔首弄姿，擦胭脂抹粉，无病呻吟，正是由于这些文人的帮忙，它才走上奄奄一息，退到历史的后台里去了！当心！新八股打倒了，老八股也不是好东西，不要物以稀为贵，觉着挺新鲜，其实不过是原来的那瓶老醋。这个老鬼又借尸还魂了！

或曰：照你这样说，那么文学性很强的、句子非常优美的戏曲文学就不为了吗！如《西厢记》、《牡丹亭》、《桃花扇》、《燕子笺》等等不能演了吗！

答曰：是可为的，可以演的，谁说不能演了呢！可是也别忘了：（一）在元曲、杂剧的体系中，这些作品并非唯一的，也不见得就是主流，请看看关、马、郑、白、乔吧！比起《救风尘》、《窦娥冤》、《荆》、《刘》、《拜》、《杀》来说，谁的势力大？谁的生命力强？广大人民为谁鼓掌兴叹！（二）就是这些作品自身，其中比较有生气些的，也还是那些读起来自然流畅、有生命性的活语言才打动人心的。就以《牡丹亭》来说，我还是喜欢像《皂罗袍》的这阕好，请看：

原来姹紫嫣红开遍，似这般都付与断井颓垣，
良辰美景奈何天，赏心乐事谁家院。
朝飞暮卷，云霞翠轩，
雨丝风片，烟波画船，
锦屏人忒看的韶光贱！

再看《闹学》中这个集句：

也曾飞絮谢家庭，欲化西园蝶未成，
无限春愁莫相问，绿荫终借暂时行。

好家伙，这叫什么句子，简直和《推背图》一样。请问偏爱古雅的人们解释一下看，这四句诗怎么讲？什么意思，和“闹学”有什么关系？为什么杜丽娘和春香必须说它？由此可见，同是汤若士，也有好曲和败曲之别，而且也是活语言是好曲，死语言必失败！难道不是屡试不爽的吗！

语言要纯洁，文风应端正，戏曲文学应该百花齐放，但也应力求纯洁，把我国戏曲的人民口语化的优良传统，把关汉卿的路线贯彻下去！

1962 年 2 月 18 日

“同志”，有什么称呼比它更可贵！

人们之间相互往来，总得有个称呼，每个称呼也都有一定的内容。人们在社会中有个地位，也有个职务，因此也必须有个职务名称，每个名称之间又互有差别，这是客观存在，不管你愿意不愿意都得有，我们不是名称的虚无主义者。可是，在所有的称呼中，有哪个称呼比得上“同志”这个字眼！

“同志！”“同志！”这是有多重分量的一个称呼！正是这个字眼叫醒了我的青春，指给我该走的路；今天它又给我多少联想和亲切的回忆……

记得我还只是16岁那年，在北京中学读书参加民先队后，我初次去参加秘密组织摸着黑在破房子里召开的会。一个比我年岁大的同学开始讲话，那第一句话就是：“同志！……”这是一个多么新奇的有无限魅力的字眼；它是多么新鲜，多么亲呐！多么重呵！我的心怦怦地跳着，当时我虽然并不明白这两个字的全部意义，可是它告诉我：我已是他们中的一个了……

那是在1937年冬，在延安的城隍庙里，在供桌前的草铺上，我只是刚到 17 岁的大孩子走进了“抗大”，班长是个老红军，四川人，他每天早晨起来给我系裤带，我把脚一跷，搭在他的怀里，他就给我打绑腿，直打了一个月我才学会！当我淘气的时候，他在豆油灯光下的班务会上，狠狠地、一点不留情面地批评我。我又爱他，又敬他；他是我的“妈妈”，又是我的“哥哥”，因为他整天叫我“小某同志！”“喂！小某同志，怎么搞的啰！你的绑腿又开了！真是乱弹琴！”这个“小某同志”一直是我的真名真姓，至于我的本名，人们倒满不在乎。直到今天，我早就不小了，儿子都有上述的这年纪了，可是前几天一个老战友碰见了还叫我“小某同志”，我听了该多么心跳呵！我的儿子、女儿等客人走了问我：“爸爸！你这么大了怎么还叫小某！”

我注意过鲁迅书简和他与朋友间的赠答诗。和他往还的人实在多，老一辈的如太炎先生，同一辈的，晚一辈的，感情深的也实在不少，可是没有一位能比得上和瞿秋白同志的关系。如他赠秋白同志一个联文“人生得一知己足矣，斯世当以同怀视之”，这是何等的深情，何等的分量，又是多么亲切深长的字眼。鲁迅先生是在刀丛之中写这个联文的，他上款写“何凝道兄”，何凝是秋白同志的化名，“道兄”是“同怀”、“同道”之意。鲁迅先生是多么想大声地叫出声“同志啊”！可是黑暗的黑手就在他的头上，他叫不出来，我想先生在写“道兄”二字时，胸中该是多么坦白激情地想着我们的党，想着马克思列宁主义！他明明白白说是“同志”！

说来我对马雅可夫斯基的诗并不太喜欢，主要是对那种阶梯式的形式不大习惯，可是作为大诗人，他的激情、他的胸怀、他的响亮的呼声我一旦读过就永远不忘。像他的“骄傲吧！我是一个苏联公民”等诗句，我常常引用。他是怎样写出他对“同志”这个字眼的诗句呢：

……

为了，

在那痛苦使人衰老的日子里，

不要哀告乞怜；
为了听见
第一声呼唤：
“同志”
全世界都转过了脸；
……

这是对“同志”这个伟大称呼多么形象、多么虔诚的歌颂！为了“全世界都转过了脸”！

说到这里我还想起了另一个让人民心爱的人物，他就是梅兰芳同志。还在1952年冬天，他巡回演出来到吉林市，住在西关招待所。大家谁不想看看他，和他谈谈啊！可是怎么称呼呢！就是个难题，有的叫他“先生”，有的叫他“梅院长”，有的叫他“梅博士”，还有的叫他“梅老板”（一位戏剧界的朋友），叫得乱七八糟。记得我有一次在欢迎他的宴会上偶然地说了一句“这一次梅兰芳同志来到吉林……”，他当时面色微红，两眼望着我！我讲完话，他跑过来两手紧握着我的手说：“谢谢你！谢谢你……”下面的话未能说出来。从那时起我就想：他是多么想让人家叫他一声“同志”啊！他虽然死去了，而且死得早了，让人不能甘心，但他是能含笑地长眠了，因为他已经是“同志”！写到这里，我要借这篇短文补上我对他逝世的哀悼，我这个小小的回忆就算我在梅兰芳同志的墓前献上的一小束鲜花吧！

高尔基在题为“同志”的一篇故事中对“同志”的称呼曾这样写道：“他们越是深刻地看着光明的心灵，就越发觉得这个字眼有意义，光明和灿烂。”

为什么这些胸怀伟大的心灵，这样看重“同志”这个字眼呢？因为：它比一切称呼都更有深刻的内容，最能表达出相互的关系，这是一个新的世界观的开始处，一个新的社会的开始处，一个新的大地拉开了序幕，一个新的人与人的关系开始了，这些站在一起的人，大家互相叫着“同志”！

我们共产党人，革命者，即使职务再高也只是人民中的一分子，是人民的勤务员。在日常工作与生活中，不以职务（必须称呼职务名衔的情况除外）相称，而叫“某某同志”或叫“老张”、“老李”……这是革命大家庭中的优良传统。我想大声说：老战友！我是小某！还是那个小某！永远是那个小同志，你给我打过绑腿的小某，你背我过河的那个小某！为了我的缺点你气得要哭出声来的那个小某！虽然我的胡子很长了，我还愿意听你再叫一次：

“小某同志！”

1962年3月3日

美德篇缘起

前几天，吉林日报编辑部邀请了一部分杂文作者座谈杂文问题，座间有人提议要写新美德篇。这个倡议引起了大家很大的兴趣，并指定笔者写一个缘起。

道德的规范作用是一切社会都需要的。维持一个社会的生活常态的秩序，除了暴力和法律以外，就全靠道德的规范作用了。二者互相补充，互相印证。所以道德也被叫作不成文的法律，社会舆论法或风气法。一种社会生产方式，必然有一定的道德观念，作为它的上层建筑的一部分。奴隶制是靠公开的暴力统治和威力的服从来维持的，封建制靠忠孝仁义，礼教的等级制的人格服从来维持，资本主义破坏了这些，以个人主义，自由的剥削，自由的挨饿，弱肉强食，强存弱死作为道德标准。只有社会主义、共产主义，它改造了全部旧的道德标准，取其精华，剔其糟粕，形成人类社会最美的史无前例的高尚的道德规范和道德观念。

共产主义的道德不是凭空建造的，也不是哪个道德家制定的道德条文。它是无产阶级，特别是它的先锋队的本身所固有的特征，因此这种新的道德在共产党领导下的社会主义国家里，才体现得最为明显。当然，它也正像共产主义社会不是割断人类的历史，不是空想的奇谈怪论一样，它是继承了一切人类的优良的道德传统，把它发扬光大，在更高的水平上改造为新的道德准则。

我国劳动人民是以具有优良的道德教养著称于世的。古代时，汉举孝廉，晋以九品中正取士，各朝各代都把优良的道德的楷模，用各种形式加以宣传、推崇，在人民心目中树立起榜样作用。刘向在《说苑》和《新序》两书中，生动地记载了他那一时代的许多人的道德行为的故事。南朝刘义庆在《世说新语》一书中，进一步把人的品格分为 38 种，分别于其中记下几千条生动活泼的人的行为故事，据他的分法，人类美德有 22 种，恶德有 16 种。仿照这一体例，明人冯梦龙又编写了《古今谭概》一书，又增加了大量的故事于其中。当然，古人的道德观念和我们是不尽相同的，他们生活在阶级社会，作为社会上层建筑的道德观念，不能不带有阶级的烙印。不过在这些璀璨的艺术概括中，我们可以看到许多生动的馨香千古的美德，知道多少丑态百出的丑恶的形象。在美德中，我们可以看见谦恭下士、纳谏如流的帝王故事，也可以看到坚持真理，不畏强硬，甚至为了争一点滴的原则，可以粉身碎骨而毫无惧色的普通老百姓；有宽宏大度，既能坚持真理又能和反对者共事的政治家，也有折节下交，能以普通人的身份和一个布衣劳动者交朋友，或和一个年轻人结为忘年交的可敬的长者；有顾全大局，不计个人得失，自我牺牲的英雄，也有顿悟前非，说到做到，敢向自己的怨敌负荆请罪的好汉；等等。

以古讽今，将今比古，美德在古代是这样被推崇，今天又怎样呢？其实，在中国革命史上，特别在近代中国人民大革命中，中国人民英勇无畏，是迈越古人、超越千载的馨香于世并巍峨灿烂地树在我们的眼前。我们怎么能把这些英雄的美德一下子说清楚呢？又怎么能计算得出有多少人超越了古人的道德水平呢？又岂是几本《说苑》《新序》《无双谱》《列女传》《世说新语》《古今谭概》等所写得完的呢？远的不说，就单举这几天在长春市已风行一时，到处在谈论的一本《红岩》来说，这里面的英雄烈士，又是多么光被日月、可烁金石的动人心魄呵！青年们正在走着谈，坐着谈，吃饭谈，在公园里也谈，已经开过了无数次的报告会了，书店里的《红岩》一摆出来就卖光了。这些都说明了已经是应该写新美德篇的时候了。我们的人民，尤其是青年，是多么渴望从他们的前人的事迹中吸取教训，树立起一代新的更美好的道德风尚啊！

《人民日报》在庆贺这次人民代表大会的社论中号召我们团结起来，争取新的胜利。是的，我们要团结起来，团结对敌，团结起来战胜困难，团结起来迎接新的胜利，只要有利于团结的事就办，有利于团结的话就说，否则就不做不说。在美德篇里，可以表彰今人，也可以讲讲古人，总之古今中外，本地外地，从这些好人好事、新人新事中吸取教育养料。

这就是美德篇的缘起。

1962 年 5 月 9 日

发愤方有成

一个人，一个阶级，一个国家，做任何一种工作，不下决心，不发愤就不会成功。发小愤得小成，发中愤得中成，发大愤得大成。发愤的大小和所得的成果的大小恰成正比例，古今中外，没有任何一个伟大的成功不是在遭遇了很大的困难，发下宏伟誓愿，历尝苦辛之后，才得到灿烂光华的硕果。

“发愤而作”一语出之于司马迁。他自己给我们留下的光辉不朽的大著《史记》，正是一件发愤得来的瑰宝。他在《史记》自序中说：

“昔西伯拘羑里，演《周易》；孔子厄陈、蔡，作《春秋》；屈原放逐，著《离骚》；左丘失明，厥有《国语》；孙子膑脚，而论兵法；不韦迁蜀，以传《吕览》；韩非囚秦，《说难》《孤愤》；《诗》三百篇，大抵贤圣发愤之所为作也。”

这里，司马迁举出了一连串发愤有成的故事，我们且不管这些故事的史实如何，但这种精神状态确实从头到尾贯穿在《史记》全书之中，尤其在《列传》里，写得多么动人！多么有感染力，他的这个心情，在他的“报任少卿书”中说得很好：

“此人皆意有所郁结，不得通其道，故述往事，思来者，乃如左丘无目，孙子断足，终不可用，退而论书策，以舒其愤思，垂空文以自见。仆窃不逊，近自托于无能之词，网罗天下放失旧闻，略考其事，综其始终，稽其成败兴坏之纪，上计轩辕，下至于兹……则仆偿前辱之责，虽万被戮，岂有悔哉！”他告诉任安说，他的一切心血全用之浇灌《史记》这棵大树了。只要《史记》写成，他就九死万戮而无悔。这是多么悲壮的誓言，人若没有这种精神状态怎么能成大事！

一个著作家想写一本好书还得这样，何况一个前无古人的大革命呢，何况像在中国这样的大国的共产主义事业呢！比如马克思侨居于伦敦写《资本论》的经历又该是一种多么艰苦的煎熬。一家几口常常几天不举火了，只靠恩格斯寄来的钱过日子，直到女儿死去，爱人死去，只出版了第一卷，还未来得及出第二卷、第三卷等集，就死在椅子上了，可是这一部毕一人一生的大著，给工人阶级和人类历史造成多大的变化呵！这个发愤又岂止是小发愤能比喻得了的呢！

劳动是共产主义道德的主要内容，发大愤把中国建设好，铲除一个一个的困难，这又是所有的美德中当前最大的美德！

1962 年 5 月 11 日

和持有不同意见的人合作共事

大原则上一致,在一些具体问题上看法、做法各有不同,这是人们之间、同志之间可能发生的事,也是正常的现象。古人如此,今人也如此。不同的是,有些人处理得很好,有些人处理得不好。那些胸襟开朗,以大原则的一致为重,能和自己的反对者,或居于少数的人合作共事的人,就留下了许许多多馨香千古的美谈。

知遇之深,史称管鲍。管仲的“生我者父母,知我者鲍子也”的名言是多么动人的感叹!可是就是这两位如此相知的好友,出身、遭遇,对事情的看法、做法却大不相同,而且还一度处于敌对的地位。岂止管鲍,古人还有许多荐仇举贤的美谈,例子很多,只举几条。

《说苑》至公篇

晋文公问于咎犯曰:“谁可使为西河守者?”咎犯对曰:“虞子羔可也。”公曰:“非汝之仇也?”对曰:“君问可为守者,非问臣之仇也。”子羔见咎犯而谢之曰:“幸赦臣之过,荐之于君,得为西河守。”咎犯曰:“荐子者,公也;怨子者,私也,吾不以私事害公事,子其去矣,顾吾射子也!”

《新叙》杂事篇

晋大夫祁奚老，晋君问曰：“孰可使嗣？”祁奚曰：“解狐也。”君曰：“非子之仇邪？”对曰：“君问可，非问仇也。”君遂举解狐。

这样的美德，实例很多，如唐之名相姚崇、张说的故事，宋之名相王旦、寇准的故事，都很生动。

《续通鉴》宋纪卅二

旦每见帝，必称准才，而准数短之。帝谓旦曰：“卿虽谈其美，彼专道卿恶。”旦谢曰：“臣在相位久，阙失必多，准对陛下无所隐，此臣之所以重准也！”帝由是愈贤旦。

……既而帝问旦：“准当何官？”旦曰：“准未三十，已蒙先帝擢置二府，且有才望，若与使相，令处方面，其风采亦足为朝廷之光。”及制出，准入见，泣涕曰：“非陛下知臣，何以至是！”帝具道所以，准始愧叹，语人曰：“王子明器识，非准所测也。”（或：“吾等俱在王公腹内也。”）

在旧社会里，人与人的关系多是以利害条件为转移，一些人能不以私害公，不以己见强制于人，宽宏大度，已属难能可贵，所以一直被树立为美德楷模，这在共产党人和新社会来说，并不足为奇。这一少数人的德行，已成为社会风气和组织原则，这个原则就是少数服从多数，多数要尊重照顾少数，也就是团结——批评——团结的公式。一个把全心全意献给人民的共产主义者，除了无限忠心和是是非非的科学态度之外，还有什么个人芥蒂去不掉，同志间、朋友间、同事间即使有些磕磕碰碰，吵过几次嘴，互相批评过几句（也可能说得重了一些），又算得了什么！不就是那白髯飘洒、老态龙钟的大将军，身负荆杖请罪的廉颇吗！人家两千多岁了，还能如此，何况我等呢！

1962 年 5 月 20 日

度量要大些

同志之间，朋友之间，社会生活中任何人与人之间，经常要发生关系，有来有往。因此就难免彼此间有点磕磕碰碰，有一方要吃点亏。又不是对敌人，纯粹是自己人，即使有点对不起，又何必睚眦必报呢！何妨度量大些，处之以恕道。

刘少奇同志在《论共产党员的修养》一文中曾提出过："……并不是说我们在一切日常事务问题上，在纯粹带实际性质的问题上，所有一切不同的意见，均非小题大做，绝不妥协、板着面孔来进行党内斗争不可。"这是团结群众的一个重要方面。

度量大些，对人不念细恶，不计小怨，这不仅在今天是美谈，古人也视为很贵重的品德。这里可举如下三则小故事：

一则出之于《涑水纪闻》：

吕蒙正相公，不喜计人过。初参知政事入朝堂，有朝士于帘内指之曰："是小子亦参政耶！"蒙正佯为不闻而过之。其同列怒，令诘其官位姓名，蒙正遽止之。罢朝，同列犹不能平，悔不穷问。蒙正曰："一知其姓名，则终生不能复忘，固不如无知也。不问之何损？”时人皆服其量。

二则出之于《国老谈苑》：

王旦（宋之名相）在中书，祥符末，大旱。一日自中书还第，路由潘氏旗率，有狂生号王行者，在其上，指旦大呼曰：“百姓困旱，焦劳极矣，相公端受重禄，心得安耶？”遂以所持经掷旦，正中于首。左右擒之，将送京尹。旦遽曰：“言中吾过，彼何罪哉。”乃命释之。

两个大宰相，一个被骂为“这小子”，一个被书本打了脑袋都不生气，这是何等的气度！

三则出之于《先进遗风》：

王庄毅公竑为督漕，开府淮扬。时清河卫指挥单姓者，行不检，公尝折抑之。寻公遭烦言免官，归过清河，挥使祇候于江浒，具饩致殷勤。公嘉其诚款，择受数缶，以为酰酱也。既发用之，则皆粪秽，单盖借以纾夙恨云。乃公舟抵徐，复有言者表公生平忠节，旨下，命公还官。指挥乃逃遁遐方，诈为死，家人故为发丧治殡，以愚里人。人有仇指挥者，踪迹其所在，执而讼之于公，公竟不较前侮，平其讼而遣之。淮扬间，至今语曰“王都堂不较单指挥，不念旧恶”云。愚按：王庄毅手捶死马顺曾于殿陛间，盖矫矫刚方人也，乃容忍又若此。

这一个，进了一步，人家以粪便作礼物来辱己，也不计较，因为这不过是一个小丑的私怨，算不了什么。不见他于对方复官之后，已经吓得装死了吗！又多丑态可笑！对这个人物，吃点小亏，又有何损！

只要是私怨，并非大是非，就尽可如此对待，满不过自己吃点眼前亏，其实又算得了什么！当然，对敌人，对原则问题是不能这样的，那就是是非必争，睚眦必报，而且是以牙还牙，以眼还眼！

1962 年 5 月 26 日

闲话友谊

常言说："疾风知劲草，患难识知己。"在革命最困难、最艰苦的年代，也许正是考验人们友谊牢靠程度的时候。星期天无事，翻开《星火燎原》第三卷，看了几个短篇，它把我引入了这样一种沉思。

《永久的感念》的作者符必玖同志，用自己亲身的经历为我们描绘了一个长征斗争的片段。正当1936年夏，红军四方面军从甘孜一带出发，开始了第四次草地行军。到上下包座还有七天的路程，可是年小体弱的文书符必玖所带的干粮都已吃光。空着肚子怎么过草地啊？夜里，17岁的符必玖想了很多，他担心会离开同志们，会看不到陕北，他流下了眼泪。躺在他身边、日夜相处的卫生员冉瑞云转身坐起来，他看透了小文书的心思，开始安慰他，鼓励他，并且决定把粮食分给他吃。文书不肯，因为在这种情况下，粮食就等于生命！可是，他的同志责怪他：

"你不吃，怎么行军呢？"

"我想，我是过不去了……"说着，又流下了泪来。

在这样严重的时刻，小文书的担心是完全可以理解的。可是，大哥一般的卫生员不答应小兄弟这样想：

“看你说的！你能过去，我也能过去，我们都能过去。放心吧，有我就有你。我们再坚持几天就行了。你不想北上和一方面军大会合吗？”

无论从革命还是从个人来说，小文书怎么不想到达陕北呢？这自然是不待说的。于是，卫生员斩钉截铁地告诉他：

“好，就这样，从明天起粮食我背，瓷壶我提，到地方你先写报告，我做好饭就叫你来吃。别胡想八想了，我们俩永远在一块儿，就是饿死也死在一块，好不好？”

后来，他们平分吃掉最后剩余的一点干小麦。一路吃着茴菜，到达了陕北。

类似这样激动人心的事情，发生在长征路上又何止千万呢！像“草地第四天”无线电队中的挑夫老周的牺牲，就是因为他不愿意连累同志们，终于从担架上挣脱下来，留在了草地上。

我这样想：是什么东西支持着这种友谊，以至于在这样艰苦的时刻，同志之间互相爱护，亲密无间，不顾自己，而甘愿为人牺牲呢？

如果说到友谊，古人讲交情，重义气，其真挚的程度往往是令人惊叹的。战国时的聂政，就是这样一个人物。他为了报答严仲子的知遇之恩，不惜牺牲性命刺杀了严仲子的仇人韩相侠累。在他死后，他的姐姐聂荣非常同情他的行为，认为“士为知己者死”，并且也为此而殉难。这种友谊当然是至诚无比的，故事也是可歌可泣的；用今天的眼光来看，聂政的行为是有它的局限性的。在这方面，我们不想苛求于前人。但是，由于时代不同，道德观念不同，友谊所包含的内容也不可能一样。今天同志之间友谊的基础，显然已经不是靠什么“士为知己者死”的思想来支持，已经不仅是为了个人和个人的交情和义气，而必须是由另外一种更高的思想来维系了。

在资产阶级社会里，资产者口唱自由、平等、博爱，可是它却教育人们：人不为己，天诛地灭。资产阶级先生们所标榜的友谊，是可以为金钱所收买，也是可以为金钱所出卖的。乘人之危、落井下石的事情随处可见。一些人的发财致富，要靠另一些人的倾家荡产。什么友谊、博爱，都不过是资产阶级社会掩饰金钱关系的招牌。马克思说得好，凡是资产阶级到达统治的地方，“它无情地斩断了那些把人们系缠于其‘天然尊长’的复杂封建羁绊，它使人与人之间除了赤条条的利害关系之外，除了冷酷无情的‘现金交易’之外，再也找不出什么别的联系了”。可见，资产阶级除了欺骗之外，是不会教育人们懂得真正的友谊的。

小的时候，看过巴金的小说《灭亡》，对那里所说的“凡是曾经把自己的幸福建筑在别人的痛苦上面的人都应该灭亡”颇有所感。可是，在旧社会这不过是一种美好的愿望，不过是受伤的心灵的一种呼喊。不知道出路在什么地方！也不知道人和人之间的关系怎样才会好起来。现在才知道，只有推翻了吃人的旧社会，只有消灭阶级，才为人与人之间发展真正的友谊创造了广阔的前提。特别是当友谊在为共同的政治志向、为争取人类解放而斗争的理想所支持的时候，就会变成在任何困难的情况下，都经得起考验的了。

革命的友谊，在最困难的时刻，常常表现了高度的自我牺牲的精神。但自我牺牲的精神也并不一定都表现为用生命去替别人殉难。黄继光、董存瑞以及挑夫老周的英雄行为，的确是高尚的，但是在日常生活中，吃苦在先，享受在后，凡事先为别人着想，在困难的时候，不互相埋怨，而是互相支持，从大局出发，以团结为重，它又何尝不是一个人的品德高尚之所在呢！

1962 年 5 月 30 日

"为人作嫁"颂

"苦恨年年压金线，为他人作嫁衣裳"，在几千年来的阶级社会中，这两句诗巧妙地概括了人们的愤懑和不平。后来，人们常用"为人作嫁"这一句成语，来抒发内心的牢骚。今天，我却要写"为人作嫁"颂，因为，在今天"为人作嫁"有了新的意义。

前几天看到一张报纸的一版画刊，其中的几帧照片，有的是托儿所的阿姨在轻轻拍着孩子，有的是商店售货员在热情地帮助顾客挑选商品……大字标题是："他在为我们工作"。我反复吟诵着"他在为我们工作"这几个字，油然产生敬意。这是多么亲切而又深情的一句话，我不禁想到：这不是在"为人（我们）作嫁"么！而他们的伟大和令人尊敬之处不正在"为人作嫁"这一点上么。

在新的社会生活中"为人作嫁"反映了个人在社会上所应尽的义务与所享有的权利。用什么态度对待这种关系，决定于一个人的思想觉悟，而怎样认识这种关系，则关系到对社会生活的正确理解。

一些无名英雄之所以令人尊敬，就在于他们有"为人作嫁"的忘我精神。

这些英雄们的努力和成绩，往往搅拌在别人的成绩中，而不易为人们所注意。一个演员的表演艺术，会受到观众的热烈掌声的赞扬，而后台工作人员的努力却不易被观众注意。一位教师一堂成功的讲课，往往会赢得学生的尊敬，而教学辅助人员的功劳却不易为学生所察觉。可是，如果没有这些“为人作嫁”的无名英雄的辛勤劳动，则演员精湛的表演、教师成功的讲授都不易表现出来。正是这些“为人作嫁”的英雄们用自己的绿叶衬出了红花。红花的美丽是有绿叶一份的。

从另一方面想，建立在新的人与人关系基础上的生产者即是消费者的社会主义社会中，“为人作嫁”又是一个社会生活的规律。试想，如今我们每个人的劳动，直接用于本身消费的有多少？哪个演员演戏只为自己得到美的享受！哪个教师教书只为教育自己的子女！推而广之，有几个建筑工人只为自己住房才修建，有几个制鞋工人只为自己穿鞋才做鞋？还不都是为了社会么。正因为人人为社会工作，而全社会的劳动成果自己也在分享一份。我常想，我一个人今天能安心工作，不知多少人在为我工作啊！我有两个孩子，一个刚上小学，一个在幼儿园。假如没有小学教师，我得每天拿出一些时间教他们唱：“红光社，开红花……”如果没有阿姨，我得每天拿出一些时间教他们游戏……一个人怎么应付得了那许多许多工作。正因为大家为我分了劳，我才能安心备课讲课。反过来，我这份工作，也为那些要教育子女的小学教师、阿姨……代了劳。“为人作嫁”这不是理所当然的吗！

人总不能像蜗牛似的自己造个壳只为自己住，背来背去，既不“予”，也不“取”。在社会生活中，“予”与“取”原是相互作用的。在今天的社会分工中，严格地说没有一样工作不是在“为人作嫁”，反过来，旁人的工作也没有一样不是在为自己“作嫁”。尽管“予”与“取”不可能是绝对“平等”的。共产主义者有更多的“予”的精神，有时甚至是自己“栽树”为了后人“乘凉”。《红岩》中许云峰在临刑前与特务头子徐鹏飞的一段对话是发人深思的：

徐鹏飞："共产党的胜利就在眼前，可是看不见自己的胜利，这是多么令人遗憾的事，我不知道此时此地许先生到了末日又是何心情？"

许云峰无动于衷地笑了笑："这点，我完全可以奉告：我从一个普通的工人受尽旧社会的折磨、迫害，终于选择了革命的道路，我感到自豪。我自己看见了无产阶级在中国的胜利，我感到满足。风卷残云般的革命浪潮，证明我个人的理想和全国人民的要求完全相同，我感到无穷的力量。人生自古谁无死，可是一个人的生命和无产阶级永葆青春的革命事业联系在一起，那是无上的光荣。这就是我此时此地的心情。"

以能用自己的鲜血和生命为人民"作嫁"感到自豪、满足和光荣，这是何等伟大的共产主义献身精神！没有"为人作嫁"的委屈，只有"为人作嫁"的抱负，这就是这些无名英雄们所闪射出来的共产主义光辉。

1962年7月11日

同志和友情

“同志”一词就字面说是志同道合。如果做社会关系的归类，它是应列为朋友一栏的。因此同志也就是战友，为共同目的而并肩奋斗的朋友，目的愈远大，斗争愈艰巨，出生入死的友情愈深重，同志的含义也就愈深，情谊更长。在所有的事业中，没有比共产主义事业更艰巨的了，所以共产主义者之间的友情也就成为人类社会关系和朋友关系中最高的友情、最深的关系。

鲁迅在白色恐怖下的上海曾赠给瞿秋白同志一副对联，上联是“人生得一知己足矣”，下联是“斯世当以同怀视之”，上款是何凝（秋白化名）道兄。斗争了半生才找到了马克思主义的这位硬骨头老人，在这副对联中该是多么语重情长，珍重千万，千万珍重呵！有人说，这个老人总是严峻无情地战斗，请看，在这里又是多么有情有义！不仅这样，他还送给郁达夫一副手书的中堂，上两句是“无情未必真豪杰，怜子如何不丈夫”，下两句是“知否兴风狂啸者，回眸时看小於菟”，这也就是鲁迅的一贯的主张：真的猛士敢于正视惨淡的人生，也敢于正视淋漓的鲜血，他既是无情的也是最多情的。

朋友谁还没有两个，叙述友情，抒发悼念亡友的诗词，连篇累牍，所在皆是，但是有谁比得上毛主席的《蝶恋花》一首小词这样气势磅礴，胸藏日月，驰骋在天上人间，这样无比广大的诗人胸怀！

为亡友整理遗著，把它发表出来，这是古今交友之道的常情，但谁有恩格斯和马克思两位伟大创始者之间友情的笃厚！恩格斯在《资本论》第三版序中写道：

“在我，是丧失了一个相交40年的最好最真实的朋友，对于他，我的思念是不能够用言语来形容的。”

只寥寥几句话，把这两位共产主义导师之间的友情表达得多么真挚、深切。他在《共产党宣言》1890年德文版的序文末尾又慨叹地写道：

“呵！如果马克思今天还能同我站在一起亲眼看见这种情景的话！”

今天，只要把这句话中的“我”改成现在的“我们”，那就变成“如果马克思恩格斯若活到现在的话，那该多好呵”！

同样是朋友，为什么有些朋友，像老战友之间就这样与众不同呢！我想这是有许多原因的。第一，是处在同一地位，同生死，同利害，同呼吸；第二，彼此深知，同观点，同立场，同方法；第三，相交日久，有的是十年二十年，有的是一生到底。如果没有这些条件是不会产生这样坚固的友情的。

从前也读过杜诗，也喜欢，但因为自己少经沧桑，阅历太浅，因此对于此老的痛郁沉着，入情朴厚贴切，体会得不深。现在虽然还是不学无术，但终是年龄大了些，有些情感就共鸣起来了。我于杜诗中像读到他一些赠给挚友的诗时，就衷心波涛起伏，情深不能自已：

……

访旧半为鬼，惊呼热中肠。

焉知二十载，重上君子堂。

昔别君未婚，儿女忽成行。
怡然敬父执，问我来何方？
问答未及已，驱儿罗酒浆。
夜雨剪新韭，新炊间黄粱。
……

（赠卫八处士）

为什么这样呢？为什么从前体会不到这首诗的好处呢？就因为那时年轻不懂事，也因为这些年来，常常经历了老战友重逢的事，这种经历让我体会到，什么是真正的老朋友、老同志的好处。

去年我在北京开会的时候，一个夜里，我正在桌上写东西，忽然间接到一个电话，在问明了是我之后，她就告诉我她是我二十多年前就认识，曾经帮助我进步，并一直像大姐一样关怀过我的一位大姐，但这些年来一直无消息，我手里拿着听筒，嘴里“呵……呵……”地惊喜得几乎说不上话来。她在电话里马上恢复了原来对我的口气，叫我的小名说：

“小某！放下工作，马上来看我！跑步！”

我立刻像一个兵一样地回答说：“是！就来！”

我像刮了一阵风似的，不大一会儿就跑到了她的身边，她在门前等我，一见我就像妈妈一样地端详我，抚摸我，好像我还是20年前的那个小鬼一样，她几乎要我一下子就得把二十多年间的一切，都汇报清楚。我像倒出一口袋核桃一样地说起来。她问长问短，问到我的爱人、孩子、工作、生活、鉴定，讲到我的老毛病时，还狠狠地批评了我，说着话，还用毛巾擦我衣服上的油污，好像我还是一个幼儿园里的小朋友，其实，我已经是几个孩子的父亲了！

这次重逢，深深地教育了我。如果现在有谁问我，除了亲戚之外，什么情感最真实，最亲？我可以毫不犹豫地立刻回答说：“老同志！老战友！”

有感于此，去年除夕我曾写了一首怀念老战友的诗，其中有这样几句，移录在此：

红灯高挑鼓声催，青松盖雪红旗飞。
老友重逢笑白发，感怀万端入酒杯。
围炉促膝分烟叶，端详不复旧须眉。
儿辈新识成小友，老树青枝新蓓蕾。

1962 年 6 月 3 日

立春阳气转

“立春阳气转”。今年除夕恰逢立春。

关于春天，哲学家，文学家，画家，写过、画过多少篇章，说过多少歌赞的话。这是不奇怪的，因为春是生机，是展望，是最有前途、令人向往的象征。尤其在严寒中的人民，在艰苦斗争中的人民，对于春天是多么心向往之呵！还在“五四”时代，中国人头一次听说马克思列宁主义时，党的创始人之一的李大钊同志就预言地写过一篇论文，题目就是《今与古》，在这篇文章里赞美着春的势力。真的，四十多年后的今天，伟大烈士的预言，在中国真的实现了。

俗话说：“好朋友，别叹息，严寒过去就是春天。”这是实在话，不履冰霜，不知春天的可贵。真正的春天总是继在严寒之后。中国人民经过了多么严峻的酷寒的考验，才有今天的好日子。在好日子中，也要受到一些严重困难的磨炼，然后才会出现更美好的前景。

春所以可贵，就在于“阳气转”。阳气是什么东西呢？摸也摸不着，看也看不见，可是它却是反映了真实的客观存在。我国传统的唯物主义哲学家，都使用“气”这个范畴和“气化流行”的观点，来解释世界。气，就是一切客观存在的本质。世界就是这个气在不断地发展变化着。在气中，阳气又是事物的主导方面，也是生机势力。它上升，就有新事物和新的发展，就有生命、朝气和青春。它是和衰老、没落、消极、困难、坎坷、后退、死亡正相反。一切自然现象和生物，人的进步，都离不开这个“阳气”。由此可见，一切前进的东西，新生的东西，都属于阳气这一边的；这一边目前正是东风劲吹，阳气上升，不要多久就会绿草如茵，花光千里了。一切垃圾和废料、被历史抛弃的东西，都属于“阴气”那一边的；那一边如今正是“古道西风瘦马”，“日薄西山，气息奄奄，人命危浅，朝不虑夕”了。阴阳二气的斗争正是我们生活在其中的这个世界的真实情景。

当然，我们马克思主义者，今天有了更加准确和科学的语言来说明这一切。气就是物质。“气化流行”就是物质的运动发展，而物质的运动发展有其客观的规律。我们常说，要鼓起干劲，争一口气。这里说的气又是什么呢？就是适应事物发展的人们的精神状态，就是志气、锐气。从根本上说，革命者，先进的阶级，只有靠这股新生的锐气才能推翻旧世界，建设新社会。没有这口气什么都办不成。正是这口气才能打掉那看来是庞然大物的旧势力。

现在年也过了，节也到了，立春日开始了。报载，各个战线上纷纷传来好消息。听吧，布谷鸟就要飞上柳枝，呼唤大地，呼唤春天的劳动了！前天，一位画家画了一幅唤春图，正中是一块石头，石头上下水仙、迎春花盛开，在迎春花的嫩长条中，一对麻雀喳喳地叫，画毕叫我题诗，我写上了：

金盏银杯飞羽剑，春来先飘绿网花，
得意春风双麻雀，隔枝喜得叫喳喳！

诗虽不工，但这唤春之意却正是大家的心情。说来也怪，大家对“阳历年”的感情总不如春节，是不是落后了呢？不！尤其在北国，真正的年和春，是从春节才看得最清楚的。过了春节，一天和一天不一样。虽然春寒也很可观，但那只是一点寒冬的余威比起腊月，它差得多了！在那砰砰啪啪的爆竹声中，春正在那里发起攻势呢！在那红灯高挑、白雪青松的气氛中，才真正有了春的消息呢！我真愿意混在孩子群中，带着那青春的心意去点燃那冲向高空的“二踢脚”！这意思是说：

“冬天，躲开吧！春天来了！”

1962年2月5日

文艺中的风流人物

一个时代有一个时代的文艺。一定的文艺有一定文艺里的典型人物。这个时代如何？这种文艺怎样？只要看看其中的风流人物谱就能明了个大概。

举例来说，早些年在中国剧坛上大红大紫的代表人物莫过于关夫子了！好家伙，那个势力还了得，统治了舞台几百年。在人民精神中他也是始而英雄，继而王，再而帝，直到称神称圣，称佛作祖。可是现在怎么样呢？行市不行了。虽然偶尔看见两出红净戏，也主要是欣赏一下那点架势。而且大家对那个翻筋斗的马童好像比对他老先生还感兴趣些！

关羽的失势不是偶然的，因为他失去了行会封建制、基尔特主义的社会基础。在行会群众中他是“义”的化身，是维系大家的旗帜，因此是都天大帝兼作武财神，也失去了有心要提拔他的统治者，特别是清朝皇帝。因为清朝的文化政策是以“义”来冲淡“忠”，以关羽冲淡岳飞，抬关灭岳的政策。因此，关羽是“汉封侯，明封王，清封大帝”，到清朝才最走红运，成为时代的宠儿。

当今舞台上的活跃人物是谁呢？我看是孙悟空、穆桂英、包文正，等等。

如果要举行民意选举的话，这些人物都能选上，并且是全国性的人物。

先说孙悟空。此公原来就被人喜爱，但我很讨厌他在安天会以后，常常出现在被招来降妖的天兵天将的队伍中，成为镇压起义的宪兵警察。在这一点上，《西游记》的后半部就不如前半部好。人民更喜爱的是帽插金花，在花果山上自立为齐天大圣的孙悟空，是偷桃、盗丹、视百万天兵直如粪土的孙大圣。你看他那种乐观主义的精神，藐视陈规旧法的态度，敢想敢干的风度，真比那去了野性，皈依佛法，成佛作祖的猴和尚要好得多。你看他在闹天宫中一出场时那种戏谑的风趣：

前呼后拥，威风浩，
摆头踏，声名不小，
穿一件蟒龙袍，
戴一顶，金花帽，
俺可也摆摆摇摇，
玉带围腰，
且消受，这爵厚官高，
闯将旗门，
哟！
有谁来撞你孙爷爷的御道！

再听听他在一把把地吃老君的仙丹时唱的《刮地风》的后半阕：

嘿！我想世人呵，
得一粒金丹成大道，
俺老孙呵！
只当作炒豆儿嚼一饱！
嗳！炒豆儿，嚼一饱！

这戏谑的口吻是何等的乐观，是何等的“粪土当年万户侯”似的讽刺。我真敬佩这词的作者在这里借猴王之口，骂倒多少峨冠博带的装腔作势的统治人物，发出的牢骚该多么痛快淋漓！

孙悟空除了是解放思想、乐观主义的代表之外，更不可小视的，是它是孩子们的好朋友，是红领巾们的好伙伴。好家伙，在这些最有势力的观众中，又有谁比得上此公的势力。我看在儿童中进行全国选举时，他一定得票最多。因为他在孩子们看来，是幻想的神奇的化身，是机智、聪明、顽强的典型，是活泼有趣的知心朋友，是他们开始驰骋其想象、理解人生的最初的启示者！不是吗，谁在童年时未和孙大圣交上朋友？

除了孙大圣，穆桂英也够得上文艺中的时代的风流人物了。我们不但爱看《穆柯寨》，在这时她还是天真烂漫、并带点野性的一位女大王，一个天真活泼的少女，藐视一切，并敢于大胆倾吐初恋的心情，敢于临阵自由挑选对象。我们也爱看天门阵时代的穆桂英，这时候她披甲冠顶，帅服帅旗，雍容大度，俨然是一位统领兵马的大元帅。我们更喜欢 53 岁又出征的老年穆桂英。这个剧目一经在豫剧中发现，就被梅兰芳抓住，被各个剧种抓住，成为风云一时的保留剧目！想想看，这里面的道理不简单，这不会是无缘无故的偶然现象。

由此可见，人物和时代之间有这样几条规律性的现象是屡见不鲜的：

一、先有时代，人物应运而出，应运而生，不出不生也得叫他出，叫他生；

二、人物一出，符合时代的情绪，他（她）就成为文艺中的宠儿；

三、“即使是老人物，古已有之的人物，他也是随着时代的转移改变自己的地位，有升沉消长的变化，有被人重视的这一方面或那一方面的不同的变化，有得势失势的变化。因为人物虽然是原来的，但人物的精神面貌是活的。所以孙悟空和穆桂英的年龄虽然不小了，可是他们早取得了时代的许可，成为我们国家中伟大的‘公民’了！”

谁要是细心一些好好地研究一下，我国戏曲中各个重要人物的升沉消长的变化历史，找一找这种变化的规律，是一定会得到有益的收获的。我看起码能证明：

1．文艺是人民的；

2．人物是人民创造的；

3．人物的精神状态是时代的眼睛；

4．时代变化，人物也更替；

5．老人物也随了时代的变化而消长更新，不但活人要改造，连穆桂英、孙悟空也得改造！

6．历史和文艺，历史人物和文学中的人物，他们之间的关系是错综复杂的，是互相改变的。

选自《宋振庭杂文集》，山西人民出版社，1989年版

唯一律癖

如果有人当着演员和厨师的面这样地恭维他们，那一定会把他们气得个脸发青：“你们的艺术真是伟大，能把一百样菜做成一个味；所有的角色演成一种性格。”

谁都能看出来，这不是恭维，而是挖苦，在这样的“恭维”面前正如俗话说得好，“与其听他称赞，不如和他‘拼命’”。

可是，挖苦虽然是挖苦（这句话也真是说得太尖刻，有些太失恕道），但是总得承认这倒是指出了一个有相当广泛性的现象，在现实生活中确不少见这种像压道机式的“个性压平法”的存在。而且很有权威，并有日渐推广之势。

其实，也真应该佩服这种削除个性的“手艺”的高明，别人能把 100 种菜做成 100 种味道，他却能做得完全一个味，结果虽然不高明，苦心却不能说下得不大。

比如，按照这种“唯一律法”来要求孩子们吧，特别是对于红领巾和幼儿园的小朋友，他们能把所有的孩子给治成一个模样，一个个性。太勇敢了不行，好动不行，爱说话、爱蹦、爱跳不行，好冒险、好独立行动不行，要怎样呢？要不说、不笑、不蹦、不跳，不冒险，没有老师的话自己别动，更不要冒险，规规矩矩，连个蚂蚁也别摸，一切都像他们的老师说的那样。

比如，按照这种“唯一律法”的领导者去选择干部时就成为这样：“太活泼了不好，不严肃；爱提意见不好，不容易领导；主动性太强了不好，容易闹乱子；完全不说话也不好，太死板了。”那么是啥样子的好？样子就得像他自己一样。

比如，把这个法用在文艺工作上，那威力就更大，为了维护此法的尊严，就能出现一些抡起大斧子拍头砍去的“批评家”。一律的条件不能说是不严格：“抒情太多的不好，不浑厚；叙事太多也不好，太呆板；描写爱情的缺少思想性；刻画英雄人物虽然好，但是没有写上领导怎么行？有了党支部没有行政，有了行政没有工会，有了工会没有青年团，这怎么能说全面呢？”“都得写上，最好按照咱们的第三季度工作要点那样填写在小说里。”（请原谅，这绝不是我编造的，而是确有其事其人，恕我不“一律”注明）

同样，按一律法去看人，看人家的衣服样式，帽子、鞋、头发、胡子，吃饭、走路、说话等等一切，也都是“应该整齐一律，不要突出”才好，如有人突出，“啊呀呀，你怎么这样特别……太可惜了”。

可见，这种唯一律的癖好不是别的，其实质就在于“剔除个性，消灭特殊”，也可以叫作“个性削平法”。

那么，若追问一句，什么才叫作真正彻底的一律呢？怎样才能从根本上消除个性呢？讲道理太麻烦，不如算算术。

中国古代哲学中有一个尽人皆知的易理学派的公式，按照这个公式来说是：“无极生太极，太极生两仪，两仪生四象，四象生八卦，八卦生六十四卦”（咱们这里不谈哲学，不用探讨这个道理对不对），只说他这个“一生二，二生三，三生万物”的越来越带个性，越来越产生个别的算术吧，如按唯一律法家来看这怎么样呢？

对此，我们的一律法家一定要大发脾气，说这是倒行逆施了，一定得给他反转过来才显得“一律”些，就是说：“取消万物，归于六十四卦，取消六十四卦归于八卦，取消八卦，也取缔四象，消灭两仪，归于一。”“一”还不彻底，因为一是对于二才有意义，一也得取消，最后剩下什么？“太极而无极”复归于“有物混成，先天地生，寂兮寥兮”的地步，说得明白些就是：“一律取消，啥也没有”。落得个白茫茫的“无”。这才算真正达到了彻底的一律，也把一律病的老根也都抠出来了。

辩证法是无情地和唯一律癖的人大开玩笑的，按照辩证法的原理来说：没有个性就无所谓共性，没有个体就无所谓一般。同样地，没有不同就谈不到一律，一律只在不同的东西之中才有点意思，个别和特殊是具体的存在，一律和共同只不过是它们之中和之间的相同点，一律其所以能存在，正是由于他寓于个性之中，靠着个性活着，谁想消灭个性，消灭特殊，取缔个别，剔除不同，谁也就根本上消灭了自己——以上这个观点，恰好是“一律型的削平法”的对头。

这样说来，我们反对一律吗？一律、整齐和集中就不需要了吗？不重要了吗？不是的，而且正相反。我们非常需要集中，整齐，一律，只有它才能保证我们革命和建设的成功，只有它才能给我们力量和功能，以便改造社会，改造自然。可是，这是怎样的一律呢？怎样地集中呢？它不但不排除个性，不剔除特殊，而且，正是站在它们之上和它们之中，他既提倡共性，也发展个性，既保障创造性，也发挥纪律性，既要求每个成员守住共同的要求，也需要他们从多方面，多种形式，多条道路，多种风格地去完成共同的任务。

如果人们不是这样看待一律，而是像上面说的那种“削平机”那样，戕害个性，剔除个性，摧毁创造性，其结果虽然不能说没有结果，也能制造出一批“一律型的产品”，不过这种产品必定要成为废物，就是说是些“和‘无’相等的东西”。

鲁迅曾尖锐地讽刺过这种人，他说为什么现在的猴子未变成人，只有类人猿才变成了人呢？就是因为老猴子们的好一律癖太深，虽然偶有个别小猴子想发扬一点创造性，站起来走路，也因为保卫一律法的尊严而给咬死了。所以一直到今天猴子还是猴子，顶多不过是种观赏性的动物。

寄语唯一律癖的卫道家，这话说得不算不明白了！

选自《宋振庭杂文集》，山西人民出版社，1989 年版

谈“聚堆”

有一种现象反复出现，无以名之，名之叫“聚堆”。

姜燕有一张《考考妈妈》的画出来后，继之而来的是“六亲以内，都得报考”，有“考考姑姑”、“考考奶奶”、“考考爸爸”等等名目。报上常有批评营业员、护士的文章，于是编辑部的来稿一时之间，拥挤不堪，而且都是关于“几大员”的，据说《买猴儿》风行以后，很有些人一写到营业员时，如不说到“马大哈”就有些不能甘心似的。

其实，这个现象说来话长了。

从前就是这样，生意经中就有抢字号的一说。皇后鞋店的生意好起来，必定会有“皇太后”、“老皇太后”、“太皇太后”、“皇妃”鞋店开张。王麻子剪刀是不错的，于是“真正王麻子”、“真正老王麻子”、“真正正牌王麻子”纷纷出现。这是咱们早就见惯的了。

文学上，出版物中也是这样。因为魏巍同志的“三篇文章做得好”，不知道要使多少人着急，除了“最可爱的人”之外，出现了“顶亲爱的人”、“最最亲爱的人”。

有人说这是一种自然的社会心理，没看见吗？在大街上如有人蹲在那里看蚂蚁，而且很认真，一定会一会儿堆满一群人，都去看。再有，如果谁在人群中忽然抬头注视着天空，传染所及，一定会使周围的人纷纷地仰首望青天。

近来的批评性的小品文好像也是穿上了“时装”，有了一个固定的格子，好像只有死盯住几种该批评的人不放，才叫作批评似的，而且那写法，笔调往往要“千篇一律，向右看齐”。所论、所及，好像除了这几样之外，就无话可说了。

所以，我想说：把这种现象说成是一种不可避免的心理固然可以，不必为了这种现象的存在而大伤脑筋也行，可是这终究是需要多多提醒，使他早些改变过来才好，如不然，那可真麻烦，天天早起看报，都是那些可以不换内容，只换换日子和人名就行的文章，一律都要朝着昨天“向右看齐”，那可太苦死人也！

这关键就在于必须大力鼓励一种新风气，鼓励独立性的思考，创造性的劳动，少炒冷饭，多吃点新的、生的食物。虽然味道不见得可口，但那新鲜劲是可以打开出路的。

我们的文学大师、思想家鲁迅说过：“路是从没有路的地方走出来的。”这格言我们是熟透的了，但还必须去“走”，敢于向荒草中走去。去找路的人，也是今天顶需要的人。

选自《宋振庭杂文集》，山西人民出版社，1989 年版

谈别钻牛犄角

人的思想有其稳定保守的一面，这就是往往好走直线，走老路、旧路，有时一直钻进死胡同反不过身来。

比如，刷锅是为了求干净，洗脸为了讲卫生，批评是为了救人治病，都应适可而止，这是人人皆知的。假如无止境地一直刷下去，洗下去，批评下去，彻底是“彻底”了，可是未免就要“透底”！那时锅就要刷出大窟窿，脸要洗去一层皮，人就要批评得难以做人。

鲁迅先生在《透底》一文中曾精辟地提出这一点，很值得人们注意。

近来在有些问题上，觉得已微微地露出点儿这种迹象，虽然还不算多，但已显出点儿苗头。

比如，提倡领导人多注意工作人员的生活条件，关心他们的休息和文化生活，反对那种漠不关心的现象，特别在住房、疾苦、爱人调动等问题上做些批评这是十分应该的，今后也要继续进行批评，因为，这种现象今后也不见得就要绝迹。

但是，在批评中怎样分析，如何表现，却不能完全不顾。当然漫画不能十全十美地照顾得滴水不漏，小品文、相声也应该做些必要的艺术性的夸张，可是，却不能不想办法使批评做得更真实、更有分寸，更少起和不起副作用。这个道理就在于，即使文学艺术也好，它的最大的生命还在于抓住事物的本质，抓住特征，而不是直着脖子叫喊或片面性的一头官司。比如，在批评时装改革问题上的保守思想时，就不必攻击干部服，不必把穿干部服的人也画成满脸流氓相；为官僚主义画像时也不见得都得画成“肥头大耳”，像国民党时的大亨一样；在批评一些实际问题时，也不能不顾真实情况，一律嘘之以清规戒律，都列在取消之列。

近来，我们非常注意提倡思想解放，个性解放，这无疑是正确的。解放是一定要解放的，但解放当然不是一切。解放中，唯心主义、片面性、资产阶级的调子也可能要出来，这不必害怕，也无啥可怕。写文章、画漫画不见得篇篇准确，个个精当，这也是意料中事。对已有的一些批评，也不应该求之过严，责之太重，那样就无人敢动手来作。但是，人们也不应该忘记，不能抓住一点，只看到一个现象，顺着一条道儿跑到黑。这样跑下去，彻底虽彻底，可是不免要过了界，也要留心“河那边是什么所在”。

我们不因噎废食，但我们也不能在吃饭时一点不注意；我们永不放下批评的武器，但我们也要讲究批评的真实性和艺术性；清规戒律一定要废除，但也不是谁提一下注意性的意见就是干涉，温吞水式的无关痛痒的批评要反对，但也不见得必须用硫酸去洗脸，锅是要刷干净的，但也不必搬块石头敲成大窟窿。

对于这样的温和的建议，人们应该采纳才对。

选自《宋振庭杂文集》，山西人民出版社，1989 年版

要锲而不舍

无论干什么，想做出一点成就来，没有坚韧精神是办不到的。这就是锲而不舍的精神。这个精神，贯穿在我国人民的上下古今几千年的活动中。

正是这个信念，愚公可以移山，名叫精卫的小鸟立志要填海，夸父逐日，铁杵磨针，刑天断首而舞干戚。我国历史上第一个大诗人写下了“亦余心之所善兮，虽九死其犹未悔”的诗句。

查书太繁，引不胜引。昨晚偶然打开收音机，电台正好放的是小采舞唱的《七星灯》，听到诸葛亮临死前抢天呼地为汉室天下请求延长寿命的一段，真是动人的一曲，也真是一篇好文章。

先说文章。陈寿是晋人，以魏晋为正统，与刘蜀恰是敌国，按道理他不能讲诸葛亮的好话，可是在《三国志》的诸葛亮传中他写道：

“其年八月，亮疾病卒于军，时年五十四。及军退，宣王案行其营垒处所曰：天下奇才也。亮遗命葬汉中定军山，因山为坟，冢足容棺，敛以时服，不须器物。”

后几年，魏的征蜀大将钟会，以敌军总司令的资格在汉川还亲祭亮之庙，“令军士不得于亮墓所左右刍牧樵采”。陈寿自己也在写完这大篇的颂赞的传记之后赶忙解释并告饶地说：

“伏唯陛下迈踪古圣，荡然无忌，故虽敌国诽谤之言，咸肆其辞，而无所革讳”，“臣寿诚惶诚恐，顿首顿首，死罪死罪”。

可见，这个伟大人物的精诚撼日月的精神状态，就是他的敌人也不敢说句坏话。

《三国演义》写到这一段就完全放手写了，真动人得很。每当我读到这一段，常不忍终篇。当诸葛亮临危，还坐上小车去巡视营寨，对姜维一一安排身后事及退军的计划，他见自己的命星摇摇欲坠，指着说：“彼苍者天，曷其有亟”，“再不能为主领兵讨贼矣”。但觉得西风透骨寒浸。描写得也真深刻，一个要死的病人，可能还在发高烧，当然要觉得西风透骨了。

岂止《三国演义》，请听听“俗文学”的鼓词，小采舞的唱词在这一段“秋景”中是这样唱的：

“叹先生为国情切要拗天而行。时逢正是仲秋景，凄凉景况迥不同。只闻得悲雁唤长空，钟声敲远寺，犬吠夜行人，谯楼漏三更。愁漠漠四野含烟压满地，黑漫漫临山傍水雾飞腾，唰啦啦林中落叶惊宿鸟，明皎皎秋月一轮挂天空。”

在这样一个秋气萧瑟的气氛中，这位九死不悔的带病领兵的老先生在祈祷苍天：“哀哀告苍穹，不住的泪飘零。”他说：“想亮我，生不逢辰于乱世，出本心，愿甘老林泉，了此一生，因感念，刘先主，三顾请，痛驾崩，托孤之重在白帝城，亮怎敢，不尽心竭力勤王事，数十年，呕心沥血苦经营……”他对天解释说：“弟子我，并非贪生，实为汉室求寿，伏望苍天垂怜悯，赐我阳寿将汉室重兴。”为了祈祷，他披发带病，“焚香顶叩拜星灯，匍匐到天明”。请想想看，这是怎样的情景。

再说演唱。小采舞是以凄怆悲壮、雄阔缠绵的唱腔著名的。她的嗓音真是少有地具备了高、低、宽、亮、柔五个难得齐全的特点。过去听过她许多名曲，如《红梅阁》、《剑阁闻铃》，就是未听过《七星灯》，这次能听到，实在是一次很好的艺术欣赏。

诸葛亮不仅是聪明和智慧的代表，也是锲而不舍，坚韧主张谋事在人、人定胜天的代表。他调查研究，通晓大势，但并不胡干，他知道困难，但并不为困难吓得束手向后，总是想办法战胜困难。他知道蜀魏不两立，有敌无我，别无他路可走。也知道敌我势力不平衡，敌强我弱，但是又有什么办法呢？只有奋斗。请看他在《后出师表》中说："然不伐贼，王业亦亡，唯坐而待亡，孰与伐之？"大概正是这个精神，才被大作家罗贯中在《三国演义》中抓住，描写为拗天请寿的可歌可泣的行为。

是的，这是神话，而且有些宿命论味道，但这神话确是优美动人的，不亚于豫让吞炭，为刺杀仇人三跃而死，这和愿死后化为厉鬼，以自己的人头抛掷仇人的勇士一般，和"刑天舞干戚，猛志固常在"的刑天一般。鲁迅就非常不满子路的结缨而死，说他中了孔夫子的毒，他提倡披发大战，盘肠大战，掉了脑袋化为厉鬼也要复仇！这就是他的为压迫者而申诉的锲而不舍的精神，这个精神只有最苦难与被压迫的人民才能懂得和掌握，在战斗中的战士们最能理解。

选自《宋振庭杂文集》，山西人民出版社，1989 年版

大眼眶子的“批评家”

每当鉴定成绩，估计工作，特别是进行文艺批评时，常常会看到各种不同的批评家的形象，有的是诚恳、耐心和切实地帮助创造劳动果实的人，站在朋友的立场上提出批评，也提出建设性的意见。但也有的不是这样，而是自己的个子太高了，看得又太远，眼眶子又太大，批评起来使人可望而不可即，是令人一见生畏的“批评家”。

比如，当你演了一场戏，请他给看看并请指示一下，他就会先给你肯定两句：“一般地说还不错”等等，然后就“但是”了！“但是”什么？在“但是”的后边是一大堆这不对，那不是，这不合“规则”，那不合“理论”，这是“违背史坦尼斯拉夫斯基的体系”，那是“不合于戏剧教程”。接着提出一大堆某某名人演出这场戏的时候如何如何，想当年谁在哪儿创造过什么角色，“内心表情”、“导演的手法”又是如何，外国又怎样怎样。讲得真是活泼、生动、富有风趣极了！但是被批评的年轻的演员们呢？只能可怜地瞪着眼睛听听故事，至于这场戏又怎么办？我怎么去演？剧本应该怎么修改？“这个么？这个不是三言两语能说完的，这是水平问题”，

“你等着吧，等着你的水平到了，你就明白了”。

比如说，你写了一篇小说或诗歌，热情地辛苦地跑去请教他，或报纸上发表了一篇作品，请他批评时，他又来了，并带着他特有的大人国里的一切度量衡用具一块来，包括大尺子、大秤、大名家的标准、古典小说的规程，这位“云”，那个“曰”，批评来批评去，对摆在他面前的文章只好是叹息两三声，摇头四五次。“不合标准”是早就定下了的。

这种大眼眶子的“批评家”，就像采蘑菇的人走进寂寞的大森林里一样，他总是扬着脑袋往上看，当然看不见蘑菇和草莓，更看不见总是长在泥土上的鲜花和嫩草。由于眼眶子过大（据说有的能大得甚至可以走进一队沙漠里的骆驼），当然更看不见这些青绿色植物的嫩芽！

在大个子和大眼眶子的人看来，名家和名著是不可侵犯的神灵，唯其名家才有名著，唯其有名著才成名家。文艺批评就像考开汽车的那个弯弯道一样，你开不过车去，你就不用想得到当作家的牌照，不管你用多少辛苦弄出的一点东西，总要到他的法庭面前过一堂，然后才能登记户口。不然的话，就要在这些嫩芽之上跑马，跑得它“落得个白茫茫大地真干净”的地步。

对于这种大眼眶子，往远说，我国古典散文作家韩愈就在其《杂说》中描写过他，说他：一边把千里马给“骈死于槽枥之间”，一面又“执策而临之，曰：天下无马！”。韩愈悲愤地慨叹说：“呜呼！其真无马耶，其真不知马耶？”往近说，鲁迅就一再地痛斥过，历数其危害，说他们专摧残嫩芽，在小苗上跑马。鲁迅并气愤地说，想当作家第一个要点是先不听这些大眼眶子的“批评家”的胡说，要听听真正的耐心的切实的文艺批评者的意见。

当然，这种“批评家”如果只是本人的个子太大，眼眶子高，只是因为长的特别，在文艺批评中又只是由于一己的爱好，欣赏后发发感慨，那倒不要紧，因为对任何事情可以允许人们有不同的意见。但若听任错误的意见议论开来，影响所及，却非常有害。比如说，在人们当中若流行起大眼眶子病来，就必然要产生一片虚无的摇头叹气声！就无助于文艺创作事业的开展，更不利于青年文艺工作者的生长。

所以正确开展文艺批评，禁止粗暴地大杀大砍的文艺批评，在文艺的幼苗的发育期内更重要。在当前的文艺界既要老前辈们做严师，也要做慈母，既需要严格的批评，又需要热情的维护，提出高标准要求固然应该，鼓励劳动，激发热情更不可少，至少不能兜头一盆冷水。

当然这不是说，一切文艺批评都不许可严格的责备，只许说好话，这显然又是误解。在这里，被批评者是最明白的，不管你怎样严格，只要是有帮助，作者就会向你致以感激的敬礼！不管你多么严峻，只要你是爱护他们，从实际的劳动中体会了他们，他们就会明白你的殷切的责备的目的！

在我们的文艺刊物和报纸上，在实际的文艺工作中，我们非常需要开展文艺批评，需要反对温情的不进行批评，无人关心的冷淡态度，或只许说好的，不许讲缺点的现象。但我们也坚决反对于事无补只有坏处的粗暴的批评。正确的文艺批评必须在这种原则下进行，大眼眶子式的批评应该停止！

选自《宋振庭杂文集》，山西人民出版社，1989 年版

师生之间

师生关系是人和人之间的社会关系之一。在我们社会主义的祖国里，师生之间是一种友爱和谐的关系。

古人对“师弟情谊”、“师弟之道”说过许多话，其中韩愈的《师说》一篇很有名，说得切实透彻。他说：“师者，所以传道，授业，解惑也。”用现在的话说，就是：当老师的责任就在于传授知识、技能，解决疑难，培养后一代。他还说：“孔子曰：‘三人行，则必有我师。是故弟子不必不如师，师不必贤于弟子。闻道有先后，术业有专攻，如是而已。’”“巫、医、乐师百工之人，不耻相师。”这简直是像现在人们常说的“不必客气，咱们互相探讨，互相帮助，互相学习”的意思了。

韩愈是唐人，他虽以肩荷儒家的正统，以“后五百岁而出的孟子”自任，被后人颂为“文起八代之衰，道济天下之溺”那样了不起（在孔庙里一直陪着吃冷猪头肉的），可是他在这篇文章里并不像宋人理学家那样满脸道学气，把师生之间的正确的社会关系，蒙上一层天理伦常的神秘的纱雾。还是讲得很老实的。因此，这种对师生之间的关系的说法，今天也仍有它的现实意义。

我们今天的师生之间的道德标准是尊师爱徒，同志式的友爱关系。学生应该尊重老师，在师生之间，教和学之间，在继承系统的知识方面，老师和教的一方是居于主导地位的一方。为了教好学好，必须尊重老师的活动，严肃地对待教学，也可以说是“师严而道尊”。如果不是这样，把这个关系摆错了，弄混乱了，吃亏的不是别人，还是学生，是我们的教育事业。但是，做老师的，也要爱学生。不仅是爱，在某些方面也应该从学生那里得到一些帮助、启发、鼓舞，接受来自学生方面的正确的意见，改进教学，就是所谓“教学相长”。

我们的前人，遗留下说不尽的这种馨香千古的师生友谊的美德。许多有学识的老师，为提携后进，不惜折柬下交，和学生平等往来，做“忘年之交”。有的人是在弟子的促进下才摸索到真理的。为了桃李门墙而宁愿赴汤蹈火。鲁迅先生就是最典型的一位，他对敌人是那样憎恨，不可调和，而对于青年，对于他的学生又是何等的胸怀，几乎是敞开了怀抱地愿为其服役，甚至有的青年对他发射暗箭，也不愿回击，宁肯“躲到草丛里如受伤了的野兽一样，舔吮自己的伤口”。这又是何等的心肠！

在学校的民主生活中，特别是在高等学校贯彻百花齐放、百家争鸣的方针时，是会发生师生之间的有领导地有来有往地探讨、征询、质疑、辩难、甚至是论争的。会有先生教导学生，也会有学生不同意老师的见解，和先生辩难的现象。这是不奇怪的。正确地有领导地这样做，只会有利于教学，有利于师生团结。不会得出相反的结果。其实，古人也是这样做的。所有的好老师没有一个希望他教的学生都像木头人一样，只被动地受教，不能和先生问难答对。杏坛、鹿洞、船山的故事不都是以此为美谈的吗？孔老先生不是多次对他的学生不能提问题，不能和先生辩难而发脾气，而稍有长进就鼓励的吗？

社会在急进地发展着，新的人和人的美好的关系正在一天天树立和健康地成长中。师生之间是社会主义道德伦理关系的一个重要内容，我们已经看见，它已经日甚一日地在显出新的特征来。

选自《宋振庭杂文集》，山西人民出版社，1989年版

唯真理解才有真相爱

“天涯若比邻”，说的是如有相契之处，虽远也近。但把这话反过来说，也一样有理，“比邻若天涯”。

这样的事是常常有的。一个人住在一个风景名胜、古迹的旁边，反而不留心，虽然常常有人打从几千里外朝山进香，他反觉得奇怪。这就是俗话所说“见景不如听景”。我在黄山北海宾馆，起个大早，不住地赞叹云海日出的壮观时，宾馆的服务员和我说：“你这么喜欢这云海，咱俩换换岗位吧！”我说：“你的岗位多么好啊，和神仙一样！”她说：“神仙！我却真想下凡！”

我在少年时，在北京住过，那时到颐和园要从西直门骑毛驴，门票也得几角钱，一年很难得有一次。那时有个傻想头，如住在园子里或园子外，常常来看看，该多好啊！谁知道，到了自己的老年，去年调到这么一个单位，这地方和颐和园一墙之隔。所以就这个傻想头来说，倒的确实现了。

初来时，我就兴冲冲地、认真地、细致地游了几次颐和园，但这时，虽然也觉得很壮观，可是，无论如何也唤不起少年时初来时的印象。游到后几次，反而觉得有些“不过如此”的狂妄来。和这同是一理，就是，我曾先后几次找到 1937 年以前在北京时的住处，但到了院子里，虽然房子依旧，但不知怎么回事，都变得又矮又小，一伸手就可攀到房檐。自己反而惊疑地问：这真是我从前的住处么？其实，好好看看，的的确确，就是那个。

过去读书。读到“曾经沧海难为水，除却巫山不是云”时，觉得此乃必然之理，但现在又有点变化，对于后半句，也即“巫山之云”，也有点半信半疑。当然，我也明白，这“云”非大自然之云，乃作者自己心里的爱情回忆。常言说：“钓鱼的人，跑了的鱼最大。”对于恋爱说，初恋时的爱人，常常最美。因为那时，他和她都还年少，没经验，也有些害羞，因此彼此的记忆，多半如隔了几层的纱雾看人，“半在云间半在尘”。因此，这张照片，曾在脑子里，永远是最美的。

说到这里，也许事情就完结了吧！不？正好相反。

人们熟悉了的东西是否就算是最了解的东西呢？这里我不妨提出以下几个例子：

一、你对你的爱人（老伴和小伴）结发之交，是否真正地了解呢，已发掘完了她或他的内心世界么？

二、你对你自己的社会性的各方面，是否全了解了？

三、你对你的身体内脏是否全了解了？可是不要忘记，这个身体和你同在这个地球已经和你的年龄一般大。

四、你生活开始的第一个物质存在，即你那个家庭、乡村，你真正了解么？

五、你对你的父和母真正了解么？

六、你对你自己走过来的道路真正了解么？

七、你对你自己在现在的社会关系中到底扮演了一个什么角，你现在真正明白么？

八、你对你生身的祖国全了解么？

九、你对你置身其中的环境真了解么?

我们知道,和尚中有禅宗,禅宗讲顿悟,手段是参话头,提出一个问号,给你一个强刺激,叫你当头一棒,发生新的思索,或由此走上邪路,做到一朝顿悟皈依佛法。《红楼梦》中不是有一段描写么,说的是,宝玉偶读庄子,思想发生危机,这时存有争夺爱情的矛盾的宝钗和黛玉由于共同的利益,又一块去"整顿人心",一齐去把宝玉从邪路引回。书上说,黛玉劈头就问:

"宝玉,至贵者宝,至坚者玉,尔有何坚?尔有何宝?"

由于宝玉毫无准备,被问得张口结舌,打了一闷棍,这闷棍的理由就是一个自己叫宝玉的人,天天也被人叫宝玉,但啥是宝玉,到头来反而全然朦胧。

在《红楼梦》同一回里谈话中,也讲了一个参话头,参机锋的故事,比如,人和人天天见面,见面时可能有人问:

"你从哪里来?"

如一般人就可说:"从家里来!"

但如另一和尚再问:

"家在哪里?"

这就回到了你对你自己的出处,并安身立命于其中的"家"尚且糊里糊涂,何论其他!

就是由于这个道理,我对颐和园的认识上也发生了变化。比如,同样一个颐和园。春、夏、秋、冬各有不同,风、晴、雨、露更不一般,早、午、晚、深夜和黎明也全然不同。更不用说,你游颐和园时,如从东门进到西北门出,可以有几条不同的游览路线。每条路线都可发现颐和园的不同侧面,不同的风景,对你可以有不同的感受。

正如前边说到的,我利用了我这个该园邻居的条件,有月票的权利,我曾在大雨中游过一次,又有一次夜里失了眠,正好于午夜中游过一次颐和园,这两次对于我,正好给了当头一棒,使我猛省了上边说过的道理。

我也于游园时，满园静寂中自呼："呵！原来如此！"

比如雨中吧，我在沥雨中从长廊独行，在石栏边听雨打荷叶声。黛玉曾批评宝玉想把残荷拔去的想法说："我最不喜欢李义山的诗，但对他的一句诗'留得残荷听雨声'却觉得真好，你们偏偏要拔去残荷。"宝玉听了马上就说："咱们也别拔去残荷吧。"我倒真在此宽阔的颐和园中，听到了一场雨打残荷的交响乐，那雨声我至今难忘。

朱自清有一篇非常好的小品文写荷塘月色的。这篇文章我上高小时读过，那时并不感到它有什么好处，倒是以后年纪大了，记不得那年又碰到时，才觉得此文很富有深意。我有一次，在浓夏的夜晚，由于失了眠，溜进了颐和园，一个人于正是午夜中，一钩残月中，像一个游魂一样游了一次颐和园，前边说的朱自清的散文，句句跳出并自己不由己地默诵了还记得的几句。

此理，用在看画、读书、读诗中，更能在一个老年人的经历中找到过来人，找到真正的理解者。比如，杜甫诗中有这么两句诗，从前并不觉得他有什么了不起的出色之处，这两句就是长江行船中的"青惜峰峦过，黄知橘柚来"的两句。但我前年坐下水船，从重庆到武汉时，在船头真正见到了船快水急，对两岸的青山、橘黄的映象，这时我才参禅悟道似地懂得，虽是老朋友，你也不见得真了解，虽是熟悉的诗和画，你也不见得真明白！虽是你的心上人，你也不见得真正理解了他或她！

哲学书中有一句高度概括的认识论道理："感觉到了的东西并不一定理解，只有理解了的东西才能真正感觉。"如无以上这些经历，人们是不会懂得这个话的价值的。

比如，人们谈得很烂很烂的爱情问题，说的道理太多了，我不想去重复，这里我想一反其常地提出一个问题，这就是"当一个人真正懂得什么是爱情的时候，恐怕得在自己做了爷爷奶奶之后"。这话像话么？这话对么？这话不是太悲观了么？我说，人们只要有勇气，有这个体会，就应该说真话，承认这是事实！

再比如，我可同样地提出一个命题："人们都是犯了许许多多的错误之后才知道该怎样做个父亲和母亲，但当人们一旦懂得此理时，他和她又升级当祖父祖母了。此事从古至今，从来无法先训练好以后再去当父母！此乃人生一大憾事！"

雨果的《巴黎圣母院》，我一直不喜欢，觉得他写生活太轻飘飘了，这是我自己的偏见，不足以此去论人论文。但对那个丑人儿的爱情我倒是从心底崇敬的！同样我对老托尔斯泰的《复活》里的卡秋莎的后期爱情觉得更高贵！因为她并不因做过妓女有什么损失，反而更高贵！更圣洁！

前几天翻书，记不得在哪本唐诗散佚的集子里看到了两首诗，大概讲的是一种不能多说的爱情秘密，正如李商隐的无题一般，我看双方都是过来人，其一赠一答中很有不少艰辛苦痛寄予其中。

赠诗曰：

昏昏灯火夜正闻，萧萧落叶大罗天，
禅心古井千年寂，石破天惊一瞬间。
慧素冰心浑似火，摩诘传经半呜咽，
好作幽灵相护持，无憾钟声到耳边。

答诗：

肠断征鸿正飞金，心自问口口问心，
欲言无言至难处，欲语无语费沉吟。
拼得雪身投古井，掷此冰灵寄禅门，
身心俱碎全无憾，永伴摩诘度余生。

1982 年 9 月 12 日

“相反相成”

有一些现象非常有趣，也非常微妙，粗粗一看谁会相信呢，但这又确是千真万确的事实。

比如说，“官僚主义是自由主义的保姆”，“极端不民主，正是准备了极端民主化”，“最骄傲的人，正是最无知识的人”，“‘左’倾是右倾的影子”，“盲动主义，急躁盲进，是保守主义，爬行退缩的惩罚”等等。假如不假思索，谁会相信这是对的呢？但是一经思索又会看出，这些话真是说得非常有理！

什么是骄傲？无知。什么是垄断的权威？瞎子。什么是虚心？因为知识多了。什么是民主作风？最有科学自信力的作风。什么是不好的领导人？盖子和障碍。

你看，只差一点点的界限，正相反，对的东西原来却是一样的东西，他们表面不同，原来又是一家子！

可见，用这样的道理来警醒一下我们还在自负和骄傲中的同志，用这些名言来帮助一下官僚主义者是有好处的！

我们中国人，历代相传的是以纯洁的语言和聪明智慧著称于全世界的，我们的古代的人民思想中，类似这样的一些明朗的语句多得很！说得多么精练，多么有力，多么纯净！“不破不立，不塞不流，不止不行”，“相反相成”。

所以，主观主义，闭着眼睛，鼓着硬邦邦的腮的人应该警醒一下！这是谈辩证法，也是一个很好的格言！

选自《宋振庭杂文集》，山西人民出版社，1989年版

漫谈古与今

“观今宜鉴古，无古不成今”，说的是对待文化遗产应当采取历史主义的态度。大家知道，作为上层建筑的文化的发展，在反映经济基础的前提下，具有相对的独立性，要以前人积累的资料，为其发展的条件。因此，“只有确切通晓人类全部发展过程所造成的文化，只有改造这种已往的文化，才能建设无产阶级的文化”。“无古不成今”，大概就是这个意思。同时，阐明了历史发展的规律，就使我们在从事现实斗争时能够有所借鉴，可以吸取历史上的有益经验，而免蹈前人的覆辙。从这个意义来说，不“鉴古”也就不能“通今”。毛泽东同志说得好：“我们是马克思主义的历史主义者，我们不应当割断历史。从孔夫子到孙中山，我们应当给以总结，承继这一份珍贵的遗产。这对于指导当前的伟大的运动，是有重要的帮助的。”

如果有人认为承继历史遗产与“厚今薄古”有矛盾，那自然是一种误解。“厚今薄古”，照我的理解，不外两层意思：一是说在我们研究问题（无论是现实问题或历史问题）的态度上，应该立足于社会主义时代的高度，立足于马克思列宁主义思想的高度，以所向披靡的高度创造精神和“俱往矣，数风流人物，还看今朝”般的伟大气概，打破旧传统，开拓新领域，敢于超越前人，继往开来；二是说我们应该以较少的力量研究历史上的问题，而用主要的力量研究社会主义革命和社会主义建设中提出来的新问题，以便使我们的科学文化事业能够更密切地为当前的斗争服务，并在对新经验的不断总结之中日益发展起来。这当然是完全正确的。但这里所说的主、次，多、少，是就学术界的整个力量部署而言，是指一般学生全部学习时间的分配而言。学术界有分工，有侧重研究现代的，有侧重研究古代的；学校有各种课程和不同的系科，有传授现代知识的，有传授历史知识的。这就必须进行具体分析，不能一概而论。对于研究历史现象或传授历史知识的学科，那就不是把过去的东西撇在一边，或者把它的分量压缩到不适当的程度，主要的还是如何做到“古为今用”的问题。

“古为今用”，这是历代研究历史遗产的学者毫无例外地追求的目的。胡适在“五四”之后，危言耸听地说什么“发明一个字在古代的含义，跟发明一颗恒星有同样大的功劳”，其目的就是要引诱青年脱离革命斗争，以整理国故为名，宣扬实验主义、奴才主义和投降主义，为封建买办阶级效劳。他们孜孜以求的，是遗产中的糟粕，他们费尽心机的，是如何攫取历史发展中的假象，对历史过程加以歪曲和伪造。我们则根本不同。我们必须吸收遗产中的精华，揭露对历史过程的一切歪曲，具体阐明历史发展的规律，才能达到“古为今用”的目的。

为了揭示某一具体历史发展过程的规律性，必须遵循历史唯物主义的基本原理，这是毫无疑问的。但是，历史唯物主义只是各个社会的一般发展规律的总结，只能为研究问题提供一个科学的方法，指出一般的方向，并不提供一切具体历史问题的现成答案。要获得这种答案，只有从大量的历史材料出发，进行去粗取精、由表及里的分析概括工作，从中得出科学的结论。如果满足于简单地重复和套用某些历史唯物主义的公式，而不去进行艰苦细致的研究，除了把这些本来有用的公式变成枯槁的东西之外，并不能告诉人们什么新的东西，也不能达到古为今用的目的。至于那种从定义出发，预先想好了结论，然后拼凑一些片段的材料加以证明的做法，则更是一种主观主义的态度。毛泽东同志告诉我们，一切结论产生于调查研究的末尾，而不是它的先头。做实际工作是这样，研究历史遗产也是这样。

为了达到古为今用之目的，还应当给历史人物、历史事件、古典作品以正确的评价。这也必须采取实事求是的科学态度。既不能用今天的标准去要求古人，不分青红皂白，把历史上凡属统治阶级的东西一概加以抹杀，也不能以古类今，不顾历史的和阶级的局限性，过分夸大古人的长处，以为只有这样，才足以显示我们祖先的伟大。对于古典作家，不能不看他的作品的总和，仅仅摘取其中的一个部分，就贸然对作者的思想和艺术作出全面的结论；对于古典作品，也不能不对它的思想性和艺术性进行全面的具体的分析，就笼统地加以肯定或否定。凡此种种，都脱离了历史现象的全部复杂性，脱离了对具体问题的具体分析，都是一种片面性，因而也是一种主观性。

马克思列宁主义是高度革命性与高度科学性的统一。研究历史遗产要达到古为今用之目的，并不要求我们从历史实际的外面加进去什么东西，而是要求我们拭去历代反动学者加之于历史现象之上的灰尘，撇开历史发展中的假象，从客观的历史实际中引出其固有的规律性，还历史以本来的面目。

选自《宋振庭杂文集》，山西人民出版社，1989年版

要揭示出美来

××同志：

前几天，我曾写了如此一篇短文，现在抄寄给你：

我们伟大的祖国，正如毛泽东同志的诗句所说：“江山如此多娇，引无数英雄竞折腰”，“数风流人物，还看今朝”。

有人问：中国哪里最美？我说，哪里都美，各有其妙。

你不是说“桂林山水甲天下”吗？是的！但是别忘了还有“华山峰岱世间奇”呢！既有“漓江春色”，也有“黄山云海”；既有“岭南红叶”，又有“莽原驱雪”。你不是愿意听“采茶捕蝶”的歌吗？对了，那是南方的美。但是且慢！你再听听“蓝蓝的天上白云飘，白云下面马儿跑”，这是哪里？对于这“天苍苍，野茫茫，风吹草低见牛羊”的美你不会陶醉吗？

南方有南方之美：稻花菜圃、雨丝风片、烟波画船、小溪春水……北方有北方之秀：平原麦浪，兴安雪海，素裹银装，原驰蜡像……东方有东方之丽：海边日出，浪遏飞舟，沙滩浓日……西部有西部之奇：天山牧笛，莽昆仑横空出世……我们的祖国到处都好。今天不是五一劳动节吗！可是同一个节日，我们这里才嫩芽初放，首都已经是牡丹盛开了；上海呢？玉兰飘香；广州呢？绿天浓趣；海南呢？椰林蔽日了。

论人物也如此，只要一数当代英雄，哪里没有他们的足迹呢？

“一代人唱一代歌，一方土有一方人。”在这里劳动的人，特别爱这里，这是可以百花齐放、争强斗胜的。我是在吉林省长大的，现在又在长春劳动着，因此我很爱这块土地，我想说：“长春很美！”

戏曲《李逵负荆》中，这个黑大汉还懂得为“梁山美景不寻常”辩护，他说：“有谁说俺梁山没有好景致，我就剥了他的皮，抽了他的筋。”这争论的态度固然有些太粗暴，这“爱我梁山”的心确实是溢于言表。李逵尚且如此，何况我们呢！

我们的长春该多么好啊！现在春天步步逼来，树叶一放，浓荫遍地，又该是整个城市进入公园里的时候了。

我们的吉林实在是个好地方，长白山、松花江，江山多娇，人物风流！在这里劳动的人听着：

来！一起歌唱吧！

你会问我，这篇短文是因何而写起的？我可以告诉你它的起因：

我常常和一些人吵嘴，吵的题目就是本地有没有好风景，这江山可爱不？尤其是爱和南方的同志吵。南方我到过的地方少，美不美我没有发言权，但是我承认它是美的，有的是我直接看见过，有的是“神游久矣”。可是我反对说本地风景不美。谁说不美我就生气，想把本地的美说给他听听。但一说之后总是力不从心，觉得说得不到家，未说清楚。经过几次的教训之后，我想了想我的战术上有没有错误，争论的态度对不对头，是不是像李逵那样不说理。我发现这里是大有文章的。

如果说美是客观的存在，自然的美也首先是客观的存在（现在不正在进行着美学的争论吗，其中首要的问题就是美是什么？美的对象和美感的问题）。那么，东北的美，吉林的美，长春的美是早已存在的客观了。那么为什么未引起人们的足够重视呢?

我想美和美感也是对立面的统一。客观的美是第一性的东西，它离开人的意识独立存在着，美绝不是凭人的主观虚构出的东西。但美的揭示，对于美的把握（也即是美感），是人在生活和劳动中一步步地加强和变化着的。揭示得愈多，愈久，美感就愈深，愈稳定；揭示得不够，美感、美的把握就浅一些，薄一些，也不够稳定。长江、黄河南北是我们祖国的心腹之地，那里的风物人文得到了长久的揭示。有多少大诗人，大画家，为之立照、传神、摹写，有多少道路传颂，众口皆碑的美的定评。可是东北呢，吉林呢，比较地说这里还是一片处女地，美是美得很的，但这个处女还未梳洗打扮，还未引起人们足够的注意，她的光辉还未照亮诗人和画家的眼睛。

举一个例子：梅、兰、竹、菊为画中的四君子，请想想看，古往今来人们给它们作了多少画，写了多少诗！实在数不胜数，梅谱、兰谱、竹谱、菊谱已经有了说不尽的谱了。可是实在不幸，这四君子多不生在东北，和我们有些相远。间有所见，也高贵得很，已经是摆在玻璃暖房的贵宾了，哪里有那么多的时间和精力去欣赏呢。可是，此地名花呢，蔬果呢？虽然不少，但不被画家遴选入画，因为它不雅、太俗，即使入画也只是做个配角，充当一个使女丫环的地位。前几天，我见到一位国画家画了一幅油红照眼、娇灿夺人的高粱图。他征求我的意见，并让我题画。我当时发了一番议论，并建议作者写上“与君相伴已千年，食我养我照眼看，可怜丹青不入选，间充使女并丫环；先生怜我多知己，我怜先生入画难，自我作古向里挤，绿叶红粮点江山”。请看，我在这里实在不合诗的温柔敦厚之旨，大发起牢骚，为高粱鸣起不平了。其实岂止高粱命运不济，我们家乡，东北的可爱的风土、人物、草木不入画，不被诗人注意的多了。有些朋友，宁肯去临摹“柳鸦芦雁”，也绝不画两笔大豆、高粱，画画长白山，画画松花江。（当然要说清楚，全可以画，不能限制只许画什么）我还想问一下，普希金为什么最喜欢秋天，说它是“金色的秋天”，俄国大画家列宾为什么喜欢画丁香，在他的写生画中常见丁香，每当看这些俄国画家诗人的画和诗句，我就暗暗地高兴，觉得为北国风光出了口气。其实他为什么不画牡丹呢？为什么不去画“柳塘春晓”、“十里菜花”、“椰林蔽日”呢？这些也都很美呀！因为他们那里是俄罗斯啊！可是因为他们是诗人、画家，而且又是大诗人、大画家，于是人以文传、文以人立，店大了压客，客大了压店，连带的野菊、扫帚梅、丁香花、黄树叶子也身价大涨，成为入画的名品了，成为俄罗斯风景了。其实若说冷，那里比我们这里还冷。我从俄国的现实主义画派那里常常看见我们东北的意境，请你看看森林吧，雪地吧，化雪的日子吧，马车吧，打谷场吧，鹿吧，再去看看那些画，你就明白了！

东北是祖国的第一个重工业基地，这是谁都承认的，可是说东北的江山如画，人物风流，就有人承认，有人有异论。我看，这件事别人不负责，咱们文联要负责，文联主席、美协主席、音协主席、作协主席得好好想想，为什么呢？谁让你不去好好地宣传介绍一番呢？南方任何一个县城都凑得出十景、八景，什么“夕阳古塔”呀！“小桥春水”呀！可是咱们呢！只有茫茫大雪啊！我们就没有十景、百景吗？长白雪海，兴安猎雪，江堤雪柳（吉林），草原轻骑，北满麦浪，绿洞长街（长春），果园花锦（盖平、熊岳），春江渔汛，天池空影……这些不是十分壮丽、令人神往的好景吗！不都是全可入画的好题材吗？那么怨谁吗！诗人、画家欠的账要还的！

文艺的任务之一，是把这里的江山、人物的美揭示出来，让美感生长，让大家欣赏这块可爱的土地，可爱的家乡，可爱的祖国。

你说，我说得不公平吗？

5月7日

写完听到一个消息说：黑龙江省美术家们的“北大荒版画展”在北京引起很大的反响。可见我上面这些话没有落空，我又找到了一个有力的证据。

又及。

选自《宋振庭杂文集》，山西人民出版社，1989年版

红五月心谈

来到红五月了。

长春春来得晚，真正的春天味道现在才最浓！真正是：杏花如烟，丁香如雾，绿树封荫，浅草平铺。正因春到得迟，它才总是和红五月携手结伴同来。

这红五月，曾引起过每个中国革命者多少回忆来！老一辈的不用说了，他们经过了多少个以不同方式纪念的红五月呵！像我这样一个方及不惑之年的普通一兵，每当来到红五月，心里也总难禁地发生许多今昔之感！

五月，是中华民族灾难深重的历史见证者；五月，是中国人民觉醒的象征；五月，是火山爆发、熔岩咆哮、掀掉两座大山的起点；大江南北，长城内外，中国花开以五月最盛，这花是鲜血的结晶，是红宝石。它是长开不谢的！

请数数看，请翻翻日历，这是一些什么样的日子呀！“五一”、“五四”、“五五”、“五九”、“五卅”……

抗日战争前夕，有一首歌是我们那些青年人最爱听、爱唱，又怕听、怕唱的，就是这首《五月的鲜花》。

五月的鲜花开遍了原野，鲜花掩盖着志士的鲜血，
为了挽救这垂危的民族，他们曾顽强地斗争不息。

每当唱到这儿，心里便产生难言的激动、悼念和向往。这心情鼓励我们奋发，愿意追随那些烈士，走上斗争的前线。

胜利后的十年，心情大变了，纪念五月的方法也不同了。红五月仍然是红五月，可是鲜花和志士的鲜血，已变成“红旗如海花如洋，晨天锣鼓呼声高”的另一个天地了。每当参加“五一”游行时，我总不由得闪出一个念头：“假如那些烈士与我们同在的话，该多么好！”

是的，烈士们是不在了。但是，鲜花、鲜血和这红五月是永生的，而且愈来愈红、愈来愈鲜。这个心境唯有胸怀如日月的大诗人才理解得最深刻：

寂寞嫦娥舒广袖，万里长空，且为忠魂舞，
忽报人间曾伏虎，泪飞顿作倾盆雨。

这悼念，是深沉的悼念，但并不是哀愁，是坚定的乐观，是以胜利告慰英灵；这想象是最优美的想象，但不是无现实生活根据的乱想，是实现了的真理的想象，是对于唯有烈士才得永生的想象。这胸怀，这气概，又是何等广阔的胸怀，何等雄壮的气概！

南宋爱国诗人陆游的悲痛千古的《示儿》诗里有谆谆的嘱告：

王师北定中原日，家祭无忘告乃翁。

但是，放翁的悲痛的怀念终于未得实现，因为王师并没有北定中原，相反地，偏安的南宋被蒙古骑士灭亡了。这哀痛，这悬念，终于成为最无

望的哀痛和悬念；和我们拿着鲜花，打着彩旗，走向人山人海的纪念“五一”大会场，又怎么能比呢！

我曾见过一个少先队吸收新队员的队会，那个大一点儿的女孩子，给一个小一点儿的男孩子系上红领巾，并异常郑重地说：“注意！这红领巾是红旗的一角，它是由烈士的鲜血染成的，你要永远爱护它的光荣。”

这孩子的话，深深地打动了我，教育了我，也鼓舞着我。我们的工作是有困难的，生活是有困难和波折的，但是比起老一辈来，比起烈士们，又哪在话下！比起小一辈来，比起这些新系上红领巾的孩子们，又怎敢偷懒一分钟！

早晨，走过人民广场，这里已嫩芽乍放，香气迷人了。看那基建工人已在动手挖大楼的地基。我想和他们说：

挖吧！
深深地挖吧！
和那些忠魂一样，
为了那些孩子们的幸福，
要建设巍峨参天的
共产主义大厦，
怎么能不挖好挖深
这千秋万代的地基呢！

选自《宋振庭杂文集》，山西人民出版社，1989 年版

种牛痘和吃补药

又到了给孩子们种牛痘的时候了。当地段医疗组的女同志，给我的小女儿种上了牛痘，送他们出门以后，不由得发生许多联想。

人对于疾病的斗争不外是两个方法：一个是以实碰实，一个是以虚济实。前者是吃补药，或正面进攻病源的方法；后者是以药和疫苗提起身体的抗病的能力，造成免疫性。比如种牛痘。

仔细想来，种牛痘的方法确实非常聪明，也合乎辩证法。《老子》一书中有“将欲歙之，必固张之；将欲弱之，必固强之；将欲废之，必固兴之；将欲夺之，必固与之。是谓微明”的话。意思是说你想拿他的，必先给他一些。我们在革命战争中，对付日寇和蒋匪帮也是这样，他们非常高兴占领大城市和交通线，好！就都给你，要你把守着，分散其兵力后，再一个个地消灭他。以一城一地之失，取得一城一地不失，以先染上病达到不染病的目的，这不是辩证法是什么？如果蠢笨的军事家，怕一城一地之失，和敌人硬拼，或做父母的怕出事不给孩子种牛痘，那后果又当如何？

坏事可以变成好事。生活里大量的、无数的事实都证明这是千真万确的客观规律。跌跤子，犯错误，可以得出教训，不跌跤子或少跌跤子。“不吃一堑，不长一智”，不种牛痘，就不能免疫，就难免出天花。不了解敌人，不敢和敌人接近，就不能战胜敌人。医生绝不能怕细菌，躲着细菌走，如果那样，细菌就要打败人类，消灭人类。

适合于打仗和治病的这两个方法——以实碰实和以虚济实同样地也适用于培养干部教育学生，锻炼我们自己的思想。吃补药就像缺什么补什么。缺少劳动锻炼和实际斗争经验的同志，应多搞这方面，缺少理论的应当注意学习理论。种牛痘就像用反面教员和反面教材教育干部和学生。这种东西有毒，接近它，了解它有危险，可能中毒，但完全不接近又有什么办法？不能怕中毒就不叫他们知道。愈是这样就会缺少抗毒能力，愈是容易中毒。也只有掌握了它的毒性，明了其规律，才能有最大的免疫性。

当然吃补药和种牛痘，也必须恰合对象，恰合时宜。也是蛮干不得的。补药虽好，乱吃起来，大有危险。一个青年学生，生活和劳动知识全无，只是天天抱着理论书硬啃，是啃不出结果来的。反之，劳动锻炼，思想斗争搞得过分，超过了一定的限度，也会得出相反的结果。

在教育我们的青年一代的时候，不仅要叫他们了解自己，了解我们的祖国，我们的事业，我们的党，我们的世界观，也要叫他们了解另一个世界，了解我们的对手，我们正与之斗争的那些家伙。只有这样，他们才能比较、分析、观察、批判，从实际斗争中成长壮大。不能设想，把他们放在温室里，不经风雨，不见阳光，远离前线，不和敌人打交道，就能长成有用的人。俗话说得好：“不打仗，出不了将军”，“不跌筋斗，学不会赛跑”。摆在他们面前的危险之一，就是切记不可片面性，防止僵化现象的发生。老一辈人走过的路，跌的跤子，绕的弯子，当然不必他们全部去重复，但是，谁也代替不了他们，路总得他们自己走，该碰的钉子还是得碰，到该种牛痘的时候还得种牛痘！

如问：到底哪种办法更好、更保险？应该回答，没有根本保险、根本上无风险的事。人生就是一场战斗，生活的路途上不会毫无风险、一帆风顺的。做父兄的，做师长的，做领导干部的，只有一个责任，这就是：该种痘的时候种痘，该吃药的时候吃药，一切从实际出发。摆在大家面前的路是宽广的，但是，必须一步一步地去走。

我这样地想着、想着，一边在看着我的才种上痘的小女儿。我心里在说："你又上了人生的一课！"

选自《宋振庭杂文集》，山西人民出版社，1989 年版

破除迷信

人类社会的每一大步前进，科学文明任何一种新的进展，学术思想的真正活跃，都需要突破迷信，打破一些成规和旧法。

其实，可供作为迷信的对象，各种各样迷信的形式和表现又是很多的。

比如，本来是一种纯属自然界的客观现象，但由于人们无法识别它，无法控制它，它又打击和扰乱着人，逼得人们走投无路的时候，就产生了迷信的心理，拜倒在它们面前。于是有山神庙、火神庙、水神庙、风婆庙、土地祠、雷公祠……而且对于它们表现了各种各样的想象和描写，每一种神都有一些性格，它们之间还有一些"神事"来往关系，形成为神的家族。而且对待它们的政策和待遇也很不一样：厉害的是多磕头，祷告，软弱的是多骗它一下，因此灶王被粘上嘴，火神就能常年地吃到香火，观音菩萨是什么好事都办（真是太忙了，连结婚、生儿子的事都得求它）。

比如，对于本属人类社会自己的现象，同样地在它控制之下的人类自己，反而要拜倒在它的威力面前。比方说吧，钱本是人们自己造的价值尺度和分配的筹码，它是生产关系的产物，但是由于剥削，由于贫困，人们又得向它祷告，希望财神爷格外开恩。不懂得从社会去找原因，反而向偶然性的命运去祈求。

比如，贫穷、压迫、统治和暴力，本来是社会自己的产物，是从人们对于社会资料的占有关系的不同而来的，但是人们几千年来都没有懂得这个道理，只好在命运之下叹息，哭泣，祈求，希望超自然的慈悲的神来帮助。

比如，本来是人民，是劳动人民自己办的事情，是他们大家集体的创作，但是他们反而自己不认识，说成是某几个英雄，某些神仙或大人物创下的奇迹，并跪倒在它的面前。有名的长城据说是一个先天不足的畸形人叫作嬴政的秦始皇造的，埃及的金字塔又是什么法老造的。总之，凡是这些奇迹般的劳动人民的产品的注脚上，都不是写着它们真正的作者，而是写上了一些完全不相干的人。

因此，迷信首先是对于自然威力，社会威力，暴力和命运的恐惧和叹息，这是迷信的由来，迷信的起源，也是科学早已揭明了的真理。

但是，是否仅仅只有这些才是迷信的对象，此外就没有了吗？新的社会就没有迷信了吗？马克思主义阵营内部就没有迷信了吗？

不是的！迷信的种类，迷信的形式还有很多。

比如说（也许你不信），一项真理有时也能做迷信的资料，看来是一个十分确切的真理，并且被某地某国的经验曾证明了的东西，但在不同的时代，不同的条件下，人们若生硬去搬运它，它就不但不帮助人，反而会成为迷信的材料。

比如说，本来是一个成功的经验，一个有名的人说的名言，并且也很有真理性，但是人们若不是独立地对待它，而是拜倒在它的面前，它也一样要变成迷信品。

再比如，一些久经使用的章程、规则、定理和定额等等，它们本身倒并不坏，都是经过先行的人，在实际经验中摸索出来的东西，并准备留给后来的人的，也是很宝贵的遗产，但是，即使是这样的好东西，假若承继人是些不能独立思考的人，是些懒汉和官僚主义者，同样地也要变成迷信品。

可见，迷信的种类和迷信的对象并不都是一样的东西。

《国际歌》的歌词说："从来没有什么救世主，全靠我们自己。"对于每个不愿做思想上的懒汉的人来说，他应该继承一切优秀的遗产、成规、定理、条文，但是他更应该是这些东西的真正的主人，而不是这些东西的奴隶！

所以说，若想生活，若想前进，就要不怕破除迷信，并十分恰当地经常地去破除一些迷信。

选自《宋振庭杂文集》，山西人民出版社，1989 年版

抓住今天，行动起来！

人们对于生活，可以有几种不同的态度。

有的人最好留恋昨天，喜欢回忆往事。他们认为只有昨天才最有价值，最值得称赞，“现在算什么！”“现在哪里比得上从前！”他们总是自叹：在现实生活中没赶上好机会。这种人可以叫作“回忆家”，有着好古的习气。

有的人又最好幻想明天。他们总是幻想着“最理想的明天”；对于今天，他们没有兴趣，甚至觉得厌烦。他们认为，“现在的一切都不好，昨天的更不行了”，唯一可以鼓舞自己的只是幻想中的“明天”。他们所幻想的“明天”是：有那么一天，在一个早晨，突然间一切都好起来，一下子都合乎理想了。这种人可以叫作“幻想家”，或者叫作“不着地的空想家”。

以上两种对待生活的态度，都是不正确的。

那么怎样才算是正确的呢？唯一正确对待生活的态度，应该是抓住今天。今天的一切起源于昨天，我们爱好昨天，回忆往事，是为了在往事当中找出经验，找到规律，用它来指导今天的行动。但是如果忽视今天，不注意，或者不去理解今天，那就绝不会懂得昨天，更不能从往事中找到有用的东西了。明天是今天的未来。我们当然想建设一个最合理想的明天，最能满足我们渴望的明天，但是明天是从今天滋生的，它的一切已经在今天的现实生活中萌芽着。不懂得今天的人，也无法认识即将来到的明天。

俗语说："这山望着那山高，越看越心焦"，"背着七面找八面，就是找不到大十（世）面"，就是指前边两种人说的。他们之中无论哪一种，都不懂得现实的可贵，没有认识到今天是一切的关键。人们只要抓住今天，就抓住了一切，既有明天，也有昨天。

在我们当中，面对着蓬勃的现实生活不感兴趣，在一切方面都缅怀过去的"复古主义者"，虽然不能说没有，但是为数却不多了。可是那种把一切都寄托在"明天"上的"幻想家"，却实在是不少！

比如，有的人整天拖拖沓沓，不紧不慢，不知道把多少重要的工作都推到"研究研究"、"计划计划"，最后，无声无息地取消了。他们对时间的浪费是惊人的。不管什么事情，他们总会说："不必着急，明天就好了！""明天再说吧！"他们有一个公式，那就是：一切"明天开始"。明天当然还有明天，这样，就总也不能开始。这种人抹杀了今天，当然也抹杀了明天。

比如，有的人对旁的事情还好，唯独对待生活，现实问题和当前的时事，最不感兴趣；当前一切最重大的问题，他们不但不知道，而且也不想去知道。如果问他："现在农业发展得怎样了？""工业生产的特点是什么？"他不是完全不知道，就是知道得很少。他是拥护社会主义的，但是就是不懂得当前社会主义的各种问题；他幻想着明天，但是就不明白明天是从今天滋生的；他喜欢历史，但是却不知道任何历史都有一个现实阶段。对于这些好高骛远、专尚幻想和说空话的人，应该让他们明白这个道理。

像斯大林所指责的那种光会大谈"动员了"、"有了转变"、"直截了当地提出了问题"，但是问题的本身——播种并无头绪的"空谈家"，在我们当前并不是没有，或很少的。记得一本苏联书曾讲过这样一个故事：当他向列宁同志汇报工作以后，列宁同志批准了他的计划并向他道："那么，你们什么时候开始呢？”

“明天开始。”

“为什么不今天开始呢？就是现在！”

这个故事对于好等待明天的人，真有说不尽的教育意义。

选自《宋振庭杂文集》，山西人民出版社，1989年版

“羡慕”的循环赛

一个有名的寓言说：老鼠有些自卑，觉得自己太渺小，它来到山大王的面前，哀求把它变得“伟大”一些。好心肠的山大王允许了，于是老鼠变成了猫。但是猫还怕狗，又得变狗；狗还怕狼，又得变狼，这样挨次地变下去，终于变成了最伟大的“庞然大物”，就是变成了大象。但是好事多磨，偏偏象最怕老鼠，它一见老鼠就浑身发抖，走不动道了。在象看来，最伟大的，也是最厉害的动物莫过于老鼠。终于有一天，大象来到了山大王的面前，希望把它变成老鼠。好心肠的山大王当然又允许了，但是也不能不摇头叹气地说：“贪心不足的耗子呀！你的贪心什么时候才能满足呢？”

当然，这是寓言，这只是生动的比喻。在实际生活中不会有耗子变猫的事，但是，在我们的实际生活中，却有一种不安心工作，互相羡慕，“这山望着那山高”的现象。有的人，总觉着人家的工作比自己的高尚，更有意思，或者是更有前途，认为自己的命运不济，没抓到最“伟大”的工作。这种人，非常羡慕旁人的岗位，对着自己的工作却是表现出愁眉苦脸的样子。他经常关心的和熟悉的是工作的“市场变化”，那儿的工作现在最“吃得开”，更“露脸”，更高人一头；那里的待遇条件比这里优厚多少；谁的工薪分过去是多少，现在又升到多少。在他们的私人统计簿上，搜集得最丰富的是这类“行情”。据这些人说甚至从机关住宅的区域都可以看出干部的高低不同来，说“后屋不如前屋，前屋不如大院”。这种人，就像小贩一样，细心地钻研着这一类的“行情”。

我国正从事着伟大的社会主义建设，我们的社会是复杂的，但是又是一个高度严密的肌体。国家要建设好，这主要是靠全体人民，发挥集体的力量，分工合作。我们不管担负着社会分工中的哪一环，我们都有充分的理由说：“我是站在最重要的岗位上。”当然，从全社会来看，任何一个重要的岗位也只能是所有重要岗位之中的一个。“行情调查者”们可怜的地方，就在于他从来也不想想这个最浅显、最根本的道理，而只会调查“今天早晨什么岗位的行市涨价了”。

我们的工作是广阔多样的，干部人才就需要不断充实。因此，一些人被提拔上去，被调到新的岗位上。虽然党和人事部门非常照顾干部的条件，但是往往也会发生这种现象，就是：原来是同级，后来变成一个上级，一个下级，原来是下级，后来做了上级。如果抛开自私自利的个人主义想法，应该说这是好的现象，这表示社会在发展，在前进。各个工作部门的发展不一致，每个人的进步快慢不同，因此，前进中人事的变化，不能像砌砖似的，只许砌完一层再砌一层；这种变化无须惊讶，也不必劳神去做那么多的调查统计。但是我们的“行情调查者”们在这一点上竟想不通，总想从这里找点“窍门”，寻出个“规律”，看看到底在哪儿提拔得快。对于这个问题，他们就像顽皮的猴子和自己的尾巴赛跑一样，在原地转圈子，弄不清到底是“猴子在前”，还是“尾巴在前”！

在我们的国家里，我们可以引以为骄傲的是，只要我们热情而忠诚地给人民做事，不管在什么地方，不管在什么岗位上，都可以给国家和人民作出重要的贡献，立下功劳，创造奇迹。如果不这样，把美好的光阴花在空虚的幻想和追求个人的荣誉上去，我们就会一事无成，最后，我们的历程一定会成为“不堪回首的往事”。

现在我们应该打断这种有害的“羡慕”的循环赛，积极参加先进生产者运动，在社会主义建设途程上开展竞赛，我们的口令是：

“各就各位，预备——跑！”

选自《宋振庭杂文集》，山西人民出版社，1989年版

一篇忽视不得的开支账

会计是计算收支两方的，一国如此，一家如此，一个人也不例外。收支相抵，万事大吉；收少支多，就会出现赤字，赤字过大，事情就不妙了。开源节流是理财的要义，也是会计学的根本问题。所以每个人、每个家庭过日子，都应该精打细算，量入为出，把每文钱都用得得当才行。

但是，有一个更应该珍惜的会计账，却常常被人忽视（不去细算，或至少不如计算工薪分那样认真）。这就是每个人的时间开支，生命开支的账；每个人按日按时给人民做了多少有益的工作的账。

人生是有限的（当然锻炼身体，保护得好，可以相对延长，但这还是相对的）。如果不好好掌握时间，不用说一天、一月，就连一年的时间也是容易过去的。我们每个人都应当珍惜时间。有权开支的生命账，如果按一年做一元钱去算，一生也不过几十元钱，花完了是不会再来的。但是偏偏有些人对于这几十元钱开支得很马虎，也很大方，完全不如计算工薪分那样认真。

你不相信吗？那么请看！

在我们的现实生活中，有些人不爱惜时间，他们开会迟到，听课睡觉，看书打盹，上班闲聊。晚饭后不做有益的活动，却到马路上“巡阅”，去百货公司“点货”。

还有些人喜欢在一些完全无意义的事情上虚掷自己的光阴，他们动作迟缓，敷敷衍衍，东摸一把，西碰一下，一天到晚无账可查。

应该知道，人生不过几十年，多数都不满百，除去睡觉、休息，剩下不过三分之一的劳动日，何况还要除去无知的幼年时期，受教育的少年时期和年老体衰的退休年头。算算看！这些人在如何残酷地对待着自己的“寸阴寸金”！

是的，24小时对任何人都是一律平等的，正如人民币一样，对任何人都有同等代价。但是人们却可以完全不同地使用它，可以花得比黄金更宝贵，也可以虚掷如粪土。因此，我们必须每天认真地做好自己的工作，并努力超额完成任务，这样，才能不浪费时间，不浪费生命！

《钢铁是怎样炼成的》一书中有这样一段话：“人最宝贵的是生命，生命每个人只有一次。人的一生应当这样度过：回忆往事，他不会因为虚度年华而悔恨，也不会因为生活庸俗而羞愧；临死的时候，他能够说：‘我的整个的生命和全部的精力，都献给了世界上最壮丽的事业——为解放全人类而斗争。’”

虚掷自己的时间的人，不知是否已经开始悔恨？或者开始觉得不舒服？不知他们听说过和留心体察过这些话没有？许多机关的黑板报曾对发工薪就大吃大喝的人画过漫画，进行过尖锐的批评和讽刺。但是对这种浪费时间和生命的人们，不知为什么不好好地画一个，更大声地唤醒他们！

选自《宋振庭杂文集》，山西人民出版社，1989年版

用自己的话说！

写文章，作讲演，参加讨论会发表意见，不管各人的风格和方法有怎样的不同，从根本上说，都是表达思想，都是表达出自己在这些问题或那些问题上，是怎样的看法和想法，拥护什么？反对什么？自己的立场和态度怎样，又应该怎样？

只要是表达思想，那么最重要的当然应该是：第一，讲的东西是实在的，真实的；第二，态度明朗，确是自己的意见；第三，语言扼要，把话说明白。不管你是谁，不管你采用什么样的形式，这些要求应该是没有疑问的。

但是，近来有一个风气和这相反，在表达意见的时候，有另一种性格，下的是别样的功夫。

有一种人，虽然天天说话，也写文章写总结报告，作讲演，但是在这些活动中他最关心什么？只是少担责任，不冒风险，对是非是离得远远的，既不赞成，也不反对；对问题是既不提出，更不回答，话是说了，而且说得不少，但那都是别人说过的（死人或活人说过的话），文章也写了，也很长，但是除了段落安排和连接词是自己的以外，全是抄自别处，因此，逢场说话，就题作文或总结报告都按照格式："优、缺、经、教、今"填写，只要说来成理，没有漏洞可寻，"太太平平"，"稳稳当当"，就认为"很好"了！

和这种风气密切相关的，是这样的讲演最少要三个小时，这样的文章当然更得连篇累牍。这样的总结必须是一大本。岂但如此，而且声势磅礴，气象万千，念起来铿锵可听，印出来也够得上个气派。（当然，需要你有工夫来听和看才行！）

这样的风气，这样的文章、总结和报告，缺少的是什么？并不多，只缺少，第一，自己的意见，自己的话；第二，没有对象，没有主张。

当然，自古至今，这种文风倒并不是头次出现，头次受到反对的，而是屡见不鲜的了。比如，我国文学史上就多次证明，每一种文学思潮或文艺形式，当它走上反动和没落的时候，它就会出现一种"剖出内容，空留下皮囊"的现象。如《楚辞》、《乐府》在当初是何等的有生气，何等的朴素大方、自然！但是，到了末期的汉赋，就落到了"子虚乌有，满纸典故"的地步。古诗和唐诗的初年又是多么意境优美，繁荣新鲜！但是到了它的末期，在达官阔佬，无聊文人，失意的政客手里就一变而为"按着韵脚联句，照着格律凑词"的可怜相！至于古文散文，在当初又是何等的新鲜活泼，富有生气？再到了"桐城谬种"、"选学余孽"的笔下，到了这些"匠人"的手里又是多么矫揉造作，无病呻吟！

十几年前我们就大力地反对党八股的呆板的文风，应该说我们已收到了极大的效果，但是，照目前的有些现象来看，还不能放松这种斗争，还必须对这种现象继续加以克服。

所以说，写文章也好，说话发表意见也好，写工作总结也好，作讲演也好，引证别人的话和文章也行，主要的和基本的应该是：

说明自己的态度！

独立地思考，独立表达！用你自己的话说！

选自《宋振庭杂文集》，山西人民出版社，1989年版

为什么讨论不起来？

在学校的课堂上，在在职干部的理论学习中，常常头疼的是开不好讨论会，或讨论不下去。因此，学习上不能帮助大家独立思考，也领会不了问题的精神和实质，更做不到思想交锋和学习空气的新鲜活泼。

为什么？是什么东西限制着讨论时的思想空气更加新鲜活泼呢？这个现象很值得我们寻味一番！

为了商榷这个问题，想从甲、乙、丙、丁四个方面说一说：

甲，应该检查一下，在使用同一提纲、同一教本、同一参考书中，教师同志是否注意启发同志们独立思考、是否有些照本宣读？

乙，应该检查一下，是否提出了或组织大家提出一些能让人自己动脑，便于发挥思考能力，联系实际，联系思想的一些问题，是否过多地提出了些复习式的只求学生会背、会记的题目？能不能让他们自己用自由思考的方法，增强领会和记忆？

丙，应该检查一下讨论会上的风气，是否都是说的一样的话，重复着书上和教师的话？是否一有点新的不同的意见马上就给堵回去？是否不同的意见得不到充分发言的机会？是否有些讨论会的空气太紧张，不能启发大家从多方面看问题？是否鼓励大家去掉迷信，合理地大胆地怀疑问题？是否保护了学术自由和争辩的自由？是否把学术问题和政治问题往往不加区分，混淆起来？

丁，还要检查一下，为了树立活泼的自由思考的学习空气，我们在讨论会前和会后是否有计划地加以辅导？领导学习的人是否是在提倡这个方法？

在讨论会为什么开不起来，在为什么思想和学习不能更加新鲜活泼地开展的这一现象中，我们是值得好好寻思一下，总结一下经验教训的！这里边有文章！

选自《宋振庭杂文集》，山西人民出版社，1989 年版

“大事”和“小事”

在日常生活和工作中，事情是应该分别大小巨细，主要和次要的，如果大小巨细、轻重缓急不分，胡子眉毛一把抓，芝麻核桃一口袋，那就一定要把事情做坏。

对于担负领导责任的人来说，这一点更为重要。领导人更应该善于对关系到全局，照顾到整体的地方多用些精力，只有这样才能不出乱子或少出乱子。

但是究竟什么是大事，什么是小事，有时候又很难一眼看清，往往非常错综复杂。比如说吧，有些事原来本是小事，甚至是个琐细的事情，但是由于情况的变化，形势的发展，把它摆到前边来了，就成为大事，这些事情如不解决，就要牵住很多事情不能进展。还有一些事原来本是大事，但是问题也已解决；而且已经成为多数人都在执行着的正常秩序，因此比较起来，它又退到一般的地位，或变成了小事。

因此，可以说“大”和“小”是经常变动的，而且是密切相关的，大事可以变成小事，小事可以变成大事，大事要由小事的积累才能实现，小事又必须服从大事的需要，有些原来是小事，但若不被注意，坏了起来比大事还厉害，有些原本是大事，但是由于一些小事未做好，连累它也落了空。这些就是大事小事的辩证法。

因此，有的同志的说法很妙，管有些事叫“小大事”，另一些事叫“大小事”，这不是没有道理的。

但是尽管这样，我们的同志中间却常常出现两种人，各执问题的一面，走一极端，有些人是只管大事，不善于管小事，或者叫作干大事的人，但是正由于他不关心小事，常常连累了他的“大事”也跟着倒霉和落空。另有一种人是不管大事，只管小事，每天跑来跑去，满头大汗，办事虽然不少，但综合起来一算成绩不大。这两种人都吃了不懂得上边道理的亏，都不懂得大事和小事的关系。

比如说吧，机关的工作人员的衣、食、住、行、业余生活、时间的安排等等问题，应该说这些事比较起方针、政策来说要小一些，也琐细得多，但是有些领导人却对这样的“小事”一点也不管，长期堆在那里，已酿成大事还无所知。结果是自己虽然叫嚷得口干舌燥，但他自己对干部的心情、疾苦、困难等情况却全然不晓。

所以，对于那些只愿做大计划，只管大事不愿干些小事，不愿体察技术末节的粗心大意的人，请他们多留心一些小事不是无谓的。当然对于那些陷于琐碎事务中的同志，希望他们多用些精力来整理一下秩序，把工作和生活清理出一个条理来也十分必要。

选自《宋振庭杂文集》，山西人民出版社，1989 年版

时间单位是“半天”还是“小时”

现在，大家都痛感时间不够用，更痛感时间开支得可怕。

在时间的开支中，一方面是有些开支作价太小，有些可惜；另一方面是开支时票面额又太大（或者叫作时间的通货膨胀现象），不管是一个什么会，什么报告，什么课，一坐下来就是半天（不够半天也拉成半天），很少能在半天中再干几件别的事，就这样，一天两个半天，都在大票面额的开支中支配完了，很少能找回点零头。

时间是物质存在的形式，运动的尺度。它对谁都一点不客气。在我们居住的这个地球上，它采用的单位是来自地球的自转和公转，因此才有年、季、月、日、时、刻、分、秒。由此可见，地球并未规定半天是“法定单位”。

对于这个问题，我们要再次地大声疾呼：必须精打细算，可不可以把时间的票面额变小些，以小时来计算？或者至少尽可能把半天分两节来使用？如果把所有照例要开半天的会变成两小时就开完，那对于我们来说，真是造福不浅！

为了节省时间的开支，有些会议，有些报告，是否也可考虑一次进行两个？可不可以搭配一下，把有些内容压缩压缩？

希望在改革劳动的质和量当中，把这个劳动日的单位问题也一并解决一下。

选自《宋振庭杂文集》，山西人民出版社，1989 年版

当代英雄的形象

××同志：

你们正在讨论“什么是当代英雄”，“如何塑造当代英雄的形象”。我也想插一嘴，说说我的看法。

我看这个问题容易回答，也很难回答，回答得好有好处，回答得不好也有坏处。

从概念出发，这个问题很好回答。从创作的实际回答，就不容易回答。

只要一问，现在是什么时代？革命处在什么阶段？现在的历史任务是什么？当代的劳动人民的主要活动基调是什么？只要把这些回答了，说对了，当代英雄不就有了吗？这不是一堂政治常识课就上完了吗？

可见，单就问题本身，就概念回答概念，从前者导出后者来是容易回答的。

可是，对于创作来说，对于文学来说，这样回答还未解决问题。因为文学的创作并非有了概念，有了要求就有了一切的。还要吸收滋养、怀胎、孕育，要观察、发现、提炼（如沙里淘金一样），要从生活中找出当代英雄的形象来，找出他的影子来，要从形象到概念，而不是反转过来，从概念到形象。

如果反过来问，在我们的生活中你已经遇到了怎样的当代英雄？你发现了人民的心目中，正在对怎样的人物引起了最广泛、最深刻的热情？在已有的作品中已透出了多少塑造了当代英雄形象的消息？在这些形象中，各有何特点和共同的规律？请试试看，请试试回答一下这样的问题。可见，这又并不容易回答。要回答就得艰苦地科学地占有资料，做好分析、研究工作。

“当代”是一个历史范畴。“当代英雄”也是一个“社会历史范畴”。当代是什么？英雄是什么？要看你对于历史的本质，它的深度和广度怎样去理解。我们面前的这个时代是最生动、活泼，有说不尽的方面，难以一下子捉摸的内容。这样的时代，英雄多得很，方面也多得很，绝不能用历史的简单类比去概括他。比如只说“罗成、穆桂英、黄忠”就很不够。也不能只从他们的职业分类去概括他，如“保卫者、建设者、劳动者”，这也只是指的一个方面。你要想抓住他，就要抓住他最本质的特点，即他们的精神面貌中最有特色的地方，他在全部历史发展中独有的逻辑位置上的特色。但这是发掘、摸索、塑造工作本身才能解决的任务。理论的探索，概念和研究的指导有一定的作用，但有血有肉的当代英雄形象究竟是要由有血有肉的父亲和母亲生出他来，不能从抽象的公式中跳出来！对于这个问题回答得好，可以推动我们的创作，少走弯路，能更自觉地有意识地去挖到水源上，把他发现出来。但是，如果回答得太简单、抽象、片面，也可能影响创作，限制创作，对于创作没有帮助，反而有不利的作用。

电影《我们村里的年轻人》中的高占武是不是当代英雄？是！普罗米修斯是古代希腊神话中的英雄，因为他从天上偷来火给了人间，犯了天神宙斯的罪，因此一个人被绑在山上受难。高占武这个青年复员军人是从自然那里夺来水，如一个青铜骑士一样向天开战。所以这个形象就很动人。影片《黄河飞渡》中的王凯也是这一流人物。他满脸忠厚，他朴素得正如真理一样，是被三大纪律、八项注意、处处为人民着想的思想教育出来的一个成员，是英雄，也是最平凡的战士。还有，影片《战火中的青春》里的高山是不是英雄？这个现代的花木兰，并不是离开生活跳出来的，她也是英雄。谁看了这样的女孩子能不敬佩，能不爱她！因此，如果企图用一两个脸谱制定当代英雄形象，是不可能的，108 个也不够，1000 个也不行。表现这样的英雄只有一部《水浒传》大概是完不成的，何况是要用几句话说清当代英雄呢？是的，要概括，当代英雄有共同的特点，但是任何概括，第一是实际自身的概括，第二是任何概括都是一个近似的、一个侧面的概括。这是在概括时必须注意的。

我同意进行关于当代英雄形象塑造的讨论，但我又很希望这个讨论不要性急、太简单。很可以一边讨论一边创作，在生活中、斗争中、创作中挖掘出这个问题的答案来。这才是最好的回答。

选自《宋振庭杂文集》，山西人民出版社，1989 年版

决心和规划

在我们的知识分子队伍中，一种极令人振奋鼓舞的新高潮正在展开。

伟大的祖国的召唤，党中央的号召，强有力地吸引着我国的知识分子。在他们当中已经有一个共同的信念，普遍地流传和生了根，这就是下定决心，报效祖国，做出规划，力求进步。

从许多同志的个人规划中可以看出，这些同志的心情是如何的激动，决心是如何的大，向往将来的意志是多么坚强！

但是，如何做规划，怎样把规划做得更切实，更扼要，真正赋予实践性质，以便于有效地执行，还确实需要交流一下经验。

比如说，有些规划虽作得很细致，也有条理，但缺点是中心问题不突出，对本人需要的东西还抓的不是要害。

有的规划，虽然做得全面而周到，但分析不足，对困难的条件考虑得不够，有些要求也显得太高，难以实现。

还有的规划离开了自己的岗位，离开了从本岗位出发逐步前进，其中有些设想和愿望还不够切实。

应该说，为了响应祖国的召唤，人们不应该保守迷信，不应该妄自菲薄，应该充满信心，抬起头来，展望全部未来的远景。

应该说，我们的这些同志，以这样大的热情和决心做规划，制订自己的行动日程，本身是一种极可贵的表现，很值得我们为之振奋鼓舞。

但是为了不仅做好规划还要更有效地实行起来，在规划中也不能忽略：第一，要有中心，要抓住要害。第二，要切实可靠，经过努力以后可能实现。第三，要从现在自己的岗位做起，从实际出发，扎实前进。

因此，下定决心和做出切实可行的规划是不矛盾的，把高度的热情和切实的步骤结合起来，这既非保守主义，也不是冒进。

选自《宋振庭杂文集》，山西人民出版社，1989 年版

积极和趣味

想对人们的趣味和爱好问题发点议论。文章想用演绎法，也就是先讲大道理，再说具体事。

人们的爱好和趣味是因人而异的。

掌握了自己命运的，当家作主的劳动人民有自己的趣味，也开始取得了满足自己趣味的可能性。

社会主义是革命的集体主义。在这个集体的大家庭中，既有集中，又有民主，既有共性，也承认个性的差异。不承认趣味的特殊性，看不到这一点是不对的；反之，过分强调个性、趣味，把它和集体主义对立起来更是不对的。

但是，趣味有高低，爱好有精美和粗鄙之分。党和国家的任务之一，就是使劳动人民尽可能地得到较好的文化教养，不断地引导人们发扬优美的情操，提高积极的高尚的趣味。

每个人的趣味虽因人而异，看来好像完全自由，不受别人支配。其实，它又是社会性的心理状态的表现，它受社会的阶级关系、历史条件、时代风尚的先行决定，因此，也是完全客观的现象，是由社会环境决定的东西，不是由一个人的纯主观愿望而发生的。中国有句古语说："近朱者赤，近墨者黑”，“因其友而见其人”，这话是一点不错的。

比如，第二十六届世界乒乓球比赛时，为什么一下子人们都变成了乒乓球的爱好者了呢？街谈巷议，走路、吃饭、会前、会后、等车、坐车，都谈乒乓球，谈丘钟惠、李富荣……你看，几乎举国倾城一夜之间都成了球迷。

再比如，一出好戏、一部好影片一出现，立即会发生迷人的威力，《刘三姐》、《五朵金花》，一出现就到处传播，有些地方真有家家三姐、户户金花之势。云南、四川等地，广泛地组成了“百朵金花”、“千朵金花”、“金花大队”等等妇女劳动队，以金花为突击手命名。

曾几何时，我们在过去常见的那些趣味都一风吹了，不然也成为罕见的现象，像那些手握两个铁球，帽头马褂，提笼架鸟，品评妇女头脚，斗鸡，斗蟋蟀，聚众斗殴的现象，早引不起人们的兴趣。就是听戏也大不相同，那种感伤的抑郁的腔调，再也不那样迷人了，现在的人们非常愿意听喜悦的、健康的、有风趣的、有色彩的腔调。

回答是很清楚的，时代变了，人变了，心情变了，兴趣之所在，爱好的倾向也不能不变。

说到这儿，从既积极又有趣味的要求出发，想起了有关的文化生活中的几件事：一个是报纸副刊问题。现在各报副刊日渐活泼生动，很有生气，真是好气象，但是怎样才能办好副刊呢？新时代的报纸副刊如何接受办副刊的经验，取其精华，去其糟粕呢？我想其中的一条重要的教训就是要既积极又吸引人，既要生动活泼，也要从积极的方面去提高趣味，使读者在看报的时候不但受教育，启发思想，同时也给人以文学艺术的美感的享受。如果不是这样，积极而呆板，或虽有趣而消极，都是不可取的。这一点，《人民日报》第八版是一个很好的典范。值得我们很好地学习借鉴。

文艺工作者，如果不懂得时代，不懂得人民的心理动向，不懂得人民的趣味，是做不好自己的工作的。要抓住这点，把它一步步地引向更高尚、更积极的境界。

这就是这篇小议论的结论。

选自《宋振庭杂文集》，山西人民出版社，1989 年版

为什么人们这样喜欢“杨家将”？

我是喜欢杨家将的观众之一。我看不只我是如此，像我这样的观众实在多得很。而这几年又正是杨家将的戏大为流行的年头。

由戏而及史，我曾经去翻过历史，《宋史》、《杨业传》关于杨家将有一段很简单的描写。而且潘美和杨业之争也和舞台上有很大的不同。

《宋史》卷二百七十二《杨业传》先记叙他的英勇善战，“契丹望见业旌旗即引去，主将戍边者多忌之，有潜上谤书，斥言其短，帝览之皆不问，封其奏以付业”。又说于“雍熙三年，大军北征，以忠武军节度使潘美为云应路行营都部署，以业副之”。中间经过战役部署上的争论，护军使王侁和他争执说：“君侯素号无敌，今见敌逗挠不战，得非有他志乎？”杨业说：“业非避免，盖时有未利，徒令杀伤士卒而功不立，今君责业以不死，当为诸公先。”在出征后，果如所料，陷入了重围，杀到谷口又不见救应。“业即拊膺大恸，再率帐下士力战，身被数十创，士卒殆尽，业犹手刃数十百人，马重伤不能尽，遂为契丹所禽……不食三日死。”

从这段记载来看，杨业在北伐中殉国是事实，也很悲壮，因此才引起了人民的敬爱。可是潘美却和舞台上的潘仁美大不相同。这个人物是赵宋政权定鼎以来的大人物，也是南征北伐的军事主帅。我一直奇怪：人们为什么这样恨他，把他画成大白脸，多少年来在舞台上为人所不齿。

读史不足，又去翻小说，《杨家将演义》和现在的戏剧相近，也许有许多剧目和它有关。但是许多戏大部分又不出自此书，如南宋的说书中就有杨家将的故事，元曲中的《孟良盗骨》早就作为单折戏演出了。可见这部演义也只是编辑了一些流传于民间的关于杨家将的零散故事。而且书又编得实在不高明，在所有流传至今的古典小说中，可能顶数它低劣了。

查史和翻小说之后大失所望。于是产生了一个问题：为什么史书上记载不多，小说又鄙陋低劣，而戏剧中的杨家将却这样洋洋多彩，而且长青永茂，愈来愈鲜呢？这里边大有文章。

我想是以下这样几个原因使杨家将在人民的心目中树立起来，而且愈来愈鲜明，愈来愈高大。

第一，宋代政权是中国历史上一个典型的对外软弱屈辱，民族悲剧屡演的当政者。因此，从宋代以来，人民在长期反抗异族的斗争中，热爱的是请缨杀敌的抗敌派和主战派，痛恨的是屈膝媚外的妥协派和主和派。坚决抗辽的寇准、杨业和以后南宋的岳飞等就都成为人民深深爱戴的英雄，关于他们的故事必然就愈传愈生动活泼，愈来愈打动人心了。

第二，中国的小说、戏剧，大部开始成形于南宋，即南渡之后的江南各城市。作为南戏的剧目对北宋的回忆，对这一段历史人物的评价和文学的再创造，南宋自然也就是最恰当的时机。因此，杨家将的故事在南宋时，大概杨家的某些成员还活着的时候，就已经流传开了。以后通过元代、明代反对异族统治的斗争，戏曲文学的大大发展，这样的一个主题就更加引人注意，也是必然的结果。

第三，除了历史原因以外，恐怕杨家将的故事本身非常动人是一个根本因素。杨家将故事的最大特点就是一个家庭为国家做了最大的自我牺牲，是它的原则立场、原则态度。除了杨老令公殉国之外，七郎八虎死伤殆尽，而后代人物毫不妥协，仍然抗战到底。因此，既有思想性也有人情味。做起戏来，矛盾非常集中，颜色非常鲜明，忠奸立辨，善恶分明。在主题思想上它高出于别的小说一头，因此，它的生命力就不是别的文学作品可比的了。

正是由于这些原因，尽管历史上记载不详，小说写的很差，但杨家将作为戏剧来说，却得到了最大的成功。而且愈来愈渲染成篇，向下演绎出杨八姐、杨九妹、杨宗保、杨文广（《宋史》只载杨延昭之子杨文广，并无杨宗保其人）、杨门女将、杨门少将……实在热闹，叫人解气，有声有色。

若问这些人物，如穆桂英大元帅、杨文广将军、杨排风大将等，都是谁创造的？人民！他们适合人民的要求，应运而生，应运而起，应运而战斗，而且必然胜利！因此他们不得不看，不得不起，不得不去战斗，也一定能胜利。道理很简单，人民要这样，就一定能够这样。

杨家将的戏中好戏实在多。像《金沙滩》一折中，七郎八虎假扮宋王赴宴、和老令公拜别的那场戏，我每次看到那里眼眶里都要滚动着泪水。杨大郎由于已身穿王服给老令公一拜，老人家不忍去看，回过头去，默默无言，只用手一摆，叫他“上马去吧”。杨七郎这个性格有如虎豹，从不知落泪为何事的大英雄，也用拳头擦擦眼，张开大嘴，似哭似叫地向老令公拜了下去，然后狠狠地一跺脚骑上战马，去赴生死大关。这场戏没有台词，锣鼓声很微，只有做工；可是，其中又有多少台词，多少悲壮的言语，多么深的情感直接在观众的心中起伏！

《穆桂英挂帅》也实在是出好戏。那 53 岁又出征的女将军，在金鼓齐鸣声中，跨上鞍马的场景实在动人。我在听长影乐团演奏的《穆桂英挂帅交响诗》时，当音乐进行到出征的那一章时，心情实在激动，在那个进行曲的金鼓齐奏中，我仿佛看见了这位女将军骑在马上，走在三军之中的风姿和神采。

选自《宋振庭杂文集》，山西人民出版社，1989 年版

才、学、识小论

大概这是唐人刘知几的《史通》中评论史家的标准吧，他认为一个好的历史家必须有才、学、识的“三长”。

其实，这三长适用于一切科学工作者和文艺工作者。

什么是才、学、识呢？才是才能，技巧。弄文字的人要有文字技巧，用现在的话说就是表现力。学是学问，是专门的知识准备，要占有材料。识是见识、眼光，也就是独立地分析批判的能力，明确的取舍标准，坚定的是非立场。三者之中，难乎其难的就是这个“识”字。

卫道的儒家是重德轻才的，主张“士先器识而后文艺”。其实，重德不见得不对，问题在于重的什么德？以什么为标准。是替封建主、资产阶级做爪牙呢，还是为人民办事？轻才也不见得就对。才如果用得得当，有才有学，对人民岂不大有好处。当然如果错用其才，为反动阶级帮忙或帮闲，那还不如无才的好。才、学、识的一致，用我们今天的话说就是知识和立场的一致，就是写文章时观点和材料的统一，也就是常说的文章要有三性：逻辑的准确性，语言的生动性，立场、是非的鲜明性。

三者之中，比较而言才和学可算作一方面。识算另一方面。因为才、学可日积月累，学习锻炼而成。识就有些不同，它固然需要经验阅历，但更重要的是思想改造，立场的变化。现在常见的有些人和有些文章的缺点就在于难得三全。有的是材料丰富，学问也不少，但见地平庸，不能用辩证分析的方法，给问题作出明确的结论。有的又相反，立场也无错误，道路也还是正确的，但不能以充分的材料和论证说明问题，解释问题，因此也就不能使人折服。那么，怎么办呢？回答无非是发挥己长，力补己缺，对于青年的科学和文艺工作者来说，除了要继续锻炼思想意识外，还要努力钻研学问，掌握材料，充实才和学。对于学有专长，才有余裕的人来说，则要在立场和观点的改造方面多下功夫。

偶然有感，一得之见，是谓小论。

选自《宋振庭杂文集》，山西人民出版社，1989年版

百花齐放和一视同仁

百花齐放是我们对文学艺术的基本政策。不用再解释，这句话自己就说得再明显、再生动不过了。

但是，在一个大花园里，真正要做到百花齐放，就必须有对待百花一视同仁的园丁，有遍爱百花，胸襟宽大的度量，至少在这位园丁的眼睛里，“百花在立法面前一律平等”。

事实上，所以要这样明朗地提出“百花齐放”的政策，正是为了有些园丁是并不热爱百花，而是只爱一花或单爱几花，不是“千芳争艳”，而是“一芳独帜”，在他的锄头下，各花受着不平等的待遇！

若问，为什么在有些园丁的锄头下百花不能齐放呢，为什么必须强调这个政策呢？就是因为：第一，他偏爱，他喜欢的是这一种或这几种，不喜欢哪一种或哪几种，因此有亲有疏；第二，因为他懂得这一种，知道它，有信心，不懂得那几种，对他无信心，因此也不想去打听打听，研究研究，就对它们冷淡歧视；第三，因为他怕花多了，管理起来麻烦，不如只留下几种，倒也干净痛快！何况真若是百花齐放，又要到处找花种，遍地里去栽培，既要多劳又要苦干，那有多么麻烦！多么艰苦！

所以说，对这项唯一正确的文艺政策的贯彻，并不是那么风平浪静的，如我们在假日的花园里领着娃娃散步时那样的轻松而愉快，对于种花的园丁这是一种非常严格的要求，而且首先就决定于他有没有一视同仁的度量！

在当前，为了真正贯彻百花齐放的政策，还必须做许多艰苦的工作，还得克服许多错误的思想，特别是希望我们的园丁能做到真正的热爱百花，成为一个像最好的托儿所主任一样，喜爱一切儿童，没有偏心眼，在他的锄头下边，百花一律平等！

我们这样地期待着！

选自《宋振庭杂文集》，山西人民出版社，1989 年版

争鸣与学派

在贯彻百花齐放、百家争鸣的方针时，一个重要的问题是如何处理学派和学派之间的关系问题。

学派是由同一学术观点、方法、治学的特点的人形成的。学派不同，这些就都不同。

学术上的争论，首先是是非的争论。客观的真理只有一个，两个学派的争论必然有一个是正确或基本正确的，另一个是错误或基本上错误的。

但在实际学术争论中，事情并不这样简单，会出现各种各样的具体情况，要区别对待。

比如，有这样一些不同的学派之间的争论：

唯物论与唯心论的斗争是贯穿人类思想史的斗争，可以肯定，二者之间唯物论是正确的，唯心论是错误的。所以要进行争论，目的很清楚，就是要战胜、克服唯心论。即使这样也要进行学术的争论，要以有力的论据驳倒它，不是简单地宣布了它的错误就能解决战斗的。这是一种情况。

生物学中的两个学派的争论，情况比较复杂，不能就作结论。在科学上谁是错误的，谁是正确的，还需要探讨，需要更多的论据来驳倒对方，还很需要争鸣和论证。这是另一种情况。

由不同世界观出发，可能引起科学的争论。从相同的世界观和立场出发，也能发生学术、学派的争论。比如，同是马克思主义的历史学者，使用同一个治学的方法，研究同一个问题（如历史分期、断代问题），也可以得到不同的结论，产生不同的科学学派。

为什么会发生这种情形呢？其中的道理存在于认识过程中。

认识的发展是曲折、复杂、充满了矛盾的过程，在接近真理的路上，正确和错误都是可能的。正确的世界观可以帮助我们的认识，引导我们的认识，但是，哲学不能代替科学，即使方法对头，由于论据不足，材料不对，看的方法不一，也会得出不同的结论，甚至相反的结论。对待同一问题，一个学者自己还可能多次改变看法，不断反复，做自我批判，何况两个或几个学者之间呢？

这是第三种情况。

至于艺术上的流派，和科学上的学派更不同了，也更复杂了。流派固然和学派有关（如可能有美学观点上的分歧），但是学派是是非之争，流派就不一定是是非问题，如京剧中唱旦角可以有梅、程等几大流派；戏曲有南曲北曲；论画有工笔、写意水墨，着彩不同，各有异趣，难分上下，真可说是春兰、秋菊，各一时之秀，难分优劣，都是好的，可以并存。

同是学派问题就有这样一些具体情况的不同，怎能简单从事，一律对待呢？

在贯彻百花齐放、百家争鸣方针时，必须注意正确地对待学派问题。要有区别地、按着各自的情况去对待它们，要正确处理它们之间的关系，这是不可马虎的事。

选自《宋振庭杂文集》，山西人民出版社，1989年版

舞台上下

——试谈当个好观众

对于艺术我是门外汉，更没有研究过戏剧史，所以还想谈谈这个题目，实在是有些感想要说，有梗在喉，不得不吐。

我这样想，（当然是门外汉的一点从旁观察的所得）一种艺术有一种艺术的看客，舞台上下，是一个社会的共同体的反映，一种调子唱出一种人的心思，一个时代有一个时代的旋律，一个民族有一个民族的艺术特征。虽然有台上台下的分别，但这上下之间是紧密地连在一起的，台上人演的正是台下人的事情，台上人也正是台下人的形象代表，假如不是这样，就没有什么戏剧。

不信请看：一个城市的剧院好多家，一家有一家的顾客，影片常常更换，每个片子都有它的特别的爱好者，交叉和共同性是有的，走错地方的时候也有，但下次就不走错了。再看那每出戏正在上演中的情景，台上的人从椅子后边钻过去，台下的人立即知道这是“王三姐进了寒窑”，台上人转了两个圈子，台下的人也马上体会出“这是已经走了好远好远了”，甚至一举手、一投足的用意也都不放过，也明白那动作的意义，那不时轰动的笑声，叹息声，惊悸声，使台上台下完全融合成一片，在这期间很难分辨得出：究竟是台上的人在指挥着台下的人，还是台下在指挥着台上的人？到底是伟大的出色的演员感动了观众呢，还是这千百只眼睛和声音在鼓励着演员？是人民在看戏呢，还是人民自己都在演戏？是人在戏中，还是戏在人中？

是的，这些问题在戏剧教程上是不成问题的，也不足为专门家道之，但是据我这门外汉的体会，这种情景正是说明了：戏剧原不过是从人民生活中分离出来的东西，先是有人，有人的活动和关系，其后才有形象的化妆的人在人群中表演，再后才有了台，有了台上台下之分；戏是为人民演的，戏也是人民的事。好戏好演员受到人民的爱护和赞扬，同时也教育和鼓励了人民自己。

正因为这样的原因，舞台上下虽有一线之隔，却有不能分开之势，必须协力合作。台上的人对台下的人有严肃的责任，台下的人也应对台上的人尽到观众的义务，好戏和好演员只有在这种共情感、齐呼吸、同忧戚的气氛中才能表演得出来，而且正是这川流不息的台下人的反应和批评，赞成和反感，鼓掌和叹息，才是一切戏剧的第一个作者，第一个批评家，第一个指导者。不是别人，正是人民自己才是艺术的根本上的主人，一切戏剧都不外是他们的意志、要求、想象的反映。虽然这个真正的“版权所有”，有时是弄得模糊起来，但是它是永远不会更改的。

好了，议论已经发得不少，应该打住了。可是正是由于说到了这里，就有些欲罢不能地出来几个问题，我想问：

第一，既然是这样，既然是台上和台下，演员和观众，戏剧和人民，从来是不可分的，他们的关系是有如上述，他们之间才是最知心最知己的老朋友，已经有了多少千年的来往，那么，我们的一些粗暴的干涉者，鲁莽的改革家，正像有的同志形容的那样“抡大斧子的削平主义者”，究竟因为什么有这么大的劲头？究竟是看不起那台上的人和演出的戏呢，还是根本上看不起那台下的不足道的观众呢？究竟是你老爷不喜欢这个调调儿呢，还是他们自己也不喜欢这个调调儿呢？究竟到底说来，你是作者？还是演员？你是这种生活的参与者，还是这个艺术的塑造者？如果全不是，是你不太懂的东西，那么为什么这样不客气，一下马就想动手？站在台上和台下之外怎么能凭空的出来了你这位“指导者”了呢？

第二，既然台下和台上双方都有权利，也都有义务，要看好戏，要演好戏，必须通力合作以求贯彻，那么，你为什么偏偏在人家演戏的时候大声吵吵，全场在聚精会神地看着演员，而你却高谈阔论，大家鼓掌你不鼓掌，人家坐下你用脚踏人家的凳子，几个钟头你都看了戏，偏偏最后的 5 分钟你要冒着生命的危险去挤出大门！不是双方有责，互相鼓励吗？为什么人家演戏累得浑身是汗，而你连拍拍手掌都怕疼。若是都像你这样的观众，哪里还会有好戏？哪里还能演好戏？

第三，既然优秀的文化艺术要由优秀的观众的帮助和培植，有高度文化水平的城市要有高度文化修养的观众，那么一切不礼貌的行为，一切打乱文化艺术场所秩序的行为就应该特别受到监督和禁止，就像每当一个外来的艺术团体、体育团体来到我们这里表演，人家是客，我们是主人，就应该受到全城的所有的主人的关心，就应该不对客人失礼，为什么两队竞赛时不一律看待，只给自己鼓掌，给别人叫倒好？为什么不首先多学习人家的优长，学习别人在艺术上的成就，反而在一些枝节的问题上去挑剔？为什么人家特别发了观摩券请你去参加旧节目、旧相声的审查、欣赏，你反而利用这样的机会大做起批评文章？这一切又为了什么？

说到这里，好像越说越不像杂感了，竟成为质疑了。好吧，反正，台上台下是要通力合作的，报纸和观众也应该有些来往。如此这般，舞台上下，球场内外，演员和观众更快地出现大力合作的新气氛。这倒是这篇杂文的本意。

选自《宋振庭杂文集》，山西人民出版社，1989 年版

从炒菜想到文艺

有人讽刺拙劣的厨师说："他能把一百个菜炒成一个味。"也有人挖苦演员说："他能在演所有的角色时都用一个腔调、一个面孔。"初听这好像是恭维，其实这是尖锐的讽刺。

"物之不齐，物之情也"。如果所有的东西都一个样，所有的人都长得一个面孔，所有的花都一般大小，一个颜色，所有的声音都一个调门，没有五音六律之别，那世界该多么单调！没有多样性，就不成世界，不成艺术，连音乐的曲调都没有，试想想看，没有音阶的高低区别，只剩下一个"1"，那还怎么唱歌！

由此想到各剧种的百花争艳问题。我国的剧种是最丰富的。我们的祖国也是戏剧艺术最多彩的国家。在百花齐放、推陈出新中，各剧种争芳竞艳，互相学习长处，互相融会贯通是必然的趋势。每个剧种都力求发挥自己的长处，吸取别人的优点，克服自己的短处，这也是可以理解的。但是，值得注意的是千万不可磨掉了自己的特有风格，丢掉了自己的不可少的特点。如果使各剧种千人一面，千篇一律，那可实在是不好的后果。

过犹不及，这是比较有普遍性的规律。太顽固、保守，抱残守缺，明是自己的弱点也不改，明是糟粕也硬说成传统或精华，硬是守着老腔老调，不管观众接受不接受，这种僵化的态度要使一个剧种走到死胡同里去，没有好结果。可是如果翻转过来一味地追求别人的长处，忘记自己的长处和风格，从形式到内容全盘变成别的东西，那也只能是自己消灭自己。有些剧种的优点在于善于吸收，善于搬用别人的东西，但危险也在这里，久而久之，自己也变成和别人一样了，变成没有什么特点的剧种了，或变成过于平淡无味的一种唱剧了。有的剧种又相反，清规戒律太多，繁琐的要求太严，结果改革太难，吸收新生活的滋养很慢，影响了自己的发展壮大。

吉剧的创造经验也证明了这一点。这就是它必须不离基地，采撷众华，融合提炼，自成一家。其中最重要的核心问题是必须把事情的两方面，创新和吸收、共性和个性的关系处理好。

由此可见，稍微带有一些创造性的劳动是多么不简单，如果不严肃对待怎么能成功！又何况是演戏和炒菜这样的有高度艺术性的劳动。

选自《宋振庭杂文集》，山西人民出版社，1989 年版

捕捉住人民心上的旋律

××同志：

上次谈美术，这次谈音乐。因为杂家不比专家，杂家话多而深者少。我是属于杂家一类的，只能说些“万金油”式的意见。

用之于文学创作的道理，同样地可用之于美术。同样地，这个道理也可用之于音乐。我希望我们不仅有本地的《红旗谱》，画好本地风光，也应该有些代表地方特色的音乐。把回旋在人民心中、耳际的旋律捉住，挖出来。创作一些叫人民听来亲近、解渴，搔到痒处的音乐出来。

一些好歌、名曲和流传得很广的、很久的旋律都是有生命力的。它很有力，又很朴素，很动人，也很明确，像《白毛女》的插曲、《义勇军进行曲》、《东方红》等，多么单纯、朴素、坚实、有力！可是它们的产生绝非偶然，叫你一听之下，觉得好像是在哪里见过面的老熟人似的。这是瓜熟蒂落，水到渠成的果实，它们在被捕捉以前，早已是震荡在人民心中和耳际的旋律了，作曲家的伟大就在于他能搔到痒处，抓住了这个旋律，把它表现出来，于是似乎先天的东西就成为后天的东西。所以，这样的作品才真能打动人心，有永久性，不像有些人弄的那种花花梢梢，虚无缥缈的曲子，其实是呕尽心血，与人民无干，经不住时光和人民考验的！

我是相信音乐的旋律是生活本身的形象的学说的，也坚守着它的人民性的观点。可能有些顽固，但事实教训我们，这是对的。

请看，这些年来在我们这里真正流传了的，有点影响的，或反响较大的曲调是一些什么样的曲调呢？它们都是有民族特点，带有地方色彩，投合人民脾胃的曲调。比如《老司机》、《合作就比单干好》、《二嫂夸汽车》、《女民兵》，吉剧《蓝河怨》中的唱腔，都具备这个特点。我坐在剧场听戏的时候，常常东张西望地注意观众的反应。一到那些怪声怪气的花样出来，观众就瞠目结舌，有的说："这是啥玩意儿，'二乙子'音乐！"一到他们熟悉、亲切的旋律出现，他们是那样眉开眼笑，点头会意，好像心里在说："是呵！熟悉呵！够劲呵！"我的心情是随着他们的脸色的变幻而变幻，这变幻常常使我久久地深思，不断萦回于脑际。

我上面提到的几个曲子，是有意地要说明它们的倾向的。这些曲子都是青年作曲家张先程同志的作品（刘中作词），我认为张先程同志是挖了一点东西，打中了一点东西，搔到了人民心坎中的一些痒处，捕捉到了生活形象中的一些旋律——接近到我们提倡的民族化、地方色彩的边缘。

当然，我也不认为这是唯一的，或者他已经做得很好了，很够了。我只是想说请大家关心一下，注意想一想，这里边有文章。

东北和吉林地方的音乐，是有它的历史，有它自己的来龙去脉的。乐感的熏陶，音色的欣赏，曲调的性格等，不是主观的东西，是客观的历史的东西，物质的东西，是看来很自由又先天地受了若干规定的东西。当然随着历史社会人们思想感情的变化而变化，但是变化也是有规律可循的，比如我自己就是一个见证人。我是东北人，小时候在农村的泥土风雨里长大，未听过什么音乐。如果算作音乐的话，我妈妈在我耳旁唱的催眠曲，跳大神的打单鼓的歌，一首放猪时孩子们唱的童谣，算命兼唱鼓书的盲人的唱腔，以及听到的京剧、评剧和广东音乐，等等。如此而已！但我熟悉的是，东北人如何哭，如何笑，如何在高兴时就唱的小调，在追求异性，表现出强烈的青春的渴望时的恋歌（小伙子多是在左右无人时才唱，也叫高粱地里的歌手），也见过农村妇女迷上了二人转、迷上了皮影、迷上了弹词时的那种情景。对于这些，我久久不能忘怀。当然，“五四”以后，我上了洋学、念洋书时听过钢琴，也听过兼作雪花膏商标的黎明晖小姐的《明月之夜》、《葡萄仙子》，可是我对这些都没有感动，现在早已忘得不知去向了。因此，我想创作现代的音乐时，作曲家应该想到这个来龙去脉，参考这一点是有好处的。

当然，我们绝不停在这一点，只停在《小放牛》，只给群众以二人转，没有远大的志向是不对的。我们要给人民的音乐应该是高水平、高标准，在已有的基础上提高一步的东西。我们反对尾巴主义。可是提高和基地要照应。正确的方针应该是：不离基地，采撷众华，融合提炼，自成一家。

因此，在创造自己的新腔、新曲的时候，这些问题就出来了，碰到这些问题就应该解决，应该吸收一切可以吸收的营养，充实我们的音乐形象，帮助我们的创作。

听说张棣昌、杨少英等同志组织了几次由长影乐团、省歌舞剧院、军区乐队、艺专、广播电视乐团等参加的很出色的音乐会，看到了报载的这些消息，心里实在高兴。请向这些同志致一个读者的感谢之情。我想我们应该发一个誓，即总要在若干年中，把长春变成一个很懂音乐的城市，让这里的人民成为很懂音乐的人民！

选自《宋振庭杂文集》，山西人民出版社，1989 年版

舞台上下，水乳交融

早先的戏台上有一副对联，上联是“戏场小天地”，下联是“天地大戏场”。下联的意思很明白，是十分陈腐的虚无主义的人生观，不外是游戏人生，逢场作戏的处世态度。可是这上联却还有点道理。用现在的话说，戏剧是社会的缩影，每一幕都是生活的一个片段。可见戏场也真是一个小天地了。

还有两句话是：“唱戏的是疯子，看戏的是傻子”。这是对戏剧的一种虚无主义态度，也可以说是戏剧的取消派。说这种话的人是不会唱戏也不要看戏的了。可是即使这样，这话也有一些道理。因为唱戏的想把戏唱得入神，看戏的想真正看得有趣，常常达到忘我的境界。那时候感情和神态是不能不有些异常的，而且唯有“傻子”才能为戏中人的命运而时哭时笑，唯有“疯子”才能拼着气力进入角色，把戏表演得淋漓尽致，这时候才能达到台上台下，水乳交融、浑然一气的地步。

戏剧是一种社会现象，它的发生和发展，决定于它的社会性和群众性。剧场看起来有台上台下的分别，有演戏的和看戏的两面，其实正是一个社会共同体的缩影，这两者是对立面的统一，是一件事情的两个方面。台上的一个动作，吸引着台下所有观众的心，台下的精神意志也感染着台上的角色。一种艺术有一种艺术的看客。一个剧种有一个剧种的爱好者，一种调子唱出一种人的心思，一个时代有一个时代的艺术特点。是演员在演戏，其实观众也参加了演出。是观众在看戏，其实演员也在看观众。有一段相声说得好："舞台上的房子都是四面少一面。房子不大，可是都装得下一两千人。有门不大，多数的人都不打门走。"这就是说观众其实也是演员，整个剧场也是一座舞台。观众和演员都是同一场戏演出的参加者。

说到我国的戏曲，这一特点就更加明显。你只要留心观察剧场的气氛，就会看出来演员和观众之间有许多默契，好像心灵之间在架着直通电话一样。一个角色从椅子旁弯腰而过，台下就明白这是王三姐进寒窑。演员用手一拉，脚一迈，观众就知道这是出了门或是上了马。总之，如果不是同一社会共同体，如果不是过的同一的社会生活，这些动作是无法理解的。

由此想到一个问题，就是在讨论发展戏剧事业，提高戏曲演出的水平问题时，必须从演员和观众两方面都做做文章。

一方面，一定的观众决定一定的艺术。观众的艺术欣赏水平决定一定的艺术水平。比如看戏的水平，一个城市有一个城市的特点，长春市和吉林市就不尽一样。各县之间也不相同。观众的艺术欣赏能力如不提高，优美的戏曲就不能出现，即使出现也活不下去。因此观众是很要紧的，是决定戏剧发展的客观条件。

另一方面，一定的艺术影响一定的观众，培养一个时代的艺术爱好者。观众的口味爱好、欣赏能力是可以改变的，是具有可塑性的，可以加以培养形成的东西。只要剧团、剧场、演员、戏曲宣传工作（如打幻灯、发唱词、戏曲评论、广播讲座等）搞得好，特别是受观众爱戴的演员的努力，是可以改变欣赏环境、提高欣赏水平的。因此，演出方面的主观努力也是重要的，是具有主动权的条件。

为了发展本地的戏曲事业，不但要教育演员和演出单位，也要有决心来长期地培养训练一个有相当水平的观众群，要使我们这里的群众变成很能理解艺术的群众，使我们的城市成为欣赏水平较高的城市。

当然，要实现这一点，还得做很大的努力。

选自《宋振庭杂文集》，山西人民出版社，1989 年版

时代的笑声

随着年龄和阅历的变化，兴趣也是变化的。

先谈看戏吧。小的时候最先是爱看武戏，看开打，翻筋斗，不喜欢小旦、老生，尤其怕老旦坐下来唱，简直想上台去撵他走。后来听懂唱了，又开始喜欢老生、旦角、花脸，但是不喜欢小丑，觉得他顶多只会逗人笑，算不得功夫；也不喜欢花旦，觉得他“不正派”，眼睛怎么那样滴溜溜地转呢？直到很晚，过了多少年之后，才恍然大悟似的懂得，花旦和小丑，这种喜剧艺术也各有千秋，而且包藏在那笑声中，也有那么多的辛酸和厚意。到了对生、旦、净、末、丑逐次都喜欢了以后，才从头来觉得武戏也好了，文戏也好了，从各个行当中看得出大有参差，各有叫人喜欢的道理在内。

再说看画。最早看画是看画人，以后才是山水、花鸟、动物翎毛。先是喜欢工笔，觉得画得真、画得像、画得细的才算好；后来看得多了，就厌烦了，想看些粗枝大叶，狂放些的，一点点地“放”，一步步地“狂”，到最后才觉出石涛、八大才别有意趣。齐白石的大写意画也真有好东西在内。等到近来，大写意画看得多了，有些疏狂过甚、漫笔欺人的东西也真不少，反倒不如那些老老实实的工笔画，又从此反过来喜欢工笔了，不再随着人家的叫喊而斥之为“画匠”画了！

最后，再说读书。小时候爱看热闹的书，如《水浒传》、《西游记》；中学以后才看《红楼梦》、《西厢记》；直到最后才喜欢笔记、意林一类清淡些的文章；同时又返回来，对于热闹的书，又想去翻一翻。

从自己的经历中才明白，一个人的兴之所遇，是随着年龄、阅历的变化而变化的。发展的道路好像是螺旋式的上升，有一个近似圆的发展路线。

一个人是这样，一个社会、一定时代的变迁，其流行的风尚和爱好，群众的兴趣也是这样的。

就以唱歌来说吧，像我这样年龄的人就已经历了多少个流行的典型的旋律。

小时候，常听的是“苏武留胡节不辱”，听见老师们唱《满江红》或用洞箫吹《祭江》，那就很感动了。稍稍大了一些，又来了《葡萄仙子》、《三个小宝宝》，小学老师叫孩子们穿着白袜子在地板上跳，这是开始洋化的时代。不久，在同学中，尤其在大同学中听到了《渔光曲》、《桃李劫》、《大路歌》、《开路先锋》，这是左翼歌曲；等到自己参加学生运动时，又唱“大刀向鬼子们的头上砍去”、“脚步合着脚步，臂膀靠着臂膀”。直到延安，一直在唱《延安颂》、《月光下有人烧起野火》。经过了多少个时代，才到了《社会主义好》。我真想有工夫参加一次这样的历史回忆的音乐晚会，从《苏武留胡节不辱》一直唱到《社会主义好》，闭上眼睛好好地捉摸一下三四十年来脚下的历程。

我曾和一些搞戏剧、电影音乐工作的同志们谈到观众的爱好问题，他们说：“现在的观众，爱好最广，理解力最强，只要是好戏就有人看。”“那么，群众的爱好有没有一个发展趋势呢？”“有！最喜欢的是善恶分明，美丑明判，敌我搏斗，爱情幸福得随心愿的。”“从小孩到老人，看戏就先划清‘好人，坏人’、‘敌人，自己人’。愿意把敌人打死，自己的英雄得到胜利，即使看孙悟空也是这样，是非胜利不可！如果不胜利，或悲悲惨惨的，观众的意见可大了！甚至你都落不下幕来。”

从这些艺术工作者的这种观察中，启示着我：对的！是这样！一点都不奇怪，这正是我们的人民，我们的时代精神的写照。不是吗？我们的人民共同的心愿，共同的意志是战斗，打击敌人；乐观，满怀信心；幽默，愿意看敌人的洋相；坚定的信心，我必胜，敌必败，我们的目标一定能达到。这不就是整个时代全体人民的精神状态吗？

想想看：为什么观众这样喜欢喜剧呢？因为想要笑，而且总想尽情地大笑。总想把黑暗的东西出尽丑相，在笑声中毁灭他们！

为什么群众不大喜欢那种无出路的悲剧，对悲悲切切、凄凄惨惨，再也不那么动心了呢？即使同是悲剧，人们也希望有一个完满结局呢？因为人民说：是正义的就必定会胜利，是英雄就应该得到幸福。即便是活着得不到，死了也要得到。

距现在不远的时代，十几年前，或二十年前，就和现在完全相反，我想现在的共青团员们是很难想象那个时代的情调了。那是“我的家在东北松花江上”和“杨延辉，坐宫院，自思自叹”的时代，是“一事无成两鬓丝”、“日月轮流催晓箭”的调子，即使是老妈妈上戏院也是为窦娥冤和走雪山而抹眼泪，为“虎口里逃出两只羊”而胆战心惊。哪里会有现在的剧院里的笑声呢？

人变了，心情变了。时代变了，调子变了。因为生活环境变了，精神状态也变了。

艺术家们，深深挖吧！要挖到时代的精神上去！

一切好的艺术都是打中了时代的心弦的艺术。这就看人们会打不会打，打得中打不中。

我想人们如果留心听听这些笑声，看看观众的会心的表情，会从中明白许多有益的东西的。

选自《宋振庭杂文集》，山西人民出版社，1989年版

从读史想到的……

从古至今，在平常的日子里，在风平浪静中，知人论世是容易的。在此时讲气节，论操守，讲些慷慨激昂的豪言壮语并不难，但遇到大的变故、处在逆境中，比如历史上的改朝易代，大杀大砍之时，比如像我们前几年“四害”为灾之际，就要动真章程，要看真结果。只说些空话是搪塞不过去的。在中国的今天，有一个很大的好处，就是从每个公社，每个县，每个省，每个单位，人们在政治舞台上，都是十余年来自选角色地进行表演过，是业已万目洞明，历历在目的。人民群众自有一个衡量政治人物的尺子。这是从灾害中得到的有益的收获，如把这个收获搜集起来，反映得很准确，那对知人、看人、选人、育人是会大有好处的。

由于早就有如上一种看法，并且对自己的上辈人、同辈人、相知的人，也包括自己这十几年的表演，很有一番感慨，于是读书时很自然注意古人的说法。恰好，在读到清代王夫之的《读通鉴论》时有一段话正碰到我的心坎上，他说：

“君子不幸，陷于逆乱之廷，可去也，则亟去之耳；不然，佯狂瘤疾以避之；又不然，直辞以折之；弗能折，则远引自外而不与闻。身可全则可无死，如其死也，亦义命之无可避者，安之而已，过此则无类矣。”

他还追述这个论点说：

“谋生愈亟，则逢祸愈烈，两端不宁，则一途靡据。”

王夫之，是以极其痛苦的经历，经过明清易代之大动乱的人，他自己的言行操守，给他这些言论当家作主，是可以相信的。当然，他是封建社会的士大夫，和我们今天的情况不得机械地类比，但做做参照，仍有价值。如按此说，分类答卷，很可想象那结果将是如何。

第一种，如果你已知林彪、“四人帮”祸国殃民，你又无别的办法，如“可去也，则亟去之耳”。说明白点就是辞职不干，远远离开。但王老先生当时这个办法还行得通，从云南跑到广西，再回到湖南隐到石船山山洞里。咱们不行，因为不许辞职，辞职就没有户口啦。再说，你跑到哪儿都可抓回来。倒是有一个办法，不是辞职而去，发送乡下去监督劳动。这倒也不失为“去之耳”。这比自己跑，有个好处，好就好在有人管饭。

第二种，“佯狂痼疾以避之”。用现在话说就是装疯卖傻、泡病号，古人叫韬晦，也即孙膑用来对付庞涓的办法。有人用过，但效果不大，而且还有什么电子诊疗器，如装病装得太像啦，还得送疯人院，更麻烦。不过，泡泡病号，倒是有不少人干过。

第三种，“直辞以折之”，“如其死也，亦义命之无可避者，安之而已”。这是最好的典型，比如张志新同志就以身殉了这条原则，许多老革命家，如彭德怀同志、张闻天同志，则“直辞以折之”，并不避一死。敬爱的周总理、邓小平同志、陈云同志不但敢于斗争，并善于斗争，给“四人帮”以应有的回击，保护了无数的革命的同志。

最差的一种，即王夫之说的，“过此则无类矣”。王老先生是大儒，说话不像咱们这么粗，“无类矣”是什么话，就是自甘堕落，拆烂污了！其中最无类的是卖身投靠，卖友求荣，攀高结贵，登龙有术，如此等等全在其内。这些人，于节操已亏，作为一个不道德的污点，无法洗刷，也难以回避。虽有眼泪洗刷，其大节已亏，百代难宥。

当然，读史，只能就一定条件上类比一下，全照着套搬是不许可的。明清易代，大杀大砍是一回事，碰到我们党内出了林彪、“四人帮”这一伙野心家又完全是一种特殊的历史情况。在这个历史情况下，一些人犯了错误，甚至铸成大错，有悲剧的性质，也有其可原之处。这一点不言而喻。因此，有的同志从好心团结的愿望出发，劝解同志们，要相互解疙瘩，互相原谅。其说法是：在“四害”为灾时在台上的不比在台下的，半在台上的不比全在台上的，台上的有靠边的站在两厢的，还有站在台中央的，台中央的也有大明星，大主角。台下的也有自己下去的，还有被踢下去、挤下去的，还有打翻在地踏上一只脚永世不得翻身的，更不用说更有以生命和鲜血为保卫原则而献身的烈士。

这个说法，即具体情况具体分析，不可一律打家伙，要团结大多数，使大多数犯过不同错误的同志能有改正错误的机会。我们共同的责任是从学习总结教训中，提高觉悟，增强党性，这无疑是唯一正确的政策，是恢复健康党性的好办法。现在有了《准则》，今后就得按此办事。

但也该说明白有两种情况要加以区别，一种是在“四害”横行之时很难免地犯一些违心的错误，在有些方面不够党员条件了，但粉碎“四害”后，自知改正，重新做起；另一种情况是有的人已经犯下难逭之过，但在党中央粉碎“四人帮”后，仍然在操着“四人帮”的旧业，干着阻碍拨乱反正的新勾当，往者可宥，新罪难饶，不管怎么说，应该责以党法、国法，也应该受到“则无类矣”的道德上的谴责！这种区别对待是十分公允的。

选自《宋振庭杂文集》，山西人民出版社，1989 年版

从《离骚》想到儿不嫌母丑，狗不嫌家贫

我们读《离骚》，最感人的是屈原那种炽烈的爱国家、爱人民的“虽九死其犹未悔”的坚贞精神。《离骚》结尾处的这段话更为动人：

陟陞皇之赫戏兮，忽临睨夫旧乡。
仆夫悲余马怀兮，蜷局顾而不行。

姜亮夫先生作《屈原赋校注》时，在这里写道：“大义所在，无非君国人民。岂如时贤之远托异国以自见者哉！以死抗辩，此屈原之所以为千古人民诗人欤？”我是很同意姜注此议的。屈原没有建立和他同时代的管仲、乐毅那样的匡国济民的大功业，但他为后人留下了不朽的精神财富，其始终不渝的爱国精神和道德操守，是足可流传千古而光芒不灭的。

我们的可爱的祖国在十年动乱中，确实落得遍体鳞伤，应该承认我们丢掉了大好时光，比一些国家落后了一大截。再不能闭关锁国，关起门来吹大牛了，应该向外国好的东西学习。但我们的祖国还毕竟是可爱的，她

是诞生我们、养育我们的母亲。更何况我们祖国这艘巨轮已经冲破弥天的雾障，驶上实现四个现代化的宏伟航程。

讲《离骚》还太艰深，不如说故事。我童年时，家里养过一条狗，名叫“大老黑”。它几乎和我同龄，是我的好友。我上学，它陪着我；我放学回家，它来接我，我把书包挂在它的脖子上，它就先跑回家去。有时我到街上卖甜高粱秆，它还给我看堆。因为它如此可爱，大人们都夸它“通人性”。它长得虎头虎脑，叫起来瓮声瓮气，尤其是夜深人静时，它的叫声简直响彻半个县城。别看大老黑外貌凶悍，心地却很善良。为了它曾向几个乞丐吠叫，我狠狠教训过它几次，它居然能够“知过必改”，渐渐成了很有点风格的守门者。一次，我们全家因事锁门他去多日，把它托给邻居照管，可是待我们回来时，它已经饿得摇摇晃晃了。看我回来，它立即摇头摆尾地扑上来，我抱住它的脖子，几乎掉下泪来。从此我深深记住了一句俗话：儿不嫌母丑，狗不嫌家贫。

由《离骚》想到自己家的狗，这似乎近于对屈原的亵渎，其实，我是怀着虔敬的心情来作这个联想的。我们这些年常见的一些在政治风波中朝秦暮楚，蝇营狗苟，丧尽人格廉耻的名利之徒，实在连狗都不如。有人把这种人比作狗，狗如果也会说话，说不定会提出抗议的。

在我国知识分子中，至今继承着屈原的传统和遗风。新中国成立以来，许多在海外求学、任职的知识分子，纷纷舍弃他们已有的地位和优裕的物质生活，远涉重洋，回到祖国投入社会主义建设。十年动乱中，我们的这些可钦可敬的同胞横遭摧残、污辱，有的甚至以身殉职。可是他们仍然“虽九死其犹未悔”，至今不违其初衷，粉碎“四人帮”后又立即全身心地投入了实现四个现代化的宏伟事业。这是一种什么力量和精神？这就是屈原以来的中华民族的伟大的爱国主义精神。我们中华民族并不狭隘，向来具有为全人类做出贡献的愿望和精神，但是我们首先更热爱我们伟大的祖国，尽管她现在还很穷，还带着内伤和外伤，还有成堆成山的问题等待我们去解决。我们的祖国正因为有着无数坚贞向上的儿女在为着她的繁荣富强顽强不息地奋斗，所以她的前途无限光明，中华民族卓然特立于世界的一天，已在成为现实。

中华民族（包括她的知识分子）“拔心不死”的爱国精神永放光芒。

选自《宋振庭杂文集》，山西人民出版社，1989 年版

学问、世故、回马枪及其他

——一个老头子的日记

我们这些老家伙常聚到一块，有说有笑的。记不得是哪一天，是由什么话题，逐渐转到对这一代青年的评论上来。于是有些老头、老太太，对“四人帮”毁灭教育，使青年的文化知识水平惊人地落后，以及少数青年由于“四人帮”的影响导致的道德堕落，颇发了一顿牢骚，并伤心落泪地抒发了他们的感慨和激愤！

这时，却有一个丁文中式的老头子，把胡子一撅，大声嚷嚷开来：“哼！你们呀！都是九斤老太，看不惯八斤、七斤、六斤，只觉得一代不如一代。可是你哪里知道，他们比咱们的能耐更大，学问更高，枪法更绝呢！”

一听，老家伙们就问：“你说是啥能耐？啥学问？啥枪法？”

“啥？关系学！新世故！还有回马枪！不信，就试试，管保你们一上场就得被打趴下！”

对于大胡子这段话，我当时并未注意，只当作他对“四人帮”的激愤之词，听听也就完了。

可是，有一天，我的一个老战友的儿子陪我上了一趟街，去过商店，坐了电车，还逛了书店一带。他挺照顾我这个老家伙，还搀了我好半天。无意中，倒真的长了点新见识。这就是，我的这个小同伴跟谁都见面熟，见谁都能搭上话，都像老朋友一样，拿烟，点火，拉关系，特别会交际。更奇怪的是我和我的一个老熟人见面，还未说上几句话，他就搭上了腔，而且马上掏出小本子，记下了住址、电话号码……

在回家的路上，我们有以下一段对话：

“你啥时候学得这么会交际啊？”

“哼！哪还用学？”

“你都交了些啥人呀？”

“啥人，反正有点用的就得交呗！谁知道啥时候能用得上？”

“这是谁教你的呀？”

“哼，这还用教？

“你也用这套走后门么？”

“咳，你们这些老干部就是凿死铆。啥叫后门？啥叫前门？没熟人，光介绍信顶个屁！”（附带注一笔，因为是世交之子，他还未好意思管我叫老东西！可我却真的听他说到别的老干部时，一口一个“老家伙”！）

由于积习之故，这一天的见识，又使我一夜没睡着觉。于是放暗了灯光，坐在桌子前发呆。释迦牟尼，不是半夜起坐才悟出了道么？宋朝的理学家不是说过“万事静观皆自得么”？ 40年前见过故乡一家财主，供财神爷的样子上就挂了一副对联：“世事洞明皆学问，人情练达即文章”。怪不得，大胡子有此发现，有那么一篇新见解，敝人真是顿开茅塞，闻道甚晚了也！可是想着，想着，身上打起寒战来，心都觉得凉了！我自己问自己，这就是学问么？这就是世故么？这就是新枪法么？这可真怕死人了！于是一股莫名的哀愁，蓦地集中心头，一下子鲁迅的诗句跃然眼前：

“起燃烟卷觉心凉！”

我不吸烟，老伴又正睡着，夜正深，没有跟我说话的人，怎么办呢？想着想着，就觉得有一个声音在耳边由小到大地说起来了！

“不对！你不要只看一面，要用二分法。”

“这笔账一定要算的，这个学费不会白花的，吃一堑长一智嘛！”

“让他们见见牛鬼蛇神嘛！怕什么？密闭在罐头中，早晚要出现垮了的一代！”

“虽然这些学问是发霉的学问，这世故是棺材里的世故，这回马枪是‘四人帮’、林彪的枪法，但早点知道，可以早点消毒，早打预防针嘛！”

“对青年也不能一律打家伙，也是各走各的路。雷锋、陈景润、柳昌银不也是自己闯了新路么？”

“这一代人，心多么灵，眼多么亮，辨别是非的能力多么强！路线觉悟多么不同于上一代！”

“有些青年，由于思想单纯，缺少斗争经验，这种轻信，在革命导师马克思看来是最能原谅的缺点。”①

“你想想，毛主席逝世、为周总理悼念时的情景吧，再想想天安门前的诗抄吧！那许多青年，公开表明对“四人帮”的蔑视、鄙视和仇恨，他们不畏强暴，顽强不屈的斗争精神，诚可谓惊天地，泣鬼神！这些优秀青年，不正是无产阶级的精英，中华民族的脊梁么？从他们身上，我们可以看到我们革命事业光明的希望，伟大的未来……”

想着，听着，叨念着，觉得又像披了件衣服，身上热了起来，眼前亮了起来，心里也痛快得多了！而且耳边还仿佛传来了音乐声！什么音乐？贝多芬第九交响乐！人民交响乐！不但有钟声，而且还有大合唱呢！

1978 年 6 月 22 日夜二时

---

①马克思的女儿曾问马克思：你最能原谅的缺点是什么？马克思答：轻信。（见《回忆马克思恩格斯》，笔者在另一篇杂文中引述这句话时，由于一时手头无书，没有查对，引错了，特在这里郑重更正，并向读者致歉。）

变两代人之间的隔膜为友爱

在十年动乱的日子里，我们整个民族都受了重伤。前几天和几个同志谈论，有的说坑害了两代人，也有的说坑害了四代人，即老、中、青、少四代。其实这两种说法并无本质不同，总之，那时的成年人以及尚未走上社会的一代全都遭了难。

那些在今天看来已如噩梦般的日子里，如果概括地形容一下，就是整个社会关系都来个大颠倒，翻了一个个儿。一夜之间，真善美变成了假恶丑，而假恶丑变成了真善美。所有的社会关系、伦理关系一下子紧张起来。城乡、工农、劳动者同知识分子之间，甚至同事、师生、父子、夫妇、老少之间，彼此信任和谐的关系一下子全破坏了，甚至彼此辱骂厮打起来。当然，这都是在冠冕堂皇的“革命”或“造反有理”的名义下进行的。

痛定思痛，今天对这些确实没必要天天去咀嚼它了。但是作为老年人，我至今不能释怀的是如何教育好这一代青少年，如何使被破坏了的两代人之间的关系重新和谐、友好起来。据我观察，这远不是我一个人的隐忧，可以说是我们这一辈人的共同心事。

为了消除隔膜，就得交心，就得做朋友，就得说老实话。我得承认，这几年来，我对青少年的态度是属于摇头叹气派。每想到这个问题，心顿时沉下来，像一块铅板压在心头，压得我喘不过气来。在理智上我也知道这并不对，不应该把青年看作铁板一块。这是违背辩证法的。在现实生活中，我也确实看到过一些沉潜、冷静、刻苦、严肃的青少年，他们的所言所行让我心服口服。但是就整个形象说，我一闭眼睛就想起了一部分疯狂了似地抄家打人的“红卫兵”，想起了那些玩世不恭、信马由缰，忽而哈哈狂笑，忽而兔起鹘落的做派，想起了那些言语粗鄙、头脑空虚、文化教养低下的可怜可悲的形象……这时我的心都凉了。这股哀愁，使我比自己蹲班房、监督劳改还难受。

在沉思中，自己也有所怀疑，这样想过：我是不是已经成了九斤老太太或者十斤老爷爷？是不是因为自己已经老朽，变成阻碍青年前进的老古董？我也确实听到我的孩子和他们的同辈笑话我说：“你呀！你们这些旧脑筋、老八股、清教徒！”不料，刚刚摘去“民主派”、“走资派”的帽子之后，又弄来了三顶新帽子，岂不哀哉！

但是我依旧坚持着原来的想法。有机会时，我也力图去做些教育青年的工作。谈过话，开过座谈会，也慷慨激昂地演说过。在我发出许多热情的语言时，许多人似乎感动了，有的还报我以掌声。但我又发现，对我的话他们没有完全懂，有不少人目光还是那么空荡荡的，木然而坐，无动于衷。我的话没有产生多大效力。更可悲哀的是，在我讲话中本不该笑或根本没有笑料的地方，他们却哄堂了。我承认我不被理解了，我们之间已经存在隔膜了。更可怕的是站在街头看处决人犯的布告，那些用红笔点了头的地方，大多是20岁上下的青年。这时我常常不忍看完，赶紧挤出人群，躲进我那闭门思过的房子里去。

我的这种悲凉的心情是什么时候开始转变，或有了较大的变化呢？这主要是悼念周恩来总理。事实教训了我，使我明白了这一代虽然受了伤，但并未垮下去；虽然受过骗，但终于觉醒了（并且比我们这辈人觉醒得还早)。把青年一代看得那样消极，是错的。事实证明，希望依然在青年身上。

许多青年忧党忧国的高度觉悟和慷慨无畏的英雄气概，使我深受震动。这时又反躬自省：我们这些老一代人果真就那么完美么？拨乱反正以来，我们这一辈的多数人都在争分夺秒地工作，拼上老命争取为人民多做贡献，但也毋庸讳言，确有些人世故经验剧增，萎靡不振，只图晚年清静，僵化半僵化的思想病和冠状动脉硬化的老年症，一块在并发中。这样看来，无论对青年还是老年，偏执一端都是不应该的，两代人各有千秋。

为了理解青年人，我是渴望和他们交朋友，做知心人的，但积习难改，每当见到他们，特别是我的儿辈们，我就急于发表演说，教训一番，结果收效不大，收回来的往往是冷漠和疏远。为了解决这个苦闷，我也到一些老朋友家走走，见到的情况也大致差不多，谈起来他们的心情也都和我一样。老"民主派"们在家里都存在着"统治"危机，老头子虽然还做着空头的"元首"，可是说话不大算了；老太太境况也不大妙，虽然还有财权，管吃饭，当保姆，调节调节老头子和后辈人的矛盾冲突，其实早已不是当年的"责任内阁"，简直不过是"看守内阁"了。

这苦恼驱使我继续想办法去接近青年，不仅想办法理解他们，也想办法让他们理解我们。终于有一次收到了效果。那是一次周末闲谈，不知怎么谈到了恋爱的题目，我和老伴自然想起了我们在烽火连天的年代的那段恋爱史，谈论得兴致勃勃，这时我的孩子们和他们的同伴们都沉静下来了，那种厌倦、漠然的气氛一下子冰释了，我发觉他们都听得入了神，似乎有某种共同的感情在我们之间激荡起来。由此受到启发，我很少再发那种"倚老卖老"的教训人的议论了，而且通过平等地交谈、交心去研究他们思想成长、形成的历史，谈论对人生的态度、生活的趣味、理想、抱负等题目，从中发现，这些青年人对人生社会也在努力观察、思考，甚至还有许多新颖的见解，从此发现，过去在他们面前总是自觉不自觉地把自己摆在"诸葛亮"的地位，实在是有些欠聪明的了。

要消除两代人之间这种让人不舒服的隔膜，我以为平等地彼此对待最重要。这种变隔膜为友爱的主要责任应在老、壮年这一边。要认识到，在过去的若干年，青年人受到的灾害并不比我们蹲“牛棚”、坐班房好多少。论接受过去的经验教训，他们可能比我们更敏锐、更快些；论搞四个现代化，真正的生力军是他们。对当前流行于部分青年中的消极、颓废的东西，自然要批判、扫荡，但对他们的一切行为不加分析地摇头叹气，也不见得都有道理。比如在热恋中的男女青年手拉手走路乃至接吻之类，只要发自纯真的爱情，有何不可？一概斥为邪恶，都是可以不必的。记得十几年前我就大骂过电子琴，骂它是黄色乐器，现在听听也觉得蛮好。为什么以前跟着别人盲目地骂呢？就是因为没见过。阿Q看惯了未庄油煎大头鱼是加上半寸长的葱叶，后来看见城里人加的是切细的葱丝，就觉得是错的，可笑！但愿咱们不再犯阿Q的错误。黄瓜从哪头咬起都是黄瓜。在这类无关宏旨的问题上，还是让青年人自己做主去吧。

我们应当想想马克思是怎样对待儿辈的。仔细读读那些回忆录大有好处。马克思在假日就趴在公园的草地上当马，让孩子们骑到身上满地爬行。这种“俯首甘为孺子马”的精神，不是对我们一个很好的启发吗？我们说有些青年人忘了本，可是在民主作风、科学态度方面，我们就没有忘本的地方吗？我们违背老祖宗教训的地方还少吗？就这些方面说，打主观武断的屁股，打封建家长制作风的屁股，我们这一辈无法免责，而青年人是挨不上份的。让我们两代革命者之间的友爱感情快些增长起来吧！

青年朋友们，我爱你们！

选自《中国青年》，1980 年第一期

唯以平等待人方可谈友爱

——再谈“变两代人之间的隔膜为友爱”

真正的友爱，只能从同处于平等的地位上产生。变两代人之间的隔膜为友爱，也只能从这里开始。

不用说在现代社会中，就是在封建专制社会，在那些人格服从的等级森严中，能得到一个可称作朋友的人，也莫不以此为前提。如书上讲过的管仲鲍叔牙之事，史称“贞观之治”中的李世民，《后汉书》记载的“宽怀大度”的刘秀，都有一点平等待人的表现。当董宣杀了刘秀的姐姐湖阳公主的豪奴之后，刘秀的姐姐奇怪地说：文叔（刘秀的表字）从前可以提刀杀人，如今做了皇帝为什么反而软弱，不敢惩治董宣了（大意）。她就是不懂得这个道理才糊涂的。

文学家是最先懂得此理的。司马迁的《史记》里，朱家、郭解之交，信陵君下交朱亥、侯生，孟尝君以及战国中四公子之养士，莫不栩栩如生地跃然于纸上。贾宝玉和几个女奴之间，论关系大体差不多，但为什么唯独和晴雯之间还真有点可称为友谊的深情呢？为什么别人得不到这种友谊呢？此理无他，除了对世界的看法有些共同点外，多少是由于他们之间还有某些平等相待。

友谊可能是如价值一般，其中有等价物作为实体，隐藏在人们的交往之间。俗话说“人心换人心，五两换半斤”（这是按新秤算了），大概就来源于此。别的不知道，入城成立新中国之后，我自信和下级同志间的关系，一般的还不是猫鼠那么紧张。但回头一想，胜利以后真相知的朋友是谁？反倒有些惘然了。等到一打倒，戴“罪”发往干校劳动，我和同志之间，特别和青年同志之间，反而出现了真朋友。这固然与患难之际有关，但患难中也因地位平等了，才可谈及其他。他们叫我“老宋”、“老宋头”！我听了热乎乎的，比以前叫什么什么长舒服得多。有的甚至教育我说：“你呀！当你做大官时，我们之间不会是这样的。”这时我就想过，皇帝坐在龙廷上边，下边的人会战战兢兢地跪着，他回到后宫，老婆、奴才也一样。他是个独夫寡人。毛主席也说过，人家在那里有说有笑，你一进去就鸦雀无声了，你进去干什么嘛！

人干点什么，都是多少有点预备，取得点资格后才干的，唯独当爸爸，是毫无准备，也未预习预习就当上了。所以，当他多少知道点为父之道时，是早已犯了许多错误，吃了不少亏之后；也所以，儿子中以长子为最倒霉。为什么呢？因为这一个是试产品，要付点学费。可是当人懂得此理之时，他多半又要升级去当爷爷了。但又不把秘本真传，教教开始当爸爸的儿子。

记得一些“红卫兵”把我抓去，一块生活时，他们天真地看着我，像看怪物一样。我吃高粱米，他们奇怪；我会擦地板，洗衣服，他们也奇怪；我和他们说笑，他们也奇怪；我会缝衣服，并帮他们缝，他们更惊奇。他们问我，不是说你们大干部是特权阶级么，怎么你和我也一样呢？我当时只好说，本来是一样的，可能我官做大了，变了。说实话，这个回答也并不真实，不全对，只是在当时的情况下……

平等是得到友谊、消除隔膜的起点，但并不是全部，真的友谊还得以心换心，而且要按质论价，才可能有出之于真正的彼此了解。因此，我肯定地说，要想真正搞好两代人之间的友爱，还得做更多的工作。

叶圣陶过去曾写过一本小说集《隔膜及其他》，我是上小学时读过的，未想到这个词现在又用上了。有人也许问，当前两代人之间的问题用一个什么样的词儿来说明好呢？叫矛盾、对抗、冲突，太严肃了，过分了；叫差异、区别，又太一般了，不如说成是隔膜吧！但这隔膜之由来，还得深思！

选自《宋振庭杂文集》，山西人民出版社，1989年版

应给道德、伦理、修养等问题也落实政策

——三谈“变两代人之间的隔膜为友爱”

现在，大家都很关心变两代人之间的隔膜为友爱的问题。但有的同志怀疑说，这是不是单从进化论的眼光看问题，不是历史唯物主义的阶级论。其理由之一，是鲁迅讲过，他曾经想中国的事情要想变好，除非他同年的这一辈都死光了，到了下一代才有希望。后来，他接受了马克思列宁主义，才放弃了这个进化论的思想。但是，鲁迅在这个问题上，正是证明单以进化论解决不了两代人的问题，只有历史唯物主义才能解决，绝不是说一谈到两代人问题，就一定是进化论。

两代人问题是一个社会问题，政治性很强的问题，比如培养好中青年接班的一代人，这已经是中国问题中很大的政治问题，几乎和整个社会、国家的前途命运息息相关。这同时也是一个社会道德、伦理学问题。因为一般地称作两代人的关系，如若具体地说，其中有如父子之间，母女之间，师生之间，上下之间，师徒之间，官兵之间，等等，这些人与人之间的关系也无不直接和间接与两代人问题有关。处理好这些问题，既有政治问题，也有社会道德规范准则问题，也即伦理学的问题。

现在拨乱反正了，或继续在落实政策中，其中我想别忘了给伦理道德问题、修养问题也落实政策。

经过“四人帮”一闹，也从反面证明了：一个社会，一个国家，一个政党，任何一个单位，如果连最起码的道德准则都没有了，那也就不成其为社会了，它已经变成了脱离运行轨道的行星，其结果要坠毁在太空中。这个苦头我们吃的实在够呛了。

他们破口大骂资本主义、资产阶级，好像他们真是无产阶级，是真革命。其实，这帮家伙不如资产阶级，更不要说上升时期有进步精神的资产阶级了。比如把两代人问题从中世纪的人格服从，改变到所谓人本主义的资产阶级社会道德伦理，这就是资产阶级比封建社会的一大进步。不用多少理论，只要读点小说的人就会知道像伊凡雷帝的父子凶杀，彼得大帝的政变，奥国皇帝和皇太子鲁道夫的冲突，巴金同志的《家》、曹禺同志的《雷雨》中反映的高家、周家的糜烂了的伦理关系，都是资产阶级的民主所揭露的两代人问题。由此可见，这个问题是有其普遍的历史的必然性的。在皇宫里存在，在茅屋里也存在，在贵族之家中有，在工人农民家庭中也有，在大人物的脑子里苦恼过，在阿Q的脑子里也想过。高尔基的外祖父就几乎把小高尔基揍死，可是他的外婆却是他的挚友。这个历史的高栏，任何民族、任何国家都得从此跨过，这是无法避免的。

有的同志也许这样想，这个老掉牙的社会问题，难道我们新中国还要关心吗？难道老党员、老干部、老革命还有这么个道德伦理问题吗？这样讲不是倒退了吗？不是！社会道德伦理的观念和规范，它一经存在也是物质生活的反映，是客观的东西，你承认也罢，不承认也罢，没有解决就得补课。

别的不谈，就以我们许多同志处理在家里的两代人问题来说，现在也是大不一样的。有的家庭父子母女友爱知心，已建立起新的道德伦理关系；有的还是单纯以生活利害在维系着，一受挫折立即发生变化；有的是猫鼠关系，还有点儿紧张；还有极少数的更糟的，如杭州二熊的一家，不能不说是一个惨痛的教训。你说也怪，我们有些老同志在外边，和外人来往，还有点民主作风，但他一回家就有点道貌岸然，尤其在晚辈面前。这样的镜头，我们确是常见的！可见，这个历史的必然规律同样在捉弄着老革命。我曾问过对这个问题解决得很好的老同志，你们有什么经验，他们说：“唯一的一条，就在我和儿女们可以无话不谈，我们中间平等地交心，我们是好朋友！”

几年前，当带手字旁的一些动词，诸如“抓”、“打”、“抄”、“抢”、“揭”、“批”等等非常盛行的时候，也是大反所谓“黑修养”的年代，是连什么道德，什么修养都不许谈的，因为修养就是修正主义，就是孔老二，儒家！苦难业已教训人们，如果连做一个公民的最低的修养也全无的社会，不是人的社会，甚至也不像高级的动物群体。

选自《宋振庭杂文集》，山西人民出版社，1989 年版

复一位青年的信

郑九路同志：

《文汇报》的《社会大学》编辑同志真有本领，他们的本领之一，就是会当“社会大学”的电话总机，由于总机的电钮一开，你这封信就寄到了远在北京的我这个老头的书桌上来了。

你的信写得既热情又忧郁，这个感情你把它概括为“一个荒废了青春的老知青的一颗凄然和不死之心”。你决心要“意气风发”，决不“心安理得”，“消沉颓废”，“无所作为”。你更呼喊要“汲取知识，献身事业”。你说得非常好。我更注意你的这句话：“物质享受上的缺乏之难，莫过于精神上的空虚之苦。”（这句话有语病，姑仍其旧。）

我无法知道你更多的情况，不可能说点更切实的话和你谈心。同时，我也反感于以青年指导者的口气向你说教。因此，我的回信是一个难题，不好做呀！我能做到的只是原汤化原食，以你的信的话回答你。

第一，我读了你的信以后，不是恭维，我觉得你有思想，有热情，有表达能力，甚至可以说是有了相当的社会生活经验的人。因此，我有点保留的地方，是不同意你把自己说成为“朽木不材，庸庸无能”。不用别的证据，只就你这一纸短信的情文并茂说，你并非一个被浪费了的“老知青”，如退后四年，你去《人民日报》当总编辑，一定比那个把墨西哥读成“黑西哥”的人要强得无法比。

第二，分析地说，对你的经历应持两点论的态度，是有弯路和浪费光阴的方面，如不是现实的伤害，可能情况更好些，但即使如此，你的经历也是有意义的，希望不要低估了它。因为：“在11年的农村天地里……种过田，垦过海滩，当过炊事员，学过赤脚医生，进过社办厂，胜任过外勤工作……”最后来到大场肉类联合加工厂工作。就这一份履历表，怎么能说庸庸无能呢？不能！这11年对于一个只有33岁的人不是白白过去的，是很有好处的，不应该妄自菲薄，应该珍惜。

第三，我反复看你的信，想找到你苦闷的症结，不知对不对，我把它说得更明白一点，这就是你这个“老高中毕业生”，“打心眼里百般羡慕现在青年们的学习机会和灿烂的青春时光”，你有一种强烈的学习欲望，但由于目前的环境不允许，因而情绪不安，更由于不安而带点“满腹愁苦”并有了“抱憾终生”的悲哀。你冷静下来想一想，分析一下，是否根源在这里？心病在这里？

如我的分析没错的话，那么你确有一定的代表性，这就是老高中，老知青，有求知欲，有远大的理想和抱负，如何得到组织上的帮助。另外，像你这样的同志还应懂得：自己怎么做自己的思想工作，怎么积极地去想，积极地去干，更切实地把理想和现实结合起来。

依愚见，你还是大有作为的，出路就在于：努力自修，并上业余大学、电视大学一类学校；努力干本行，爱本行，努力做革新能手；想方设法帮助工人和领导，把工作做好；安排好家庭生活，挤时间读书，写点东西；既不悲观失望，也不东张西望。临了，我告诉你，我原来的文化程度比你低，只是初中毕业，你现在已高中毕业多年了，就文化程度说，我倒该羡慕你哩。你千万要努力驱逐干净那些过分的哀愁，诸如“花有重开日，人无再少时”、

“遗憾终生”之类，我不客气地说，这倒是可怕的陈腐滥调，它很害人。一些酗酒的小青年的酒精中毒和这些滥调中毒相互为用。

选自《宋振庭杂文集》，山西人民出版社，1989年版

让青春插上理想的翅膀

青春时代是人生最珍贵的时代。然而这个时代无论对任何人都只有一次。一个人的青春时代既可以通过勤奋的学习、工作和斗争，在革命事业中有一番作为，也可以随波逐流，平平庸庸地虚掷掉。这两种不同生活道路的最初分水岭在哪里？我以为，就在于能否树立起一个真正高尚的、远大的革命理想。

为马克思作传的梅林曾说："还在少年马克思的头脑中，就已闪现着一种火花，这种思想的全面发挥就是他在成年时期的不朽贡献。"他并热烈地赞颂："这个人在青年时代就已经是一个了不起的人：他把自己的全部身心献给了争取真理的斗争。他表现出如饥似渴的求知欲，无穷无尽的精力，无情的自我批评精神，和那种只要情感迷失方向就能压倒情感的战斗精神。"毛泽东同志也是在青少年时代就具有了不平凡的革命抱负，写出了"自信人生二百年，会当水击三千里"这样的诗句，提出"要似昆仑崩绝壁，又恰像台风扫寰宇"，决心要砸烂旧世界，创造新世界，这是何等的宏伟胸襟和气魄！毛泽东同志和老一辈革命家点起的革命星火，终于燃成燎原之势，彻底推翻了压在中国人民头上的三座大山，创建了伟大的社会主义的人民共和国，实现了青年时代的宏伟抱负。当然并不是所有的人都能够对人类社会做出像革命导师那样的贡献，但是凡是革命者都应有革命理想，没有革命理想就不是革命者。我们所有的革命者也都应该以革命导师为榜样，从青年时代起就要敢于冲破一切束缚，在认识客观规律的基础上，预见社会未来的发展，从而树立远大的革命目标，并为之终生奋斗。

谈论青年的革命理想问题，就不能不提到"文革"中反动分子的出现，在我们党和国家的历史上造成一场浩劫。一切正直的人们，无一不受其害，然而受害最深的是一代青年。十几年来，他们用许许多多假话、空话、废话、大话愚弄青年，不准认真读书，不准努力工作，不准独立思考，妄图把青年训练成无知无识的活机器，训练成文盲加流氓，以供他们驱使。在他们的教唆下，极少数青年堕落成打砸抢分子、名利之徒、刑事犯罪分子。多少革命前辈、学生家长、工农兵群众看着这种状况感到痛心疾首，愤慨莫名！但是这仅仅是问题的一面。历史的车轮是不会按照他们的如意算盘转动的。我们极其兴奋地看到，就在"四人帮"凶残到顶，实行反革命高压最严重的时刻，千百万革命青年觉醒了。在悼念敬爱的周总理那些泪雨纷飞的日子里，在首都的天安门广场，在南京的雨花台，在西安的钟楼……在全国许许多多的地方，无数革命青年以种种形式，奋起向万恶的"四人帮"发动了大规模的反击。他们书写革命诗词，发表革命演说，无情地揭露和痛斥他们乱党乱国的滔天罪恶，进一步暴露了他们假革命、反革命的真面目，加速了他们的灭亡。这些青年真正继承了"五四"精神、"一二·九"精神，真正继承了刘胡兰精神、雷锋精神。他们那种视敌人如粪土、无私无畏、大义凛然的英雄气概，诚可谓惊天地、泣鬼神。这些青年就是鲁迅说的中华民族将来的脊梁。从他们身上，我们看到了无产阶级革命事业的希望，中华民族的希望。光明的中国正向着实现四个现代化的宏伟目标胜利挺进。我们党和民族的历史又掀开了崭新的一页。我们无数革命先烈冒死以求的美好理想就要实现了，近百年来，一切志士仁人所热切盼望的强大的中国就要建成了。这是千载难逢的时代，是奋发有为的时代，是无比辉煌壮丽的时代。在这个时代，最有希望，最富有创造精神，最可以大有作为的是谁呢？毫无疑问，就是我们这一代青年。时代赋予我们理想的权力，要求我们这一代青年树立远大的革命理想，在新长征路上做出无愧于我们革命先辈，甚至超过我们革命先辈的杰出贡献。

树立远大革命理想，要想到“我”，想我在新的长征中应该起到什么作用。那个时期，不准人们谈到“我”字，好像一提“我”字，就是个人主义，其实大谬不然。没有“我”，哪里来的“我们”？这里说的“我”，是指我的义务，我的责任，我的努力，我的贡献，以天下兴亡为己任。千百万这样的“我”，在一致的革命目标下汇集起来，就是推动社会发展的动力。这不是个人主义，倒恰恰是革命的集体主义。要从我做起，敢想、敢说、敢干。这三个“敢”，敢想是基础，连想都不敢想，如何能敢说、敢干？要从封闭青年的罐头盒子里冲出来，昂首阔步，勇往直前。要敢于创新，不怕别人耻笑；要敢于斗争，不怕别人打击；要敢于走前人没有走过的路，用自己和战友们的双脚从不曾有路的地方踏出新路来。

树立远大革命理想，要继承和发扬革命先辈的光荣传统。我们今天的历史，是昨天历史的继续；今天的革命青年，是昨天的革命青年的后代，无产阶级革命精神是一脉贯通的。在民主革命时期我们有刘胡兰，在社会主义革命时期我们有雷锋，这两个光辉的名字各代表了两个革命时期无数有名和无名的青年英雄，他们是永远不会过时的典型，他们的精神是我们代代青年汲取不尽的精神财富。可是在那个时期，刘胡兰的名字不提了，雷锋精神不见了。他们妄图割断我们的革命传统，代之以他们的封建法西斯式的说教，这是十分毒辣的一招。今天我们要把这两位英雄的名字重新提出来，大力宣传，重新学习。新的长征还可能有奋斗牺牲，新的长征更需要无数无名英雄去做大量平凡的工作，我们需要刘胡兰精神和雷锋精神。我们还应该热心学习许许多多革命先烈的英雄事迹，用他们的思想和精神陶冶、武装自己，树立不怕苦、不怕死，为革命事业贡献一切的高尚情操和英雄主义。

树立远大革命理想，要充分发挥反面教材的作用。十几年来，有极少数青年堕落成了极其凶恶的反革命打手，他们为了极卑劣的个人荣华富贵的目的，廉价拍卖灵魂。只要他们的主子拿根骨头在他们眼前晃一晃，他们便像狗一样“哄”地一声扑上去，按其主子的指使去咬人、害人。他们残酷迫害革命老干部，残酷迫害工农兵和知识分子，用他人的鲜血染红自己的顶戴花翎。这些丑类，是极可珍视的反面教材。这十几年花了很大的代价啊！“四人帮”放了那么多毒，不去打扫，躲躲闪闪，不用各种形式把他们拉出来，摆在青年面前彻底消毒，我们就会在法律上犯“隐匿罪”，不充分利用他们，那也是极大的浪费。要充分利用反面教材，教育我们的后代，永远不走他们那条路。

树立远大革命理想，要给一些青年治好精神创伤。十几年来革命斗争大波起伏，异常激烈，锻炼出许多优秀青年，但也使少数意志薄弱的青年，由迷惘而消沉，由消沉而颓废。这一部分青年是最令人担心的。他们不明白，是他们还没有真正认识客观世界，没有懂得阶级斗争规律，反而认为世界欺骗了他们。他们自命把一切都“看透了”，胸无大志，苟且偷安，浑浑噩噩，得过且过，什么国家民族的前途命运，什么新长征、四个现代化的大目标，全装不进他们的肚子里。他们双睛如豆，仅仅看出三寸远，只能看到小家庭、小圈子和个人的微小得失。还有少数青年，经不起腐朽意识的引诱，专攻一种特殊的学问，叫作“关系学”或者“后门学”，点烟，倒水，微笑，鞠躬，吹牛拍马，狗窦钻营，不惜丧失人格、廉耻。我们应当清楚地看到：真正欺骗这些青年的是林彪、“四人帮”。因为林彪、“四人帮”一伙为了篡党夺权，标榜自己“一贯正确”，“一贯高举”。他们割断我们党几十年斗争的历史，否定一切，打倒一切。把革命老前辈统统打成各种走资派，各条战线上的英雄模范人物统统罪该万死，几十年不惜流血牺牲奋斗的结果成了罪人，还奋斗个啥？使得这些青年产生了“看透了”的思想。因此，这些青年应该迅速觉醒，从虚无主义、混世哲学中挣脱出来。古人曾说：“哀莫大于心死”，没有理想的人，犹如断了发条的钟，没有舵轮的船，如不及早醒悟，将会被飞速发展的时代遗弃。

树立远大革命理想，必须辨明不同阶级的不同荣辱观。什么是光荣？什么是耻辱？不同的阶级向来就有着截然不同的答案。这个问题也被搞乱了。工人阶级的英雄王铁人对我国石油工业的发展作出了杰出贡献，却说他是“既得利益者”，百般诬陷他，折磨他，妄图打倒他。相反，他们却把张铁生之流，唯利是图、唯名是争、唯权是夺的无耻之徒抬出来大肆宣扬。是非、功过、奖惩全颠倒了。我们要通过更深入的批判，使青年进一步明辨是非，决定弃取。

要树立革命的理想，就必须具备一定的社会科学知识。无论学习任何专业，从事任何职业的青年，都应该用科学的态度认真学习马克思列宁主义、毛泽东思想，掌握精神实质，不断认识历史发展的客观规律，使自己的远大理想建立在科学的基础上。要建立四个现代化的强国，我们要从事各种建设事业，为此还要学习各门类大量的自然科学知识。知识就是力量，没有大量的现代科学知识，我们就寸步难行。当前世界科学已经进入了一个新时代。从宏观世界说，人类已开始探索离地球若干亿光年的星系，从微观世界说，人类的认识已深入到原子以下的若干层次，科学门类有电子计算机、激光、新能源开发、空间探索等。要掌握这许多知识，需要我们付出多么艰巨的劳动啊！但是任何困难也吓不住有坚定理想的青年。敬爱的周总理青年时期去日本留学时写诗激励自己：“大江歌罢掉头东，邃密群科济世穷。面壁十年图破壁，难酬蹈海亦英雄。”这首名诗正好拿来做我们每个有为青年的座右铭。

光辉灿烂的 21 世纪是属于青年们的。让我们每个青年都插上远大革命理想的翅膀，翱翔于千仞高山之上，奋发向前，为建成四个现代化的伟大祖国作出更多、更大的贡献。

选自《宋振庭杂文集》，山西人民出版社，1989 年版

唯真知出大勇

千古艰难小生死

古人说，“千古艰难唯一死”，是说拼出一死是人生至难的事，其实这话是不准确的。出自各种动机，为着各样目的可拼一死的人，古今并不罕见。最难得的是，渗透人生的真正意义，视真理高于一切，把为真理而斗争当作人生第一要义，以天下兴亡为己任，把个人生死置于从属地位，必要时自觉地、坦然地献出生命。这对我们共产党人来说，也是一件至艰至难的事。所以我现在把这句古语变通两个字，写成如下一联：“千古艰难小生死，万代权衡大是非”，用以悼念为共产主义真理而牺牲的英雄——张志新同志，作为我敬献给她的挽幛。

在十年动乱中，神州大地，党内党外，究竟死了多少革命者？我不得而知。死法也不尽同。究竟有多少种，我也不得尽知。这些死难的同志，出于不得已而然，我们沉痛地悼念他们。但是像张志新同志，死得如此清楚明白，如此镇定从容，如此大义凛然，如此经天纬地，就不能不使我们所有革命的共产党人凛然警觉，矍然感奋，来认真思索一番如何做一个真正的共产党员的问题。

在那十年黑云压顶的日子里，在老中青几辈共产党人面前提出的问题以及这些问题的严峻程度，都是一致的。何弃何取，何向何背，每个人都得有个基本态度，都得表明自己的立场、观点。但是人们作出的回答却不尽是一样的。从这些回答可以看出，人和人之间，共产党员和共产党员之间的差别是何等巨大呀！除去志新烈士这样的光辉典型外，人们有过种种表现。许多同志愤慨、痛苦、犹豫、彷徨，但是保持了共产党人基本的节操；在探索追求中，采用不同形式作了不同程度的抵制、斗争。也有的被突如其来的打击、迫害吓呆了，继而意志消沉，浑浑噩噩，随波逐流。也还有一种类型，为了保存一己的身家性命，或者为了追求更大的荣华富贵，卖己求荣，卖友求荣，顺风打旗，落井下石，逢迎恶潮流，助长恶势力，干尽坏事。

人和人的精神世界的差别何以如此悬殊？

志新同志在她的“宣言”中说：“只有共产党员才能展出全部政治胸怀，因为他知道自己言行的动机、目的是革命，他懂得这一事业的磊落光明。”又在给她爱人的诀别信中说：“一个人不管是生是死，只要是为了革命就是有意义的！”“我懂得了革命，决心要为革命献出一切！”

我想，答案从这些声震金石的语言中可以查出，能够说出和写出这样话的人，不止志新同志一个，但是当真正的生死、荣辱的考验临头时，彻底实践这些语言就不容易了。共产党员同共产党员的差别，就是从这里开始的。

志新同志真正懂得了生和死的意义，始终如一，毫无折扣地实践了自己的诺言，所以她是真正的共产党员，真正的英雄！

当时志新同志有多种前途供她选择。一是为个人荣华富贵计，她可以“造反”，抢一顶“左派”帽子戴上，再混个“头头”当，那真可以堂上一呼，阶下百诺，使那些“走资派”、“保皇派”们侧目视，侧足立，何等得意、威风！然而志新同志以一个共产党员的良知，对此蔑然视之。二是她可以不言不动。她既不够“走资派”，也和所谓“叛特反”不沾边，只要不开口，完全可以避祸免灾。然而志新同志的共产党员的责任感，不允许她保持沉默。她毅然选择了第三条路，就是不妥协地抗争！这也是造反，但却是造了那些所谓“造反派”的反，这才是真正革命的正路！于是，大难临头了。

在那漫长的身陷囹圄，凌辱、折磨接踵而来的日子里，志新同志还可有一种选择，那就是服软、认输。据审讯志新同志的那些人暗示说，这样，“罪行”可以减免，家人可以团聚，前途可有“光明”。但这不正是她最蔑视的江青之流干的勾当么！志新同志斩钉截铁，昂然回答：“我没有错！”“你们以为利用上述恶劣手段、可耻勾当就可以软化革命者的意志，可以让我向错误路线投降吗？这除了说明你们手中没有真理，在真理面前束手无策，除软弱无能外，你们什么也办不到！”

谁能说那些人面畜生们没有“办法”呢？他们无穷无尽地批斗她——因为他们怕！他们收缴了她战斗的笔——因为他们怕！他们用海绵堵住她的嘴——因为他们怕！他们用刀子割断她的气管——因为他们怕！最后，他们向她射出罪恶的子弹——因为他们怕呀！当时他们掌握着全部专政工具，可是居然如此害怕一个戴着手铐脚镣的弱女子。这并不奇怪，因为他们除了兽性之外，无所凭据，而她却掌握着最终要战胜一切邪恶（包括他们这些人类渣滓）的马克思主义真理！

“真的猛士，敢于直面惨淡的人生，敢于正视淋漓的鲜血。这是怎样的哀痛者和幸福者？”

这是鲁迅先生在1926年为纪念倒在段祺瑞执政府门前的刘和珍烈士写下的一段话，现在用来悼念志新烈士同样恰切。

志新同志说：“我懂得了革命。”对一切革命者来说，最难的就是这个——懂得！

唯真知出大勇。志新同志是真知者，大勇者。

革命需要强者

十年前，当我们对许多重大问题将信将疑、半明半暗时，志新同志经过学习和思考，已经判断清楚了；当我们许多人还被压抑在“四人帮”的淫威之下时，志新同志已经挺身而起，开始白刃相接的战斗了。

要知道，当年的“四人帮”脚下还缭绕着“高举”、“紧跟”的五彩祥云；头上还放着“左派”、“接班人”之类的几缕毫光；他们的恶仆们每天都把“革命”、“革革命”、“革革革命”之类的传单铺天盖地地撒下来。人们大动得“大罪”，小动得“小咎”，不动也可能有横祸从天外飞来。正是在人们连大气都不敢出的时候，志新烈士像一道光亮的闪电划破黑夜的长空，照出了那些恶魔鬼蜮的嘴脸，向他们宣告：共产党人不可辱，人民不可欺，马克思列宁主义、毛泽东思想的光芒不可泯灭！

志新同志说：“要敢于正视真理，不管真理使人多么痛苦！”是的，谁也不要期望一旦坚持了真理，马上就有无数鲜花向你涌来，无数人群向你欢呼。常常不是这样，倒是相反。哥白尼说地球绕着太阳转，结果被教会压迫终生，抑郁而死；布鲁诺坚持哥白尼的学说，结果被烧死在火刑柱上；秋瑾坚持革命真理，被斩于古轩亭口；江竹筠坚持革命真理，被杀于歌乐山下；刘胡兰坚持革命真理，被敌人铡下头颅。志新烈士是她们光辉的后继者。

我们是志新烈士的后继者，我们应该怎么办？志新烈士给我们留下了这样的格言：

“想要革命吗？你就应当是强者！”

是的，革命需要的永远是强者。

粉碎“四人帮”后，党中央领导我们开始实现四个现代化的新长征。这是全党、全国人民的大愿，也是志新同志的遗愿。她在牺牲前还念念不忘：“使党更能坚强地、团结一致地领导全国人民战胜一穷二白，更迅速地建设社会主义、实现共产主义。”

可是有那么几个人，从右边钻了出来，说话了：马克思列宁主义、毛泽东思想不灵了呀，共产党并不英明呀，社会主义并不优越呀，无产阶级专政要不得呀，等等，甚至说，“宁当资本主义的奴隶，不当社会主义的主人”。这类人中，有的可能原来就是我们的敌对者，更有不少是前几年叫嚷得最响的“响当当的造反派”！这类人如果继续不明大义，不幡然悔悟，那可真要成为他们自许的“奴隶”，或者如鲁迅斥责的“万劫不复的奴才”！志新烈士如果死而有知，一定会用手指着他们说：“这是蛆虫！”

还有那么几个人，从“左”边钻了出来，说话了：你们这是搞“自由化”呀，是“砍旗”呀，是搞“修正主义”呀！好家伙，似乎已被封闭的“四人帮”的“帽子工厂”还有存货没售完，被他们几位清仓查库，抖落了出来。这些人很可疑，有的可能就是“四人帮”的帮派中人。志新烈士如果死而有知，定会大声斥骂：你们还没有绝种吗？！你们扮演的角色，和造下的罪恶难道还嫌不足么！

我们所有共产党人都应当成为志新同志那样的强者，应当像志新同志那样为捍卫党的原则和革命利益而斗争。党中央提出的坚持社会主义道路，坚持无产阶级专政，坚持党的领导，坚持马克思列宁主义、毛泽东思想，就是我们的原则。任何共产党员都不应该离开这些基本原则忽左忽右，忽东忽西。离开这些基本原则，我们就有可能重新陷入灾难中，那我们就无颜以对全国人民，无颜以对无数革命先辈，无颜以对志新烈士。

为着实现四化，思想必须继续解放。志新同志是解放思想的先驱者。我们现在提出的许多问题，志新同志早在十年前就提出并思考过了。她的态度是：

“只有在斗争的征途中无所畏惧，才能在追求真理的过程中把自己雕塑成器。前提和目的只有一个，捍卫党的原则和革命的利益。这就是我要走的道路。”

志新同志走过的道路，也正是我们应该继续走下去的道路。

榜样的力量

火，可以给暗夜中的人们带来光明，给寒冷中的人们带来温暖，可是一切毒蛇猛兽、魑魅魍魉都远远躲开它。

志新烈士就是这样的光焰四射的火炬。

“四人帮”及其爪牙们怕她，野蛮地杀害了她。今天如果仍有“四人帮”的余孽儿孙在，他们重睹烈士昂然不屈的形象，看到她在人民群众中引起的巨大回响，定会掩面向阳，瑟瑟发抖吧。

这正是我们宣传志新烈士的强大革命威力。她可以震慑那些贼心不死的鬼魅，更可以激励一切革命者继往开来，勇猛奋进。

十年动乱之后，痛定思痛，一些共同的忧虑在大家心头凝聚，这就是怎样恢复和发扬我们的党性？怎样恢复和发扬我们党的优良传统和作风？怎样使一部分灰心了的同志重新振奋起革命精神？怎样教育和冶炼我们大批增加的新党员？怎样使全民族的向上精神发扬起来，形成万马奔腾搞四化的局面？特别是人们在和僵化、半僵化的思想碰了几个回合之后，更不能不想到这一切。

志新烈士事迹的发表，像一道强烈的光束射到这个疑团上，使人们得到启示，看到光明，充满了乐观和希望。

志新同志就是鲁迅先生多次赞颂过的中华民族的脊梁。

有人设问：像志新同志这样的人，在我们的党员中有10万、20万、100万，那该多好啊！在高级干部中有50个、100个、1000个，那该多好啊！

这个设想很好。这样的人越多，我们的党就越纯洁，越坚强，越不可战胜。但是，如果我们每个人都首先从自己要求起，事情就更好了。志新同志就是首先从自己要求起的，她提出过这样的问题：

“有朝一日被阶级弟兄质问：‘供你们念这么多书，享有这么优越的条件，为什么没发现问题，见到了又置之不问，好像与自己无关。你们是谁的干部？是什么党员？难道你们光会吃饭？！’”

志新同志拚出自己的鲜血和生命，对自己提出的问题答了满分。现在该轮到问我们了。

许多老干部，包括我自己，应该扪心自问，你党龄比志新同志长，受党的教育比她多，地位比她高，人民给的待遇比她优厚，为什么我们做到的远远赶不上张志新同志？想到这里不应该赧然自愧，涔涔汗下吗？如果真的动了心，从志新烈士身上汲取了教训，那就从此再不该计较名利地位了，再不该搞特权一类的东西了，要想到和人民群众的距离拉得越来越大，后果将多么可怕！要在有限的在世之年，像烈士那样待人律己，通过刻苦学习，更多更深地知道一些大是大非，要活得清楚明白，干得清楚明白，在见马克思前，为人民做更多好事。

中年、青年同志也应该扪心自问，我们的经历和志新同志大致相同，可是精神境界为什么存在很大差距？学习烈士，仅仅赞叹一番是不够的。中青年同志是我们事业的中坚，党和人民对我们寄托着厚望。如果有志做志新同志那样纯粹的革命者，现在就应该用志新同志的精神砥砺自己，树立坚定的革命信念，不断纯洁自己的党性，摒绝一切恶劣的习俗，全身心地致力于学习和工作，以期对四个现代化的宏伟事业作出更大贡献。

烈士张志新同志的事迹的存在，对每个革命者都提出一个严峻的问号。她的光辉一生，对我们每个人都是一个不能不在其上过过秤的衡器。在这个革命的衡器面前，你不能不想一想，不能不扪心自问一番，不能不做出必要的回答。我想，我们今天宣传这个光辉的先烈，其重要意义就在这里。

志新同志离开我们已经四年多了。她临终前自豪地说：

“我感到了生命没有倒退，在向前。”

我们作为后继者，生活在志新烈士为之献身的光明中国的大地上，战斗在烈士为之献身的事业中，要切忌生命的倒退，要永远向前！

选自《宋振庭杂文集》，山西人民出版社，1989 年版

直道与枉道

张志新烈士的事迹一经发表，在社会人心中，立即激起巨大的波澜。各行各业的老中青各种人，都在纷纷议论这件事，都在深思这件事，都在努力理解这件事对我们现在和未来的深远意义。

我从这里想到了直和枉，直道和枉道，想到了共产党人的党性。

直和直道，是一切正直人的起码的道德。对共产党人来说，这就是原则性，一切按党性原则办事。直的对立面就是曲、圆、枉，也就是志新烈士说的“忽而赞成这个，忽而赞成那个，忽而主张这样，忽而赞成那样”，此之谓枉道。

人人都知道直可贵，直道得人心。对于政治家，人们也常常以他的直和枉，来肯定和否定。“大雪压青松，青松挺且直”，就是对行直道的赞誉。厉行直道的政治家，就是死了，大家也怀念他，誉之为“直声满天下”。行直道之所以可贵，就在于行直道太难。在社会生活中，行直道者常常招灾惹祸，小则坎坷跌碰，大则杀身灭族。在行直行枉、祸福立至之际，人们就分化了，不管你平日如何标榜，大限一到，无从躲避，只能接受检验，真伪忠佞，顷刻之间现出原形。

说起直和枉，其实是个老话题了。在封建社会里，地主阶级为维护其统治，也按他们的标准讲求直，反对枉。封建皇帝就用“文死谏，武死战”来训导他的文武臣工，在儿童开蒙受教起，就灌输这个原则。历史的事实证明，尽管封建统治者如此倡导，真正行直道的并不多，倒是那些行曲行枉的投机者常以各种手段占到大便宜。两汉时期，实行“举贤良方正”，可是直到汉末出了几个真正贤良方正的人物？倒是“举秀才，不知书；举孝廉，父别居；寒素清白浊如泥；高第良将怯如鸡”这样讽刺性的谣谚至今还被人们记得。南宋大倡程朱理学，一班士大夫大讲节操，甚至走路都不走小道，可是到蒙古骑兵横扫江南时，有几个人出来为国家民族效命？一个文天祥被斩于菜市口，一个陆秀夫背着小皇帝跳了海，其余多数人竖了降旗，递了降表，为新主子当奴才去了。明朝承南宋理学余绪，以科举取士，依然大讲孔孟的“成仁取义”，可是到了南明末日，士大夫们又都赶紧剃了头，换上新朝的马褂，而且是“一队夷齐下首阳”，跪伏在新主子的脚下了。

在封建社会里，行直道要被杀头，行枉道又为人所不齿，于是有人又找到了第三条道路，这就是放浪形骸、田园高卧的隐逸之道，或者称为滑头之道。这样，既可保住身家性命，又不至于挨骂难堪。从其自身计，这倒是一种极妥当的办法，可是在我们看来，这种“中间道路”还是倾向于枉的一边的。历代的所谓逸士高人，大多属于这一品种。

“四人帮”高喊两个“决裂”，喊得口干舌燥，可是人们从他们横行的十年间看到的恰是其反面。他们把封建社会许多最黑暗的东西继承下来，并加以恶性发展，把我们党的优良传统破坏殆尽，是非功过全部颠倒，大头朝下。张志新这样磊落光明的共产主义战士被杀头，张铁生这样卑鄙无耻的恶棍却当上大官。“直如弦，死道边；曲如钩，反封侯”，这个两千年前的民谣丝毫没有过时。一些人看清了这个效验，于是出现了一批“头插试风标，身装弹簧腰”的人物。这种人滑得像泥鳅，变得像吐绶鸡一样快，谁来他都行，谁输他都赢，名副其实的代代“红”。写到这里，我想起了齐白石的一首题画诗：“乌纱白扇俨然官，不倒原来泥半团。将汝忽然来打破，通身何处有心肝。”大家拿这首诗对照一下那些长乐老式的人物，你看像不像？

物极必反，两极相逢，这是颠扑不破的辩证法。人们热烈称颂某些英雄人物的高风亮节之时，大抵是在社会风气大败坏之余。因为大家看到社会受伤太重，看到那些行曲行枉的风派人物太可怕、太可恶了，所以就渴望见到献身原则的人，渴望见到与多数人同思想共命运的英雄人物。人们如此敬爱张志新，把她比作刘胡兰、江竹筠，把她的浩然正气视为真理不可泯灭的象征，道理就在这里。

党性，是共产党人最本质的特征。无产阶级的党性是最讲求直道的。富贵不能淫，贫贱不能移，威武不能屈，只有共产党人才能做到。在夺取政权的斗争中，那些敢于冲锋陷阵，有我无敌，视死如归的共产党人集中体现了共产党的党性。全国解放后，党成了执政党，有些党员还做了官，有了权，这时还能不能时时想着广大人民群众，为了捍卫党性原则不惜丢掉个人得到的一切，不是一切为了做官，而是一切为了革命，就成为衡量有无党性的第一标准。张志新烈士献出了鲜血和生命，为我们树立了鲜明的榜样。她对我们革命者是一件标准的衡器，每个人都应在这个衡器上衡量一下，对自己作出准确的估计，决定今后如何立身行世，做一个真的而不是假的共产党员和革命者。

选自《宋振庭杂文集》，山西人民出版社，1989 年版

话的分类

多年的教训，听人说话，其种类是很多的。有的是好话、真话、美话，有的是不好的话，其中又分为假话、大话、空话、套话、现话、丑话、脏话……真是活一岁见一事，年即及花甲，就见识了这么多的话的分类学问。

原来想的很天真，以为说真话最容易，你怎么看，怎么想，就怎么说呗！谁知道，正相反，属说真话难。在过去的大劫中，说真话，小则碰钉子，大则杀身灭门。不信请问问落实政策办公室，属什么案子冤、假、错的最多？说真话。

原来想的更天真，也很自负，我反正不说假话，不说违心的话。谁想也未做到，前几年不但说过不少胡话、昏话，也说过明知不对，但不说不行的违心话。管你愿意不愿意承认，这是事实。所以，我写这篇文章时，如不先交代这一点，这篇文章自身也不算全是真话。

大概人的聪明表现之一，在于很早就发现了一个世故法则，这法则就是“两害相权取其轻”。比如全说真话太危险，全说假话太难堪，于是出现了“第三条路线”，说些不真不假、真真假假、半真半假、亦真亦假的话。于是就有了话的分类学中的新品种，这就是套话、现话、不死不活的话、谁也不得罪的话。那办法也很高明，即除了谈恋爱、写情书以外（注：也有例外，待查），全由他人代劳。反正话是讲了，但观点材料、语句全是别人的。后来，果然有用，既稳当又保险，个人安全，笔杆子生意兴隆。这样的领导干部我是很熟悉的。他们从不多说话或者从不说一句新鲜话，尽管风云变幻，头顶却总是完好无损。

现在，我们常去开追悼会，平反会，给谁平反呢？追悼呢？不少是说真话的好榜样！彭德怀、张闻天、张志新等等。

现在，进行真理补课，补什么课呢？给真话补课，给实事求是补课，给痛苦而平凡的真理补课，给党性补课。

为了要讲真话、言行一致，我们党、我们的民族、我们9亿人口，倒了一场大霉，吃了莫大的苦头。党的十一届五中全会公布了12条准则，其中第五条就讲的是这个。这一条共有6段，不到800字，可是概括了多少往事，多少实例，多少人，多少表演，多少学问，多少痛心的教训！

今天，对于这一段特殊的历史、特殊环境下所经历的事，党和人民是宽宏大量的，一般的不算账了，只要求全党写一个新的若干历史问题的结论。但对每个人，每个党员、干部来说，却有义务也有必要写写关于自己言行的“若干历史决议”，其中应列入的一条是：

“我说了多少假话？”

前事不忘，后事之师，这才是真正的向前看！

选自《宋振庭杂文集》，山西人民出版社，1989年版

“头朝下”

外国俗话说：上帝要让谁灭亡，先使他发狂。“四人帮”是一伙两眼血丝通红的复辟狂，在他们眼里，我们这个世界是全部颠倒的。正像先前戏台上丑角曾念过的一段数板一样：“东西街，南北走，十字路口人咬狗，拿起狗，砍砖头，反被砖头咬了手。”

在“四人帮”的词典里，和我们普通人不同，我们叫作黑的，他们正好叫作白，我们叫作对的，他们一定说不对。什么无产阶级和资产阶级，马克思主义和修正主义，也全被颠倒过来了。

革命不是个好名词么？但“四人帮”说，“不行”！这不彻底，得革革命，昨天你是革命动力，今天你就正好是对象。这就叫“彻底革命”。彻底到正好头朝下，敌我调个过儿。

政治不是得落实到实际行动上么？物质不是决定精神么？生产力不是决定生产关系么？不！在“四人帮”那里，正好调过来，思想落实到思想上，政治落实到政治上，生产关系决定生产力，上层建筑决定经济基础，精神决定物质，天才决定世界。他们所谓的“造反”，就是把一切翻过来，女人应该打倒男人，青年人得打倒中年人和老年人，工人打倒科学家，学生打倒老师，儿子一天得把老子娘打三遍才造反彻了底。你若说这不是乱了套么？对啊！越乱越好，不乱哪能革命！“四人帮”不但这样说，也这样干，就是要乱思想，乱理论，乱政治，乱经济，乱文化，乱法制，乱道德风气。总之，一切都得乱，越乱越好，一切都得头朝下，脚朝天。

实践不是检验真理的唯一标准么？不！要用本本来检验真理。本本上“句句是真理”，岂能受实践检验？比如，一切真理不是都具有相对性和绝对性的辩证关系么？不！只有绝对性，没有相对性，“顶峰”，而且这一切还是在打着“高举”的旗帜进行的哩！

我们一些同志，有过一段头上戴帽子、时时挨棍子的经历，照理说应该清醒一点，但不知为什么，也有些眼花了，看事物影像有点不清楚了，或者也有点头朝下脚朝天，物影倒立，是非颠倒，所以也说了一些让人吃惊的胡话。对一些本来是马克思列宁主义、毛泽东思想的ABC，也闹不清了。这是实实在在的不幸的事实。

清代的李汝珍写了一部《镜花缘》，他异想天开写了一些海外奇谈，在那些君子国、女儿国、长人国、小人国里都发生了颠倒怪诞的事情，如那个须眉男子林之洋就被当女人看待，被缠了脚。但我们当年看《镜花缘》时，何曾想得到，我们也会再经历一次林之洋的命运，而且这场灾害是如此之重，以至于我们今天和今后相当长的时间里，还得花很大的力气，才能把被颠倒了的东西重新摆正。

什么是拨乱反正？首先就得把事实的本相摆端正。从此别再头朝下，拿大顶。这是起码的第一步。

选自《宋振庭杂文集》，山西人民出版社，1989年版

王明与“四人帮”

中国人喜好对联，因为它上下两联对仗工整，语言凝练隽永，好读好记，便于做人们立身行世的格言，这是中国文学独有的特点。外国文学也有这种形式，但无论如何不及我们这里的发达。

天下事无独有偶，事情总是成双成对。不仅这样，同样的历史现象往往要出现两次，或两次以上，这也是挺有意思的哲理。不过马克思在《路易·波拿巴的雾月十八日》中谈到这点时，提醒人们注意，如果说第一次出现的是悲剧，第二次则往往是喜剧。绝对的重复是不会的。

中国无产阶级领导的革命，是发生在我们这个星球上的最大的革命之一，现在快到60年了。60年，前30年是夺取全国政权，后30年是建设社会主义。60年来威武雄壮、轰轰烈烈，真是一幅绚丽多彩的历史画卷。这里有成功也有失败，有胜利也有挫折，有正面也有反衬。学到的东西多，付出的学费也多；成功大，付出的代价也大。这是定理、无法避免。毛泽东同志在第二个30年开始之际，曾慨叹地说（大意），希望今后的建设，遭到的损失，花的代价，犯的错误能比前28年少一些才好。现在他老人家离开我们了，但他这一语重心长的警告又不幸言中了。事实业已证明，这后一联不比前一联付出的代价小，而且可以说教训更痛切。至今言之，可谓是痛定思痛。

如果在一篇短文里不想把话扯得太远，可单看看一对活宝贝，对人们也是很有益处的。这对活宝贝就是中国人民、中国共产党的死对头、活灾星——王明和“四人帮”。马克思列宁主义、毛泽东思想有个独特的、浩大的气魄，就是敢于正视自己的敌人，并且公开提出向这些反面教员学习的口号。在中国革命的上一联里，我们向蒋介石学习过，也向王明学习过，在下一联里又向林彪、“四人帮”学习了。可是列宁又说过，“学习，学习，再学习”，那么是否可以把这一对活宝贝——王明和“四人帮”放到一块再来学习一下？

只要稍稍排比联想一下，就很能发人深思，能让我们想明白点东西。我看仅就顶显眼的地方看去，至少有如下一些异同。

首先说异的地方，王明原来还是革命阵营内部的一个极左派，后来成了叛徒、卖国贼，当他以极左路线害人时还是个路线问题；而“四人帮”本来就是反革命，他们以极左路线害人则是成心要夺权，要害你。其次这两个集团所处的历史环境不一样，采取的手法也不能一样，王明出现在革命胜利之前，他可以公开排斥打击毛泽东同志，可以公开否定毛泽东思想；而“四人帮”是出现在革命胜利之后，毛泽东同志和毛泽东思想在全党全国享有着崇高的威望，所以“四人帮”采取的手法更狡猾、更卑鄙。他们表面上最拥护毛泽东同志和毛泽东思想，甚至以当然接班人自居，可暗地里却歪曲、阉割毛泽东思想，篡改党的方针政策，把革命事业引向邪路。马克思和恩格斯在批判那些别有用心的假信徒实为阴谋家时，曾引了海涅的两句话说：“我播下的龙种，收获的却是跳蚤。”“四人帮”恰好就是这样的四只跳蚤或一窝跳蚤。

然而殊途同归，这两次极左路线都是害人不浅。害到什么程度？前者使苏区损失 90%，白区损失 100%，后者把整个国家推到了崩溃的边缘。

两者都以“左”的面目出现，“左”得出奇，“左”得上了天，“左”到发昏。两者都打着“革命”的旗号不断反右，本来已经犯了“左”的错误，还要把极左当成极右来反，一直反到不可收拾，最后和他们的路线一块垮台。两者都制造迷信教条，煽动起一种政治狂热，利用青年纯真的革命热情，俘虏党内那些革命意志薄弱的人，向全党搞突然袭击。毛泽东同志称王明是小资产阶级的总司令；“四人帮”也自称是左派领袖，江青就以“旗手”自命；他们使用的全是三大武器：思想上的主观唯心主义，组织上的帮派主义，文风上的党八股、帮八股；两者都是要打倒一切，圈子小而又小，党内有党，派内又出派；两者为害时间都不短，一上台就搞得人仰马翻，使你吃尽苦头倒透霉，然后才被赶下台。说到这里，我们想起毛泽东同志的一句断言：想搞垮我们这个党是不容易的。尽管我们这个党经过三灾八难，但她最终彻底战胜一切侵入她的肌体的毒菌，巍然存在于中国的大地上；而那些野心家、阴谋家在演完他们的丑剧后，总是不得不爬进他们应该进去的坟墓。

除了以上这些共同点外，还有一些共同点，也值得深思。

第一，中国共产党人正是在和这两个敌人的斗争中觉悟和清醒起来，提高了理论水平，进一步懂得了实践是检验真理的唯一标准。

第二，中国共产党人正是在总结这两次大教训中，整了风，迎来了更大的胜利。第一次迎来了一个新中国；第二次，即现在，迎来了四个现代化建设的新高潮。

第三，既然花费了那么大的代价才请来这两个反面教员，那就千万不能放过“受教”的机会，不能白请了先生，白花了学费。前事不忘，后事之师，温故而知新，不能好了伤疤忘了疼。

以上说的这一些，其实还是漫画式的大笔道，值得深思的还不只是这些，这篇短文无法都谈到，而且有些材料不齐，条件不具备，一下子难以过细地总结出来。但是大家都在想，都在深思，在寻求答案，这就是在我们党的历史上这两伙人是怎样出现的，为什么一而再地重复出现，为什么两次极左路线为害都这样严重，为什么觉悟起来又那么难，其根源究竟在哪里？现在历史要为这些敌人写下判词，但这个判词怎么写更科学、更准确、更让人信服，还要深入研究，要做得更细致些。

历史是无情的，有时嘲讽而戏谑，有时严肃而端庄。读历史有如摩挲古碑，常常令人感慨。后之视今，犹今之视昔也。正好我的书架上并排放着两本书，一本是邓拓同志的《燕山夜话》，一本是姚文痞的《评三家村》，这就使我想到了历史的嘲讽和戏谑的一面。读过几篇《燕山夜话》后，偶然翻开《评三家村》，但见扉页上不知什么时候什么人写下这样两句杜诗：

尔曹身与名俱灭，
不废江河万古流。

选自《讴歌与挥斥》，天津人民出版社，1980 年版

写文章、讲话都得交心

在“四害”横行期间，在一些领导干部中流行着一种很不好的作风，就是讲话、写文章不交心。粉碎“四人帮”后，这个流毒尚没有完全去根，积习未断，谬种流传，看来还得下大决心改。

比如，不管在什么会上讲话，都得秀才给写稿，大小首长常常不亲自动手，只是拿起秀才写的材料照念一遍，就算完事大吉。领导者成了把书面文字转化成讲话声音的机器，岂不可怜？

再如，不管是讲话还是写文章，都得“穿靴戴帽”，一套“帮”式文风，老鸦腔调，既无内容，又无逻辑，有时“帽子”和“棍子”却凶得很，不仅假而空，甚至挟带一股恶霸气势。这种文章和讲话，岂不令人讨厌、憎恶？

又如，国际形势怎样，国内形势怎样，涉及政策性的问题，该怎么办，不该怎么办，总该经常给大家讲讲吧？不！领导不作时事报告，不讲形势与任务，此事已经多年不干了。这岂不让大家失望？

“四人帮”把持新闻阵地期间，报上满纸假话、空话、大话、废话，大家溜一眼就扔到一边去，不看。打开收音机，充耳的还是这类陈腔滥调，只好关上电钮，不听。有时还要开这类“八股”式的会议，人家不愿意参加，硬着头皮也得参加，于是到场就给你打瞌睡，再不就乱哄哄。主持会的人只好三番五次地出来喊：“大家静一静，再有五分钟就完了！”然而，过不了一分钟，又哄哄起来，直至散会为止。

这是为什么呢？道理很简单，就因为你的话是从嘴皮上念出来的，不是从内心里吐出来的，你开会讲话、写文章不交心，引不起群众的共鸣，人家就不愿听，不愿看！

革命导师马克思、恩格斯、列宁、斯大林、毛泽东的著作为什么有那么巨大的威力？除了博大精深的革命道理外，他们总是和读者处在平等的地位，谆谆教诲，深入浅出，循循善诱，所以导师们的话，犹如春雨甘露，点点滴滴渗入读者的心田。鲁迅的著作令人百读不厌，不仅使人领受多方面的教益，甚至是一种最美好的精神享受，为什么？毛泽东一语道破：鲁迅的文章所以好，就因为他和读者是交心的。

我们有些领导者的讲话和文章，同听众、读者间隔着一堵墙，讲者无心，听者无意，隔靴搔痒，流于形式，浪费时间，徒劳无益。马克思主义道理你不懂，语法、修辞、逻辑又不讲究，业务知识更可怜，就靠脸皮厚，硬是板起面孔教训人，谁买你的账？毛主席对“党八股”有过尖锐的批评，说它颠来倒去，总是那几个名词，语言无味，面目可憎，活像个瘪三。而且只是瘪三，倒也罢了，还带着些恶霸的蛮横。现在这个时期已经结束了，但“瘪三”的幽灵仍在游荡，我们应该对它来一次扫荡，像搞爱国卫生运动一样。

解决问题的办法，说来简单，但也不易，就是立足于学习。学习什么？首先要学习马列著作和毛主席著作，好好学习党中央的指示，多懂一些马克思列宁主义的道理。同时，还要尽可能地学一点哲学、历史、文学，乃至自然科学的知识，学点语法、修辞、逻辑学的知识，学习群众的生动活泼、尖锐泼辣的语言。不然总是由秘书代劳，按照达尔文主义用进废退的学说，你那个脑袋不就要退化，乃至僵死吗？你那两只手不也得退化吗？宋人有一句诗说：“问渠哪得清如许，为有源头活水来。”使你头脑清醒的“源头活水”就是学习。不仅向书本学习，也要在实践中学习。通过这样的学习，使你的头脑充实起来，写起文章，讲起话来，就可以奔流直泻，引人入胜，用不着一再喊“静一静”了。如果这些你都做不到，还有个简单的要求，就是你说实话，这行不行？别说或少说废话、空话，这是最低的不能再低的要求了。当然，做到这些是有些难处，不像“照本宣科”，甚至连空白处的“接下页”都念了省事。可是为了扫荡“帮八股”，这个功夫是非下不可的。不然你那个领导当得有啥味道呢？

选自《宋振庭杂文集》，山西人民出版社，1989年版

提倡可以，训人不行

现在，又有人出来训斥人说，让作家写熟悉的生活，就是“背叛工农兵”，“背离四个现代化”，“没良心”。对他看不惯的文艺给以“向后看”、“伤痕文艺”、“暴露主义”等等的大帽子，对于这些似曾相识的老调，笔者是有点发言权的。这发言权不是别的，就是我也曾说过类似的胡话，也曾这样训过人，而且还自认为挺正确，不自以为非。但现在可越想越不对劲！因而，有点小小体会，这体会就是本文的题目，“提倡可以，训人不行”。

你热心于提倡的东西，你可以提倡，有权利提倡，如果你又是个有责任的工作人员，（如笔者就干过28年省委宣传部部长，当然包括关起来的时间在内）你可以发点号召，更可以按党的政策，做些切实的组织工作。你反对的东西，看不惯的东西，可以调查研究，也可以发表意见，但对文艺创作这个行业，你作批评时可得讲理，有分析，有事实，以事实服人，以理服人，你还得有胆量有精神准备容许人家反批评，甚至也训你一顿。这一点我就未能做到，我曾经干过一提倡就绝对得很，好话说过头，一批评就狠命训人，棍棒交加，但办错事，常常忘记，办好事，却念念不忘。

我这点小见识，很辛酸，不是什么好经验，但现在倒很愿意公诸报端，借此机会来个坦白的表态，并且声明：这是自愿承认，并非他人强迫。

为什么是这样呢？因为党章宪法如此，政策如此，文艺这个事情的客观规律如此，痛苦的教训如此，历史检验的结论如此，别人的教训也和我的一样。我看与我同病该做如是观的人还该有一些人。

你既然是这样热心向前看，主张大家都为四个现代化创作，你可多出主意，多提倡，并带头干，批评也行，但打棍子可得禁止，与我有此同病的同志，我的这个药方，能否作他山之石，为君起疴？

“我讲了，我拯救了我的灵魂”，这是《哥达纲领批判》的结句。

选自《宋振庭杂文集》，山西人民出版社，1989年版

做官还是做事？

“文革”时期，一些老同志被长期打击排斥，流散各地，现在又回到自己的工作岗位上来了。群众欢迎，自己也焕发了青春，这是一件大好事。但是，当重新工作的时候，尤其是其中不少同志已到了晚年，今后一段有限的时光怎么开支，怎么干，是应该好好想想的。

在这里，有两种态度可供选择，一是做官，保住这个官，别再丢了；一是做事，争分夺秒地为党工作。采取前者，是增加了世故，胆子更小了，顾虑更多了，学得更圆滑了，办事更拖拉了，说话表态更模棱两可了，见困难绕得更远了，见坏人更怕了。如果采取后者，那就想得更开了，悟得更透了，敢说，敢干，敢负责，敢碰大老难，敢捅马蜂窝，敢于办棘手难办的事，豁得出这条老命，也要保住无产阶级的江山。

一般地说，“谁让你自己志愿当共产党员”，特殊地说，“谁让你是个老党员来的”。共产党员连死都不怕，别的还怕啥？什么官呀，名呀，位呀，生活条件呀，等等，等等，这些东西又有啥了不起，值得那么留恋？想想我们自己一生的经历，想想多少先烈、多少老相识早已做了古人，咱们这些后到马克思那里去报到的人，又有什么理由不抓紧这大好时光、有限的余生，在自己的晚年，为党、为恢复党性多做些贡献，给壮年和青年的接班人做个好榜样。还有什么值得自己这么小心小胆、蹑手蹑脚地混日子，去保官保位，再搞那么多的新旧世故！

当然，要做事，尤其在积怨如山、积重难返、百事待举的今天，并不那么容易。真想办点事就得斗争，要斗争就要得罪人，尤其要和那些头上长角、浑身长刺的“震派”人物碰碰，帽子、棍子还会来，有些现成的话正等着你，这是意料中的事。但是“曾经沧海难为水，除却巫山不是云”，管他九妖十八变，你反正全经过、见过了。不就是要别的没有，要命有一条，他又岂奈我何！何况请看今日的域中竟是谁家的天下？

除了不怕之外，还得深入群众，多走走，多看看，多谈谈，多听听不同的意见。该办的事要提高效率，别再踢皮球，别搞公文旅行、办公游戏，此风不可再长，此事不可再为。比如落实知识分子政策，落实党的各项政策，都得身自躬亲去到群众中做过细的工作。何况这几年，你“五七”战士当过，插队下乡干过，老百姓做过，顾问当过，苦处、难处，你也知道呀！不要好了疮疤忘了疼。人又做官了，脾气又长了！和群众又远了，朋友又少了！如果多记住这一段不平凡的经历，在晚年的余生中，在“四人帮”想整死你，你没有死，幸而活过来的今天，多做些事，给党、给人民多做些好事、要紧的事，这不比啥都要紧么！比如，你现在又管了一个县，一个地区，一个局，一个部门，一条战线，一大片事业，从你重新上任起，你管的工作一年上不去，两年还上不去，没多打粮，工作也无大变，等到第三年，你这个官当得有啥味道？还有何脸面再当下去！想想这些能睡得安稳吗？还能再浪费一点点有限的时光吗？

当然，上边的话是说给老家伙听的。可是，对于壮年、青年，这些话一点也不算白说，只不过你们得更多抢重担子挑，更严格要求自己，因为昨天的事老家伙负责，今天的事老中青一块负责，至于明天的事，就交给你们啦，你又该怎么接这个班呀？

选自《宋振庭杂文集》，山西人民出版社，1989年版

母子·爱人·师生

——从《师说》说开来

自以为是五百年才出来的孟子的道统正派、被苏轼称为“文起八代之衰”的韩愈，在谈到老师和学生的关系时，倒蛮有点科学态度。他说：“弟子不必不如师，师不必贤于弟子。”这话，现在说也仍不失为正理。但唐以后的宋儒，在这点上就迂腐得很。到了南宋，更把“天、地、君、亲、师”排在一起，将教师地位与上天玉皇、人间至尊并列。好家伙，从此以后，师道又染上了人格服从的坏习气。当然，这坏习气后来也遭到了报应，等到明成祖朱棣的“靖难”之役，夺取皇位时，把建文帝的老师方孝孺全家杀光。现在到南京旅游的人，不知道还能不能看到方孝孺的“灭十族处”。这就因为争师道之尊争到了如灭九族一般的后果。

按人的社会关系说，我看当老师的很伟大。因此，一提起此事来就想为老师们鸣鸣不平。比如，文学、艺术、诗歌，歌颂师生的美好关系的作品的确不少。特别是我每次读到鲁迅先生回忆藤野教师、纪念章太炎先生的文章时，感到亲切熨帖，回肠九转。但比起写和表现男女爱情，写母子之情的就差远了。

或曰：“你这不是瞎说吗？师生怎么能和母子、爱人相比呢。”

我说：“这并不是瞎说。试问：母子的情深，固然是人间第一，但岂止人间？就是兽间也不例外！“知否兴风狂啸者，回眸时看小於菟”，不信，你到动物园去看看老虎的母子的关系就明白了。至于爱人呢，那更有两性的作用，有动物的生物遗传本能在起作用。恩格斯说爱情是以性爱做轴心的。这也不用多说明的。可是师生呢？这纯粹是后天的关系，既不像皇帝老子仗着刀枪武力压在头上，也没有生物的传宗接代的必然规律可作依赖，当老师纯粹是尽社会义务，他们的行为正和社会公职一样，是为社会的连续性和向前发展尽的职能。如咏老师的诗所说：“你和蜡烛一样照亮了别人，毁掉了自己。”

我们为什么从一个本来重师道、讲师生情谊的国家，一变而成为有一阵子非打老师不可，学生如不打老师就不足以表现革命的彻底性？干这事的人是社会的罪人。宋儒以来把正常的师道加以神化，加上人格的依从，为旧社会服务，这是一害。当前在党风和社会风气的根本好转中，一定要摆正师生关系。愿师生之间开一代新风，为高度文明、高度民主的社会主义新中国而献身献力！

我希望打老师的勇士们多想想我上面这个比喻！别的我不想多说了。因为过于激愤的情感，再说气话，可能说出不文明的粗话来！

选自《宋振庭杂文集》，山西人民出版社，1989 年版

我和书

《书林》杂志应运而生了。这“运”就是发展着的大好形势。提倡多读书，读好书，使之蔚然成为风气，从而使社会风气健康起来，活跃起来，在当前实在大有必要。

我也是一个愿意买书，喜欢看书的人。或者夸张点说，也算是一个“书迷”，虽然常常是东驰西骛，顾此失彼，不专不深，至今仍无成绩可言。

从认识一些字起，我就喜欢乱翻书，什么《古文观止》、《唐诗三百首》之类，只要到手，就乱翻它一通。这样也有好处，就是它使我多认了不少字，还杂七杂八地记住一点“古典”。自然，关于人生社会的大道理，那时脑袋里还是一锅粥。当时家境虽窘，但哥哥姐姐都是读过一些书的，柜顶、炕上、地下到处有书，反正没人管我，可任我乱翻。这样，渐渐地连“子曰学而时习之”呀，“大学之道在明明德”呀，“关关雎鸠，在河之洲”呀，等等，也能背出若干了。啥意思呢？似懂非懂。脑袋里还是一锅粥。

这时，我的家乡东北已经沦陷在日本军阀的铁蹄之下了。15 岁那年随着哥哥含悲忍痛离开了父母和我那山清水秀的家乡——延边，来到了当时的北平。干啥呢？每天放学后，匆匆地把老师布置的作业对付完，还是干我的老营生：如饥似渴地乱翻书。

渐渐在至亲好友中，发现了一类我从来没听说过的书籍，这就是《共产党宣言》、《国家与革命》等，可包皮上却赫然写着：《荡寇志》、《精忠说岳》、《文史通义》之类。越是神秘，就越引起要看的兴趣。书里说些啥？弄不明白。对于作者是什么人，也说不清。记得当时还有个笑话，说俄国革命有三个领袖：弗拉基米尔和伊里奇，还有列宁。但这时知道了有个词儿，叫“革命”。革命干啥？能让天下穷人都吃饱穿暖，过好日子。当时理解的仅此而已。然而这就足使当时我那样的少年心向往之了。后来读书范围又扩大了，到处搜求高尔基、鲁迅的著作。《铁流》、《毁灭》等书一看再看，可是最喜欢的却是巴金等人的小说（后来明白，他们的著作最易引起小资产阶级知识分子的共鸣）。巴金的《灭亡》写了个叫杜大心的革命者，这个人物实在使我羡慕不止，我曾俨然以杜大心自命，记得1936年我投在《北平新报》副刊上的几篇小文章，署的就是大心、心可、大可等笔名。而这时我已经是个中华民族解放先锋队的干部了。

1937年，也就是七七事变爆发的那一年，我和几个民先队的同学，偷偷离开北平，辗转流徙，奔向延安，入了抗大。当时是17岁。认真读马列的书，真正懂些革命道理，是从此开始的。

全国解放后，我就侧身到文教宣传工作者的行列中来了。按我原有的“文化水平”说，实在不够格。怎么办？考上自修大学。从此与书进一步结下了不解之缘。

在社会科学理论中，最先爱上了哲学，后来又学经济学，再后又读历史。先是啃大部头，后来就杂学旁收起来，连杂文、笔记、诗词乃至碑帖、书画，都搜罗来看。在30岁前后，也曾想在学术上搞出点名堂，或者明白点说，也有过想当个什么“家”的“野心”。但没有搞出什么成绩，“文化大革命”一来就被关了起来，再后又到干校，一转眼若干年过去，已是两鬓染霜，垂垂老矣。不用说，当初有过的“野心”，不用再批判，也就自消自灭了。

差堪自慰的是，喜欢看看书的兴趣还没减弱，反而更浓了。在“文化大革命”中，“造反派”把我仅有的私产——书，革去了一半。粉碎“四人帮”，归来重整旧生涯，有了几个余钱，又都买了书，书架又渐渐加宽加高起来，又有点规模了。空腹喝冷水，冷暖自家知。到了将近孔二先生说的“耳顺”之年，才明白原来自己什么“家”也不是，只是一个喜欢看书的人而已。此时只有一条心愿，在入土之前，尽量多知道一些革命道理，尽可能做一个清楚明白的共产党员。如果现在有谁还让我检查交代，我就只交代这一条——多念几页书，想明白明白的“野心”。

说到这里，也许有人会问：你怎么说得这么辛酸啊！答曰：唯唯，不敢。我应该承认，一提此事，真有点心酸，也确有些心酸的理由。邓拓同志有句诗说：“文章满纸书生累。”我也因为这书、文，吃了颇为不少的苦头。

在我还戴着“黑帮”的徽章，荣任“牛鬼蛇神”保护伞的那些日子里，“造反派”就曾教训我：你所以当“三反分子”，就在你喜欢这些“四旧”上，你为啥不一把火烧掉它！还有一位高举着语录本说：“真正的革命者要那么些箱书干什么，只这一本就够了！”我当时能说什么呢？闭紧嘴巴，默默而已。因为是“黑帮”，被从旧居赶出来，几次搬家，累得帮忙的同志无不摇头叹气。好心的同志劝我老伴（我当时住“牛棚”）：有钱买点啥不好，要这些玩意儿干啥？当废纸卖掉算了！老伴也只好默然。她和我也同道，不忍一下子全革掉它们的命，辗转搬动，使它们中的大半现在还无恙地站在或躺在我的书架上。

我读书的厄运还在一个“杂”字上。读的宽而杂，这是我大半辈子读书的第一条大教训。当初我想，这只是我个人的兴趣而已，当不会影响别人吃馒头和呼吸空气。没料到，因为这个“杂”，险些丢了政治生命。“造反派”教训我说，你啥书都看，还写杂文，这不就是“杂家”么！你就是吉林省的邓拓！你就是“三家村”吉林分店的总经理！我能说什么呢？闭紧嘴巴，默默而已。我为了学习中国哲学史，读了点佛经，还和几个大小和尚谈过话。好了，你身为省委负责干部，居然同和尚在一起，可见反动透顶！我为了懂一点中医理论中的唯物论和辩证法，还涉猎一些中医中药书，并向一些老中医请教过。好了，你身为党的干部，不务正业，越发证明你是一个不可救药的“杂家”！我当时能说什么呢？闭紧嘴巴，默默而已。

粉碎“四人帮”，云开雾散，我同全党同志一起得到彻底解放。十一届三中全会后，北京的“三家村”彻底平反，我这个“分店总经理”也荣幸地被“解职”，我的杂文也得到了再版的机会。沧桑世事，抚今追昔，不禁感慨系之矣。

这些都是过去的话了，还是回过头来说现在。前面说过，我现在仍在读些书，读书的兴趣还是杂，甚至没有任何禁区了。读书的渴望，老而弥浓，可是写文章，把自己的思想表达出来的勇气却与之成了反比例，减弱了。这就是读得越多（就我自己的底子相对而言），越感到自己的浅薄，越不敢说话了。真有点初生牛犊不怕虎，长出犄角反怕狼了。但是，近来我反复思索，又渐渐有所领悟，觉得这也是可以不必的。记得泰戈尔有这么一首散文诗：露珠对湖水说，你是荷叶下面的大水珠，我是荷叶上面的小水珠（大意如此，恕不查书了）。这种不妄自菲薄的勇气多么可贵！没有涓涓细流的汇集，哪里来的江河大海？只要是水，浅又何妨？只要有自知之明，不吹嘘自己是太平洋就可以了。有了这点觉悟，才又振奋起继续写点什么的兴头。每当骨鲠在喉不吐不快时，就写出一些，如这一篇也算，否则读者在《书林》这几页里，本来可以读到别的同志更有内容的文章的。

选自《宋振庭杂文集》，山西人民出版社，1989 年版

从写信谈起

书信从什么时候起算作文艺形式，我没有去考据，不知道。过去上学念书的时候，尺牍是看过几本的，老师还说那是写信的样子，要我们照样学。实在不幸，我一个样也没学好，忘得光光的。连累我到现在连封信也写不好。

不过我究竟在这个地方发现了一点秘密。就是有些人平常说话和写文章拖拖拉拉，道貌岸然。说老实话，实在干燥无味。可是，偶然的机会我看过他写的信，却很流畅，真挚。有时还透露出不少的思想的光芒。这事实教训我不可以貌取人，或以言语看人；也教训我，一个人表达思想是可以采取各种各样的形式的。如果提起笔来先下一个决心，正襟危坐，“我要做文章了”，或“我要写讲演稿了”！在这个精神状态之下，写出来的东西，很可能是八股气不小，像有个架子撑着似的。可是，一封家书，或给一个熟人顺手写上一封信，他就不见得那样紧张，就很可能写得很自然、流畅、真挚。因为在这个时候，他是“自由”的人，以真我与人相见的人。这样的信倒很可以当作文学作品看一看。

难怪一些通俗的告诉青年如何写作的小册子上都说：

“什么是作文呢？作文就是写话。写你要说的话，用你尽可能简练、生动的文字把它写出来，就是文章了。”

我看这个说法确有道理。

中国文学史上两个对立的论文章的宗派就是这样吵了一两千年的。一派主张“文以载道”，由孔老先生开的头，他自己就是“述而不作”，“信而好古”的。肩负道统，被推崇为“文起八代之衰，道济天下之溺”的韩愈大倡此说；迂腐透顶、装腔作势的宋儒就专念这本经。另一派主张“文以言志”、“诗以达情”，这就是说“你怎样想、有怎样的情感，你就怎样写”。魏晋六朝、明中叶、清末、“五四”时期，不少人专主张这个说法，这一派是作为前者的反对派而出现的。这两个说法闹得不可开交。我上学的时候，常常换过一个语文老师，就先宣布一次他的政纲。有的是“载道”派，就专教我们作“士先器识而后文艺”一类的古文；有的是“言志”派，我们就得写“春日郊游记”，不管你游没游过也得写，不然就不让你及格。弄得我稀里糊涂，“道”既未载成，“志”也未说清，就成为现在这样的半吊子。

其实，现在看来这个争论只要稍微动动脑筋，有点两点论的精神，不要把脑袋僵硬得如花岗石那样，就很容易说明白。做文章总得“载道”，绝不能不说道理，没有个逻辑。“言志”也是载道，只不过是你的道、我的道罢了。可是也得达情，抒发自己的思想感情，不然大家都照本抄人家的，那还算什么文章。用今天的话说，既要“义理”，也要“辞章”，文章最好有三性：准确性，鲜明性，生动性。那么道也载了，志也言了，不就成了文章了吗！

选自《宋振庭杂文集》，山西人民出版社，1989年版

孙悟空的行状

某京剧团正在上演《孙悟空三打白骨精》，戏演得很精彩。看了之后，想就此发点议论。

孙悟空是一个十分了不起的风云人物。他在人民中的影响真是巨大而深入，在舞台上、绘画中、小人书里、日常谈话中，尤其在孩子群里他更有很大的势力。如果在保育院里进行“儿童之友”的选举，我看“孙叔叔”得票一定少不了！

孙悟空获得这么大的荣誉，主要是因为他的事迹和性格。你看，下面是此公的“行状”。

“姓名：孙悟空。国籍：中国人。籍贯：花果山。职务：齐天大圣。主要社会关系：唐玄奘，猪八戒，沙僧。主要经历：第一，大闹天宫，直打得上天入地，一切统治者落花流水，鸡飞狗跳墙，玉皇大帝的龙书案也踏一脚，视百万天兵天将，直如草芥；第二，保唐僧西天取经，历尽九九八十一难，忠心耿耿，锲而不舍，直到成功。主要性格：机智，灵活，风趣，乐观，语言生动、畅达，有人民情感，属于积极的、乐观的、浪漫主义学派。”好家伙，这张履历表，谁能比得了！

说起造反的彻底性来，我看此公要算我国文学中最彻底的一位了。你看他，什么皇帝老子，天兵天将，成规礼法，都不在话下，直如粪土。更没有什么宗法的牵挂，人家是石头变的。他藐视这一切，戏谑这一切。

当土地吓得战战兢兢地直给他磕头时，他嬉笑地说：“起来！起来！俺老孙一生一世就不愿在这磕头上作功夫。”每当看戏到此，心里真佩服这位闹天宫的作者，在这里他借孙大圣的嘴骂尽了多少奴颜媚骨的人，在嬉笑怒骂中抒发了多么大的胸中的牢骚。真是好文章！

可是，这么大的一个从头到脚贯穿着反叛精神的人物，一旦找到了他可能找到的真理，他就全身全力、全神全心交给了他，鞠躬尽瘁，贯彻始终。依我看，他在这取经小组里是个真正的核心人物。别的不说，他起码能明白道和魔不两立，敌我之间的斗争是绝对的，统一是相对的，是妖怪总要吃人，不用看他装模作样，有时甚至摆出很可怜的样子，其实，他那正是变个方法要吃你的肉。在三打白骨精里，他假扮妖怪的母亲，指点着唐僧说：

“唐僧！这回你明白了吧！我女儿费尽心机，就为的是要吃你的肉。你出家人讲慈悲，可是我们妖怪就讲吃人，谁想劝妖怪行善，那是梦想！”

在这里，这个孙悟空不仅火眼金睛，看透敌人的一切，还苦口婆心，仁至义尽地教育那些把老虎挂上念珠就当作善人看的糊涂人。这是多么有力的警句！

这个孙悟空，这样坚强、无畏、乐观，又这样风趣，怎么会不招人喜欢呢！更不用说，才打开生活的第一课，以其黄金般的童心来看人世，才开始驰骋其想象的孩子们呢！

选自《宋振庭杂文集》，山西人民出版社，1989年版

真的、假的和可怕的勤务员

退回 300 年，欧洲大陆，突然间一个口号非常时髦，这就是做“人民公仆”。于是到处能听见这句时兴话，议会演说开头的第一句常常是“公民们，你们是社会的主人，我作为你们的公仆如何如何”。大总统、责任内阁总理及其阁僚宣誓就职，也先说“你们的仆人某某，誓为我的主人效劳”。更不用说写情书了，那落款更是“你的忠实的仆人某某某”。

照封建专制主义的老规矩，仆人就是奴才、下等人，在此以前在洋绅士面前，你若说他活像一个仆人，那他非跟你决斗不行，起码也得告你犯下侵犯人格罪。

资产阶级在其上升的历史阶段，确实干过不少好事，他们把许多名词给颠倒过来（当然，也只能限于这个程度），诸如谁是社会的主人，谁是社会的公仆，国家、法律、道德，这些是上帝或帝王的意志，还是人民的意志等等。其中最激进的资产阶级一派人甚至达到社会契约说，达到空想的社会主义。

我们共产党人，所以干共产党，就是一心一意为人民服务，甚至抱定必死决心来为人民献身的。记得一个造反派“提审”我时说：你就是为当大官、享大福才当共产党的。我说，不是，我参加共产党那时，共产党还在倒霉受苦，还不知道哪天掉脑袋，我和你这种造反情况不一样。至于说，全国的胜利很快就要到来是没想到的，直到 1948 年夏天，还只是说天快亮了，但是自己能否赶上这个天亮，天亮以后要做官，天地良心，是想都未想过的。在那段时间里，我们也给自己排队，挨号，排什么队？挨什么号？就是不知哪天该轮到我去死，去实践流尽最后一滴血的入党誓词。当然不会是排号买录音机或电视机了！

不错，入城后做了官，而且有的官还很大，是有的人，有的时候骄傲了，神气了，有的人也居移气养颐体了。但是，尽管如此，第一，不用说绝大多数人是好的，仍然是勤勤恳恳的；第二，就一部分人的缺点、错误、变化说，也未到了“完全变修”、“修到完全烂掉了”的程度，如果认真的开展整风，正常地进行批评和自我批评，是能够解决，也是能够挽救其中的大多数的；第三，就其极端的一些耸人听闻的事例来说，的确是烂掉了，太不像话了，可是，就是这些比起以后的“四人帮”及其军师、顾问们来说，也是望尘莫及的。别的不说，我们这些也算致力于革命“凡四十年”的人，竟差一点做了女皇江青陛下的臣民，重新当奴才拜跪如仪，这是做梦也想不到的，恐怕“提审”过我的造反派青年们也始料所不及！

“四人帮”什么好字眼全抢，诸如“为工农兵服务”呵！“人民公仆”呵！“一片红心献人民”呵！但是！天呵！可真怕人的公仆，上穷碧落下黄泉，古今中外谁见过这样的仆人？谁敢用这样的仆人？谁敢批评或给这些仆人提点意见？谁敢正眼看看这些仆人？佛陀、基督耶稣、孔老夫子都说人心唯危，道心唯微，所以人一下生就注定了有罪，得赎罪遭难，但什么罪都见过，就是未见过命里注定必得请一些仆人来整治我们，来给我们以酷刑和严训。晚唐文宗当皇帝时，已倒持太阿，对其生杀荣辱之权反落到了宦官的手里，他曾十分伤心地自白：“周赧王、汉献帝仅受制于强诸侯，今朕受制于家奴，以此言之，朕甚不如周郝汉献。”可见，这样的仆人可真够怕人的！连皇帝老倌都怕。

早几年，好不容易见报纸上登了戏报，说公演样板戏了，并且都是“为工农兵服务”、“为工农兵演出”的，但工农兵到哪儿去看呢？又有几个工农兵有此幸运被“服务”一下？而且那个被服务也真遭罪，连大气都不敢出，只能傻里傻气地跟着鼓掌，不然就有反样板戏、反旗手江青、反革命罪；到工农兵照相馆照个相吧，更可怕，不但先请示，念语录，还得照个一脸打砸抢的凶相才算革过命；到为人民服务的饭馆去吃顿饭吧，更可怕，趋之如鹜，鹄立而待，抢把椅子还得赔笑脸求赏赐，你说话声高了，就可能先去办办学习班再吃饭。而且哪里是饭馆，哪里是澡堂，哪里是革命委员会，都分不清了，都满堂红，刷上一样的颜色了，谁知道是怎么个“服务”法呢！

我这里说的并不是唐文宗的年头，也不是封神演义或童话，这是不久的昨天，光天化日下的实事，这实事，虽然有点像一场噩梦，但确是响当当的过硬的事实。

勤务员！勤务员！多么好听的名字呵，有多少志士仁人，多少先辈毫无愧色地做到了，并以其光荣的一生殉了这个光辉的名字。但是又有多少次被大骗子们盗用过去残害人民，更不用说他们的“小小小小老百姓”、“小小小小学生”了。

有谁想认真地想想这段历史，想想自己今后的一生，想想该做怎样的人，倒是该认真地想想这件事，这就是：

你真想当人民的勤务员吗？

你已决心做个勤务员吗？

你做啥样的勤务员呢？

这是无可回避，只能老老实实地回答并兑现以实际行动的。因此，亲爱的朋友，我劝你，要办此事，要分清勤务员有真有假，有虚有实，有全心全意，有三心二意。

选自《宋振庭杂文集》，山西人民出版社，1989年版

要观察，更要思考

《新观察》重新发刊，人们是很高兴的。这个刊物的自身经历，也是中国社会的思想生活中一个不大不小的事件。这个事件很可使人们想起不少事情来。

同样一件事，同是一个话题，人们的观察方法和得出的结论可以大不相同，甚至迥然相反。这本来并不奇怪，应该说是很正常。可是有人说这不好，这是思想界的大不幸，这就是混乱。

同是对当今青年一代人的观感，看法也很不一样，有人说是“报废了的一代”、“垮了的一代”；有人说是“探索的一代”、“沉思的一代”、“进入新启蒙的一代”。

同是一些消极的坏人坏事和坏作风，大家听了见了都着急生气，都急着想克服它，制止它，但说到它产生的病根，克服它的药方，就很不一致了。有人埋怨“三界”——理论界、新闻界、文艺界是罪魁祸首，说都是思想解放给“放坏了”，办法是收。有人说这看法不对，是糊涂官问的糊涂案，是因果颠倒，是把拔橛子的人问成了牵牛的罪名，又是一次冤假错案。

由于多年来极左思潮的影响，有的人已习惯于把平均主义、共产风、平调风、大集体风，即把所谓之平、大、共、公当作就是社会主义，甚至对昔阳县的西水东调一类事习以为常。相反地，对于事实上已经为增加和积累财富起了极大作用的一些把经济搞活的措施，也啧啧惊疑。把真的当作假的，把假的当作真的。为什么呢？因为据说穷是革命的，共产的，富是一定要变修的。富就是最大的危险。

现在《中国青年》杂志及各个报刊都正在讨论人生观问题，但是对于为什么要进行这样的讨论，看法也并不一致。有人说这是历史的不幸留下来的题目，现在所以还得讨论是出于无奈。有人说正相反，说这象征着一个大变化，大前进的中国就要来临。持此说者还引证了中国 60 年来的社会思想史证明，每次这种人生观问题的大讨论都预示一次大飞跃。

中国社会思想生活的大海，现在正是如此汹涌多姿，我们的刊物的林海，现在正这样如雨后春笋，万物生发。在这个机缘中，《新观察》的社会瞭望台起用了，这无疑是大好事，不必引用别的话，只要引用两句尽人皆知的唐诗就行了："欲穷千里目，更上一层楼。"更上一层以后，可以看到什么景象呢？可以看到"星垂平野阔，月涌大江流"，假如再上一层呢，那就会是"会当凌绝顶，一览众山小"。

但我现在想说的，正如题目所讲"更要思考"。正如一名言说得好，单是感觉，你还不能理解了它，只有理解了以后，你才能更好地感觉到它。无论知己知彼，知人论世，不动脑筋不行。方今之世，许多事情强迫我们去掉盲目性，多想一想。

从一方面说"人为万物之灵"，所以生物学和人类学之分类把人划到灵长类里边，可见很高明了。但从另一方面看，似乎也还不太高明，人有时也很蠢，尽做蠢事，而且是一而再、再而三、三而四。有些明明不对的事竟要反复出现、反复重复。就拿花代价、花学费来说吧，有时候花了代价，学到了东西，但有时候，有的人花了很高的代价却又未学到什么有益的教训。我记得毛主席就说过人有时候很蠢，蠢到不如猪，猪记吃也记打（大意）。

不但知人、论世，能真理解，能真正开动机器，认真思考不易，就是对自己，对你自己这个有机体，朝朝暮暮，一天 24 小时和你共在的这个一百几十斤的躯体，你真正了解他么？也不行，也不太了解。至于自己本身的思想、政治、社会形象、客观论定，又是怎样呢？自己也是既有知道的一面，又有不甚了了的一面。所以说知人甚难，自知之明更难！

由此想到，新中国成立 30 年了，大概又需要有一个若干历史决议性的总结了。不但全局如此，人人、行行、家家户户，也该有个若干历史问题的总结。比如我自己吧，两类教训不算不多了！前些年也自选角色，在一定的舞台上淋漓尽致地表演过，难道不应该总结一下吗？自己的昨天已是陈迹，从这陈迹说，自己已是历史人物了，这无法可想。作个自己的若干历史的决议，照个相，留个纪念是很有好处的。

选自《宋振庭杂文集》，山西人民出版社，1989 年版

活着的、战斗中的老共产党员都应该像她这样

我怀着激动又崇敬的心情读完了记者同志写的关于熊天荆大姐事迹的报道。这个报道太好了，它恰合时宜。

1979 年春我调到北京工作以后，常到八宝山去参加追悼会。这种会，可以一幕幕地在脑子里放映过去岁月的影像。可是，参加追悼会一多，我就产生了一个疑问：为什么死了的都是好人，或者说是好样的，为什么活着时就没有发现他（她）的优良品质呢？为什么不多树立一些活着的好榜样让大家好好学习学习呢？当然，我也知道宣传活人和宣传死人不一样。对活人的宣传要更慎重、更严格。至于对死去的同志，通常有了盖棺定论，并且应该多记住他的好处，这二者是应有所区别的。

但是，人们也不应忘记，当前还有一个流毒并未肃清，此流毒就是过去十年间搞臭了老干部的声誉，为了搞臭老干部的声誉而制造流言蜚语。今天还需要多做思想工作，还需要有分析、有步骤地加以澄清。在过去这场浩劫中，搞什么铺天盖地的所谓“四大”，血赤糊拉地造谣攻击和人格

侮辱，一些无中生有、夸大其词的描写的影响，往往不是用发表一个声明所能更正得了的，也不是一纸平反决定所能消除其全部恶劣影响的。有的事情是有口难辩，以讹传讹，是很难有机会去声明更正的。再比如，对于特殊化、脱离群众的问题，我和大家一样很反感，也常为这些事着急、上火、生气。尤其是为自己同辈人和上一辈人中，发生某些特殊化，影响到党的荣誉，被群众议论纷纷，而激动不已。常常为一些“老家伙”这些不争气的事情而忧虑。可是我绝不同意那种论调，即搞特殊化的都是“大官”和“老家伙”。败坏党风、党纪、党的传统的首先是“四人帮”们。大搞特殊化，使党纪国法曾经一时之间荡然无存的，也是这些人的影响和流毒所及，他们是始作俑者。我绝不想偏袒“老家伙”，老同志中确实有这种人，提起来人们是余怒不息的。对老干部、高级负责人严格要求，更是理之固然，事有必至。但是，第一，照比例说这种人在老战士老干部中毕竟是极少数。第二，党性的传统，党的最好的品质，还是老同志保持得最多。远的不谈，就拿眼前的《中国妇女》杂志这篇报道有关熊大姐的一部分事迹来说，表面看来，也不见得都是惊天动地的了不起的大功业。但是，经过这场灾难以后，现在再来读这篇报道和学习熊大姐的思想和言行，就难能可贵了，人们在学习的时候，可是得动点真章程了。所有的人们，你在读这篇报道的时候，和她比一比、问一问、看一看和量一量，那就一下子把问题尖锐地摆到自己的面前了。我们每个人，特别是“老家伙”，看了这篇报道都有一个义务，就是，凭自己的良心说一说，熊大姐的这些事情，我们自己是否都能做得到？都还能保持着？是否都能当自己的革命史到了57年的时候仍然不改初衷？

照共产党员的条件说，许多“老家伙”原来在战争年代、在新中国成立初期，是保持过这些品德的，甚至“文化大革命”前夜也保持了下来。但是，可惜这十几年来有些人在有些事上不行了。这是痛苦的事实。许多老同志按共产党员的条件，如十二条准则来衡量，原来是合格的，可是现在看来，有的同志也承认自己不那么合格了。就这些不合格的方面来说，又是经历了怎样的变化过程呢？我自己是有体会的，我也是个活见证。比如，我原来对于交最后一次党费，对于壮烈的死，对于坚持原则、宁肯去死决不苟生，对于我入党时宣誓过的誓词，对于严格保持清贫的生活，对于一个党员应有的守则，对于不传播小道消息，严守党的秘密，我是没有发生过动摇的。我也常常解剖自己，为自己的党性不健全而感到惭愧。至于对说假话、打顺风旗、看人的眼色行事，对于处处“紧跟”等这一套是看不上眼的。对于走后门，为孩子的事去找人求情，更是不肯干的。对于私人拉拢，搞关系学，听了也会脸红心跳的。对于为买点吃的、用的也得走后门或者找关系弄来，更觉得难堪，不肯去干。最后，更有甚者，对于一些人为自己个人利益不顾廉耻地大吵大嚷，搞那样勇敢的（说得粗暴一点，可以说成为无廉耻的）个人主义，更是深恶痛绝的。对于自己衣食住行的安排也是比较随便的。我见到的许许多多“老家伙”也都是这样，他们比我更能坚持原则。但是，经过这场浩劫，经过残酷的事实的教训，无情的打击一个接着一个地到来，在老朋友中不少人发生了动摇，有的说：“我们原来太傻了！”有的说：“我们跟不上时代了！”有的青年也说：“再像你们那样清教徒式的生活是不行了。”久而久之，耳濡目染，我自己对于这些也有所怀疑、也模糊不清了。虽然我还没有堕落到那种丧失党员条件的地步，对于有些事情自己也还不肯干，良心也不允许自己去参与。但我确实在这些年很长了点见识，懂得了不少“人情”和“世故”，懂得了这些可怕的“实际主义”，也办了几件入乡随俗和放宽尺度的事。比如这篇报道说熊大姐在伍老死后，把她一家工资中储蓄起来的 20000 元交了党费。对这样的事，我最初羡慕敬仰过，但后来，我也有过不同的想法。我曾经想，我们这些九死一生的人，这点储蓄，即使交了党费，也是让那帮人拿去挥霍了，人民也不一定能用得上，何况我的工资稿费早就买了书，也没有储蓄。即使有，交了党费，那些响当当的“造反派”反而会说：“你有 20000 元，证明你就是‘走资派’！”我心想，这何苦呢！

现在，这篇报道再次惊醒了我。熊大姐自己过着艰苦朴素的生活，思想境界如此高尚。除了交党费，还用一部分积蓄来接济一些困难的同志。这在今天，在十年大破坏之后，是何等不容易啊！就这一点来说，许多老同志是做到了。但是，可以反问一下，是不是所有的人都能够做到呢？这就很不一定了。由于这场灾难的败坏，逼得有些本来是可以做到的或者曾经做到过的同志，也做不到了。而真正永不褪色的老共产党员，像熊大姐这样的人，57年来不改其一贯的作风，这是多么可钦可敬啊！由于党性的破坏，一些老同志和我自己曾经发生过的一些糊涂想法，是不应该的。现在应赶快清理扫除。在重新健全党性时教育我们的，作为榜样的活材料之一的，就是熊大姐这样的活人的事迹。

我很欣赏也很赞同现在流行的一个口号，就是“从我做起”，“从现在做起”。这个口号很有针对性。在十余年灾难的日子中，在听人们说假话、大话、空话、废话、套话、不死不活的话，听了好多年后，耳朵都磨出茧子来了，脑袋都有点麻木了，人们本能地对一些高谈阔论产生了怀疑。听一些人在高唱口号时，总想着一个疑问，是不是他讲的话自己全能够兑现呢？人们更有一个呼声，这呼声就是，要落实在行动上，要真干、实干、苦干。人们从政治经验中总结出，判断人要听其言，观其行。在今天，人们最厌烦的是言行不一，唱高调不办事，甚至办坏事。我们说，党的五中全会使9亿人民放了心，增强了信心，加强了战斗的决心，政治情绪是高涨的。但是，所有好的决策都得通过人们的行动来体现。所以，这个口号便应运而生，就是“从我做起”、“从现在做起”。这正像列宁当年的一句话“少说些漂亮话，多做些日常平凡的事情”下去，便把整个事情弄得非常不堪了，因此吃喝之风就总是刹不住。现在，党有党规，国有国法，重申了这些制度，公布了党内政治生活十二条准则，看来是这样的“小事”，真正要处处兑现，事事兑现，又何等的不容易啊！

我们有了像张志新那样的全党和整个民族为之骄傲、感到光彩的女共产党员的榜样，我们应该向她学习。也应该向看来是日常平凡的但却又非常坚韧、并不简单的，57年如一日的熊大姐这样的同志学习，这也不是没有特殊意义的。正像这篇报道的结尾所说的那样，“要是共产党员和国家干部都像她这样就好”。

因此，我读了这篇报道的感想是，活着的、战斗中的老共产党员都应该像她这样！这句话首先是对我自己说的。

选自《宋振庭杂文集》，山西人民出版社，1989年版

思想解放问题札记

（一）

多年来，我国的经济工作有一个循环出现的现象，那就是：一统就死，一放就乱，乱了再统，统了再放，这似乎成了必然的、不可抗拒的规律。

放，当然可能出点乱子。但这个乱是一点、两点？还是一片、全面？把一点、两点夸大成一片、全面，怎么能够不心惊胆战？

对集市贸易，放放收收，我们已经几度反复了。

最近，我常从北太平庄、黄庄等地的集市走过，也常进去看看，开始我也担心，这样干会不会乱了套？现在我放心了，为什么？因为可以竞争了，因为有人管了。开始是有点乱，中间也可能出点问题，但是这只是局部的、一时的东西。只要我们的路线、方针、政策不含糊，工作做扎实，用管的办法而不是用收的办法，问题是可以解决的。

（二）

思想、文化、理论方面有没有类似的情况？我看，30 年来同样存在着。在这方面能不能做到统而不死，活而不乱？能不能既有统一意志，又有生动活泼？多年来今天左摇过来，明天右摆过去，苦头已经吃得够多，教训已经不少。为什么不多想想这件事呢？

1956 年提出百花齐放、百家争鸣的方针，到现在已经 25 年了。换句话说，已经四分之一世纪了。可是执行这个方针可真不容易。不易在哪儿？就在于执行它太麻烦。又要放，又要导，又要鸣，又要批评；一波未平，一波又起，没完没了，不如不执行它省事。

省事就好吗？

大概不行。俗语说，又要马儿跑，又要马儿不吃草，这是一厢情愿的事。其实，马不但要吃草、喝水，而且还要拉屎、撒尿。

画家就是不全面，他们画的马什么姿态都有，可就是不画马拉屎、撒尿的姿态。你想想，天下有不拉屎、撒尿的马吗？

文化艺术界实行“双百”方针后，的确出现了一些新情况、新问题，真有些叫人着急上火的事。怎么办？依我看，首先一条是不必惊慌失措，无须大惊小怪。

难道真正的坏戏也不能禁，反革命的文艺也不能管？那也不是。要不然，那还要四项基本原则做什么？

问题是，第一，这一部分不是很多，也就是我们常说的支流的问题；第二，必须看准了再禁；第三，单靠禁也不行，还必须把必禁的道理讲充分。这就要深入了解，看准了，要做工作，敢管，而且管的办法要对头。否则，不分青红皂白，批一阵，甚至下了禁令，不又“横加干涉”了吗？

（三）

谈到倾向，从来应该注意两面，不会只有一面。在一个时期内，多注意一些和多强调某一个方面，是可以的。但只从一个方面打出去，一冲就冲到底，把话说得绝对而又绝对，最后必定要吃苦头、碰钉子。这类教训难道还少么？

一切事物都离不开时间、地点、条件。把任何一个名词绝对化，结果都难免陷入泥坑。

解放思想好不好？好。解放思想对不对？对。思想僵化，一切从本本出发，实现不了四个现代化。但是，一谈解放思想就什么都怀疑（犹如十多年前流行一时的“怀疑一切”的口号），什么都不要了，行么？解放思想是反对教条主义，反对狭隘经验主义，不是把最腐朽糜烂的思想都解放出来，不是让无政府主义思想泛滥。我们要的解放思想，就是要解放到实事求是的思想路线上去，因而必须沿着马列主义方向解放。思想解放连四项原则也排斥，那是解放思想么？当然不是。

我们提倡解放思想既要反对极左，同时不能忽视右的倾向。把哪一方面的问题绝对化了，都不行。

（四）

黑格尔在《小逻辑》中，在《存在论》中，首先讲的是质、量、度。这确实是一切逻辑思维活动的起点。

不讲质的区别，不管一定的量和度，政治概念一提出，就无限上纲，滥用大字眼，其结果可真怕人。

比如，许多年来有个逻辑方式，稳健等于保守，保守等于右倾，右倾等于右倾机会主义即修正主义，修正主义等于反革命，所以稳健就是反革命。

再如，积极就是先进，先进就是左派，左派就是革命，革命革得更彻底，就得革革命。

出现一种现象并不可怕。这个宇宙，这个人类社会就是经常出现一些现象。但对现象的认识、概括，可得实事求是，有就是有，没有就是没有，有多少是多少，有多大是多大，缩小了不好，夸大了也不好。由于无止境的夸大，中国人付出了多么痛苦的代价！

你说也怪，要么看不见蚂蚁，要么全是蚂蚁，刮起风来就停不住。人们到该多想想这个问题的时候了。

（五）

不道德的事、无政府主义、坏人坏事，出了不少，确实令人痛恨。但其根源是什么？是怎样一种因果关系？

追本溯源，罪魁祸首是林彪、“四人帮”。他们造成的灾难的流毒，余波还未止，未静。

可是有的人却不这样看，他们把一些坏现象的出现，归罪于报纸和广播，归罪于文艺界和理论界。新闻、理论、文艺是有作用的，现在正在加强它的作用；也是有缺点的，现在正在克服它的某些不足之处。但能否就说它们是坏人坏事的始作俑者？能否说毛病就出在它们身上？你这样论断，那真正的坏人可高兴了。为什么？俗话说，放过了偷牛的贼，抓住了拔橛子的抵了罪。无非又是错案。

道德风尚问题、思想政治工作问题、青年问题确是当前大家最关心的问题。多年来得出的一条教训，就是要冷静，经过周密考虑再决定对策，万万不可孟浪操切。第一，要把情况搞清、搞准，别一听说“来了，来了”，也没弄明白谁来了，来了啥，就做出决策。第二，分析、教育、引导的方法要讲究。最后，一定得作两条战线上的斗争，绝不能只顾一面，丢掉另一面。

（六）

自然科学界开了科普大会，我举双手赞成。为什么呢？因为我就是个“科普”对象，他们讲的正是我所需要的。

社会科学界、文学艺术界，该不该也“科普”一下？现在有人在搞，但还太少、太单，很不普遍。

听说音乐家们已纷纷出动，向群众讲解什么是黄色歌曲。我听了很高兴。我对黄色歌曲的抬头也很愤慨，连当年日本汉奸宣抚班唱的日伪歌曲，也有人唱了，能不叫人气炸肺么！

但我又一想，首先不应该责怪这些小青年。如果没有人向他们说明，他们哪里知道《桃花江》、《特别快车》之类歌曲的来历？如果要讲责任的话，属于哪一界的问题，哪一界的工作者（首先是领导者）应该负起责任，不然，还提什么岗位责任制呢。

（七）

中国人认识洋人、洋事、洋务、洋玩意儿可花了不少的代价，或者叫学费也行。从鸦片战争到辛亥革命，到五四运动，直到1949年新中国成立，经历了若干历史阶段，认识也在不断深入。但1949年后，由于当时历史条件的限制，我们接触的只是“斯基”、“拉夫”一类。比如考学生用的“五分”制，女学生穿的连衣裙，原来都说得很绝对，被定成是社会主义的标准“度量衡”。直到后来才知道，其实不过是沙皇尼古拉皇帝的遗制。

现在海禁大开，西风东渐，还有没有一个对西方文化的再认识、再批判，留精去粕的问题？我说有，不但有，这还是个历史的任务，得认真对待。

鲁迅说得好，人吃牛羊肉是取其营养，为我所用，并不因吃了牛羊肉就长出犄角变成牛羊。

然而也真有舍弃精华，专跟在洋人后头捡破烂的。这类浅薄无知之辈，需要教育。我就和一个脖子上挂着铝制十字架的青年谈过话。

“你信基督教么？”

“什么？我信那个干啥？？

“那你为啥挂十字架？”

“好玩。”

“多少钱买的？”

“两角。”

“你看过什么人戴这个？”

“电影上有。”

我看我也抓着了罪魁祸首，那就是于连，就是司汤达。从前我也骂过《红与黑》这部书，我又有“理”了。

但我又冷静地思考了一下，是不是把《红与黑》之类的书全部烧掉，这类电影全部禁演，就天下太平了呢？“四人帮”一伙猖獗时，实行的是文化禁锢政策，电影院、舞台上只有八个样板戏，古今中外的名著几乎全部被打成封、资、修，封存起来。结果，青年们的思想状况怎样呢？不是有目共睹吗？不能因为怕中毒，重新采取封闭的政策，当然也不是笼统地提倡“开卷有益”。打破了禁锢之后，总还得有个选择。重要的在于教育、引导，让人们特别是帮助那些青少年学会判断、区别，取其精华，去其糟粕。

选自《宋振庭杂文集》，山西人民出版社，1989年版

文艺与政治问题的管见

极左文艺路线猖狂盛行时，其借口之一就是一定的文艺对一定的政治的依属关系。他们把马克思列宁主义、毛泽东思想中关于文艺的阶级性、党性的学说歪曲到荒谬绝伦的地步。

其实，这个问题本身倒并不特别深奥，捅穿了无非是“皇帝的新衣”，一场可怜的愚弄。单就文艺、政治、阶级这三者的关系来说，问题并不很难弄明白，中学生的政治、历史常识就能回答。

我们都知道，阶级、政治、文艺都是社会现象。如果比一比它们的寿命，阶级、政治远比文艺为短。想想看，人类历史至今已有几十万年以上，而阶级社会不过几千年，不及百分之一，然而文艺却是同人类历史并寿的。鲁迅说的“杭育杭育派”便是最早的文艺。虽然还没有人写出几十万年前的文艺史，但在许多考古发现和古老的传说中，在马列主义经典作家的论述中，在普列汉诺夫的《艺术论》等著作中，原始文艺的存在早已被确认。将来的共产主义社会，阶级最后消灭了，可是文艺却要随同社会永远存在下去，这也是毋庸置疑的。文艺同阶级、政治发生关系只是在阶级社会这几千年之中。

在阶级社会里，文艺作为意识形态，同阶级、政治的关系当然密不可分，并且是从属于一定的阶级和政治的，这是无疑的定论。无产阶级、共产党第一个把这个关系公开讲出来，并努力实现把革命的政治和革命的文艺联系到一起，这也是确定无疑的。但仔细分析起来，这种联系却呈现极其错综复杂的状态。比如，作为保皇党的巴尔扎克却帮了资产阶级的忙；持不以暴力抗恶主义的托尔斯泰的作品却成了俄国革命的一面镜子；作为地主阶级官吏的杜甫却批判了本阶级的骄奢淫逸；本身是封建阶级一员的曹雪芹却判定了封建社会的必然灭亡；等等。这里的关系绝不像二二得四那样简单。

在我们今天的社会主义社会中，在我们向无阶级社会过渡的整个过程中，文艺依然同阶级、政治联系在一起，是从属于一定的阶级和政治的。但是文艺作为意识形态之一种，有它相对的独立性，有它特有的规律，这是需要给以尊重的。文艺同政治的联系，也有直接的、间接的、联系不大的（即有益无害的）几种情况。同时这种联系也要随着社会的发展、变化而发展、变化，不可能一成不变。因此，党对文艺事业应该是积极引导、鼓励、批评，而不是刻板地下死命令，更不是越俎代庖，去直接干预文艺家的创作。领导者同文艺家之间，是同志关系，朋友关系，不是长官命令下属，老子管教儿子的关系。列宁同高尔基的关系，毛泽东、周恩来同志同许多文艺家之间的关系，都是典范。以列宁来说，他对高尔基是那么喜爱、尊重、关怀，当高尔基有好作品问世时他是那么兴奋，当高尔基对党的某些政策想不通时，他又是那么热心地诱导，耐心地等待，而不是给他扣上一顶什么帽子，让他扫厕所去。他们之间的亲密关系是建立在彼此深刻的了解上，而不是建立在威严与服从上。也许有人会说：鲁迅不是说他的作品都是“遵命文学”吗？不错，鲁迅是说过这样的话，但他说的是遵革命先驱者之命，即遵从无产阶级革命的需要，而绝不是某某这么说一句，鲁迅就写这样一篇作品，某某再那么说一句，鲁迅再写那样一篇文章。如果鲁迅真的具备这么一个文书的性格，那还称其为鲁迅么？

如果以上这些话大致不错，那些所谓“文学理论”就一条也站不住。他们就是只讲其政治、不许讲文艺，只要听他们的命令，不许你有一点个性，更不用说，他们的政治是批“走资派”，其文艺只剩下所谓的“兴无灭资”了，什么文艺民主，百花齐放，只剩下都该听“老娘”的。

由于二者关系的颠倒混乱，以下这类问题也就永远没有解决之日。比如，和政治关系并不直接的一些无害有益的作品该不该有合法的户口本？既不那么革命也并不反革命的人物可不可以写？齐白石的螃蟹、大虾兴谁灭谁？崔莺莺、杜丽娘、林黛玉哪个政治表现好？等等。

这样说，今后的文艺就该远离政治，成为“独立王国”了么？当然不是。四个现代化是当前最大的政治，是中国无产阶级当前最重大的历史任务。无产阶级的文艺应该而且必然会在完成这一宏伟的历史任务中发挥其作用，并且将大有作为。文艺当然要为人民为社会服务，但是应该明确的是：第一，这种关系有直接、间接之别，有为目前、为长远之别，有此一角度、彼一角度之别，不能只用一个框子要求；第二，也应该允许有和政治联系不大的无害的文艺存在；第三，允许文艺家有充分的创作自由，如题材、体裁的选择，风格、流派的多样等等。因为没有社会的民主便没有社会主义，没有文艺的民主便会扼杀一切文艺。

写完这些话，自己琢磨一下，都说些啥呀？这不都是两点间直线最短一类的常识吗？可是且慢，已经过去的那场噩梦，也不是《封神演义》或《格列佛游记》，而是大白天发生的真事。人家不是说了么，无产阶级文艺是从“旗手”江青开始的，没有“旗手”的恩赐便没有无产阶级文艺；戏剧全国只有八个，一亿人口配给一个，还得向旗手致敬；末了还有一句，什么是文艺民主？都得听“老娘”的！阿弥陀佛，善哉，善哉！

选自《宋振庭杂文集》，山西人民出版社，1989 年版

致友人·谈文艺

××同志：

来信收到。十分感谢你的鼓励，但别后碌碌，乏善足陈，颇觉惭愧。

你我皆已白发满头，年近花甲，一生行状，已由群众眼里鉴评，是毁是誉，都是他人的事，自己无法可想。只有在余年尽可能为人民多做点有用的事，不做坏事，庶几可矣。

元人钟嗣成的《录鬼簿》是研究元曲的重要资料。他有个见解，即“古人今人皆鬼”或“凡人皆鬼”。这话其实并非什么新发明，无非说明凡人皆死的常识而已。从前戏园子里把上场的门叫“鬼门道”，大概也是这个道理。因为过去戏台上的人物都是死去的人。

十年浩劫后，到北京，一件常事就是去八宝山送别鬼友。老朋友倒是在这里见面的机会多，因而常常相约：“开我的追悼会你可得来呵！”由此不能不感佩“四人帮”的业绩，给老、中、青、少几代人留下了极深的创痛。据某些人的意见，这个伤痕还不许你多说，多说即赐之以“暴露文学”、“伤痕文艺”的谥号。真是天呵！

常人以为“伤痕”是财富，或者说“伤痕”可以转化成为财富。持此见解，我倒是建议把过去十几年的资料多保存一些，放在博物馆里，经常用来教育教育自己和后代，让后代子孙再不干这样的荒唐事，以便“前事不忘，后事之师”。对于“伤痕”，如当作古董来欣赏，那其人就毫无足取，太没出息，但如有勇气能来借鉴，警诫自己，那其人又大可尊敬，和阿Q之护短不可同日而语也。

现在正在继续讨论实践是检验真理的唯一标准的问题。这“实践”二字，内容非常丰富：就其主体来说是人民，因为一切实践都是人民的实践，要由人民自己来检验、印证是真理还是谬误；就其过程来说又是历史—实践的历史，说实践检验，也可说是历史检验，从历史的正反两类经验中找出或选出真理。对历史连看都不敢看，想都不敢想，这不是真的猛士。花了巨大的学费，又什么都未学到，岂不太可惜！就学说和理论来说，一切思维现象、理性观念，自己都无法证明自己的对和错，只有靠实践的检验才能得出定评。证明是对的，就坚持；证明是错的，就改正；或者对错间杂，那就保留对的，剔除错的。绝不能反行其事。对于任何伟大的历史人物，包括无产阶级的伟大领袖和导师，也是这样。而且他们自己也从来都是用这种科学态度来对待自己和自己的学说的。他们从来没有说，我说的就是绝对真理，谁也不能改，永远不准动。伟大人物的一切好学生，真的继承者，也全是善师其师，不泥师教的。那些奴隶式的背诵师训或师教的人，没有一个是守得住师道法门的人。那种极力标榜自己，又流氓气满脸，动辄打人以棍子、扣人以帽子的人，不但是假学生、坏学生，而且多半是居心叵测的人，或者想借此贾利，做大“生意”的危险人物！

用实践检验真理的原则，检验新中国成立30年的文艺史，真是“小孩没娘，说来话长”，可议可论，可总结，可争鸣的事儿很多。但不管怎么多，和整个路线是非密不可分，和极左路线的产生、为害、流毒分不开。这个道理通用于全国，当然也适用于一个地方。

别后，不了解你们那里的文艺情况，但从已办出的刊物和正演的剧目看，觉得还是生机勃勃，不断冲破“禁区”，有所作为的。对于来信所说的“伤痕文学”、“歌德缺德”等问题，我觉得认真讨论是应该的，但过于看重一些同志不妥当、不全面的论点，越反驳火气越大，以棍对棍，以帽对帽，那不又是当年的老办法了吗？这就不必要了。如果大家都能从这种论点和现象之出现，多深思一下其前因后果，多研究一些为什么，多摆事实讲道理，开展批评和自我批评，可能彼此受益更大些。

敝人以为，现实生活确有矛盾，仁者见之谓之仁，智者见之谓之智，反映出来就必然有争议。当此社会风尚大破坏之余，揭露指斥的任务很大（这算暴露），可是新人新事层出，表彰提倡的任务也很大（这算歌颂），两个方面同样紧迫，当如何对待？比如，现在客观上要求最大的同心同德，聚精会神（这是统一），可是对许多问题的看法又众说纷纭，其说不一，一时还难有定论（这是民主），这二者如何辩证统一起来？这更是个长期艰巨的工作。再如，在青年中，“伤痕”确实严重，幻灭虚无，歪风邪气，确实让人着急上火，寝食不安（这属消极面），可是同时又确有许多新秀成长起来，他们充满革命理想，积极进取，英气勃勃，使人看到光明的希望（这又是积极面）。如果把这些认识清楚，暴露批判那些堕落的方面，歌颂扶植那些向上的方面，文艺就能够起到它的革命作用。如果把向前看和向后看简单地、僵死地对立起来，各执一端互相训斥，甚至互相投以恶意，对解决问题是没大益处的。

现实生活中，活生生的矛盾就那么多，就那么生动活泼，无处不在，你如不冷静地、正确地对待，又有啥法？在这些问题上，着急、上火、烦躁、发脾气，全没用。

当然辩证法绝不是要求把对立的两方摆一摆，加以承认照顾，平分秋色，就算了事，而是要从中找出主次，抓住一方推动另一方。比如向前看还是向后看的问题，毫无疑问，向前看是关键。最终结果我们还是要奔向前去，而不是后退下来。但这个向前看，并不排斥向后看；向后看是为了更清楚地向前看。这个前后是相辅相成、互相促进的。

依我愚见，文艺界当前还应该继续清除极左路线流毒，还要坚持解放思想，打开禁区，搞出更加生动活泼的局面。在迅猛奔腾的激流中，一些腐朽的沉渣会翻腾上来，真正反动的东西也可能乘机出现，那也没啥可怕，我们不必神经紧张，要相信我们社会的肌体有最终战胜一切病毒的能力。

阶级、政治、文艺，这三者都是社会现象。关于他们之间的关系，有四点大道理可以说一说，想一想，会有用处，这就是：第一，三者之间是互相联系的，这种联系随时间、地点、条件的变化而变化，随社会历史的发展而变化。第二，文艺的寿命比阶级、政治的寿命更长。文艺先阶级社会而出，阶级、政治消灭后，文艺还要永存下去。人类社会已有几十万年历史，而阶级社会只有几千年，不到百分之一，未来的社会更长，只要存在社会，就必定存在文艺。第三，文艺同政治的关系，必须处理恰当。就现在而言，文艺脱离无产阶级政治不行，因为那要危害社会的存在和发展，但如果不考虑文艺独特的属性，生硬地把文艺等同于政治，那就必定要毁灭文艺并且不利于社会。第四，在阶级关系变动后的中国，在实现“四化”成为最大政治的中国，文艺也应有新内容，新形式，新生机，新发展。以上四点，求教于你，如有不妥，请批评。

这封信写在国庆节前夕。新中国成立30年了！想起这30年的光阴，大部分是在吉林省度过的，真有许多话想说啊！只要不死，见面有日，畅谈还是有机会的。再谈。

祝好

宋振庭

于北京

选自《宋振庭杂文集》，山西人民出版社，1989年版